A Estrada Dourada

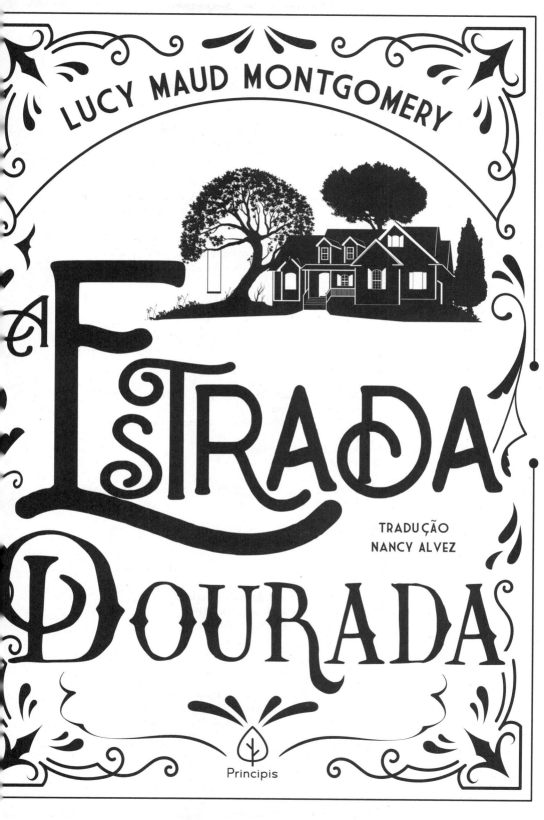

Esta é uma publicação Principis, selo exclusivo da Ciranda Cultural
© 2020 Ciranda Cultural Editora e Distribuidora Ltda.

Traduzido do original em inglês
The golden road

Texto
Lucy Maud Montgomery

Tradução
Nancy Alvez

Revisão
Edilene Rocha

Diagramação
Fernando Laino | Linea Editora

Produção editorial e projeto gráfico
Ciranda Cultural

Imagens
Nimaxs/shutterstock.com;
sabri deniz kizil/shutterstock.com;
New Line/shutterstock.com;
Seita/shutterstock.com;
Fona/shutterstock.com;
Wilm Ihlenfeld/shutterstock.com;
Aniwhite/shutterstock.com

Dados Internacionais de Catalogação na Publicação (CIP) de acordo com ISBD

M787a	Montgomery, Lucy Maud
	A estrada dourada / Lucy Maud Montgomery ; traduzido por Nancy Alvez. - Jandira, SP : Principis, 2020.
	288 p. ; 15,5cm x 22,6cm. - (Clássicos da literatura mundial)
	Tradução de: The golden road
	ISBN: 978-65-5552-250-1
	1. Literatura infantojuvenil. 2. Literatura canadense. I. Alvez, Nancy. II. Título. III. Série.
	CDD 028.5
2020-2968	CDU 82-93

Elaborado por Vagner Rodolfo da Silva - CRB-8/9410

Índice para catálogo sistemático:
1. Literatura infantojuvenil 028.5
2. Literatura infantojuvenil 82-93

1ª edição em 2020
www.cirandacultural.com.br
Todos os direitos reservados.
Nenhuma parte desta publicação pode ser reproduzida, arquivada em sistema de busca ou transmitida por qualquer meio, seja ele eletrônico, fotocópia, gravação ou outros, sem prévia autorização do detentor dos direitos, e não pode circular encadernada ou encapada de maneira distinta daquela em que foi publicada, ou sem que as mesmas condições sejam impostas aos compradores subsequentes.

SUMÁRIO

Prefácio 11

Uma nova partida 13

Uma vontade, um jeito, uma mulher 20

A harpa de Natal 28

Resoluções de Ano-Novo 38

O primeiro número do *Nosso Periódico* 50

A visita da tia-avó Eliza 61

Visitamos a prima Mattie 77

Visitamos Peg Bowen 82

Extratos dos números de fevereiro e março do *Nosso Periódico* 98

O desaparecimento de Paddy 109

O ossinho da sorte da bruxa 117

Flores de maio 122

Um anúncio surpreendente 129

Um filho pródigo retorna 136

O roubo da mecha de cabelos 146

A história da tia Una 153

O casamento da tia Olivia 159

A "ajuda" de Sara Ray 166

À luz das estrelas 176

Extratos do *Nosso Periódico* 181

Peg Bowen vai à igreja 192

A tempestade ianque...203

A heroína das missões..208

Uma revelação tentadora...216

A história de amor do Homem Esquisito
(escrita pela Menina das Histórias).....................................223

O tio Blair volta para casa...236

A antiga ordem se altera..244

O caminho para Arcádia...250

Perdemos um amigo 261

Profecias 267

O último número do *Nosso Periódico*.................................273

Nossa última noite juntos...281

A Menina das Histórias vai embora.......................................285

"A vida era uma companheira de lábios feitos de rosas,
De cujos dedos gotejavam flores roxas."

A AUTORA

Em memória da tia Mary Lawson, que
me contou muitas das histórias narradas
pela Menina das Histórias.

PREFÁCIO

Era uma vez, um tempo em que todos caminhávamos pela estrada dourada. Era linda e atravessava a Terra dos Prazeres Perdidos, onde as sombras e o brilho do sol se misturavam de forma abençoada. Onde a cada curva e declive, um novo encanto e beleza se revelavam aos corações ansiosos e aos olhos puros.

Na estrada, podíamos ouvir a canção das estrelas matutinas; podíamos beber das fragrâncias aéreas e suaves como as névoas de maio; éramos ricos em fantasias luminosas e esperanças matizadas; o nosso coração buscava e encontrava a dádiva dos sonhos; os anos aguardavam lá na frente e eram muito belos; a vida era uma companheira de lábios feitos de rosas, de cujos dedos escorriam flores roxas.

Podemos ter deixado a estrada dourada para trás há muito tempo, mas as lembranças que dela nos ficaram são nossos pertences mais preciosos e aqueles que as prezam poderão, talvez, por acaso encontrar um prazer especial nas páginas deste livro, cujos personagens são peregrinos na estrada dourada da juventude.

UMA NOVA PARTIDA

– Pensei em algo divertido para o inverno – anunciei quando nos juntamos, em um meio círculo, diante do fogo magnífico na cozinha da casa do tio Alec.

Um vento selvagem tinha soprado ao longo daquele dia de novembro e o crepúsculo o encerrava agora com umidade e mistério. Lá fora, rajadas de vento assoviavam, batendo contra as janelas e os beirais, e a chuva parecia brincar sobre o telhado. O velho salgueiro junto ao portão se contorcia em meio à tempestade. O pomar se tornara um lugar de melodias estranhas, suportando todas as lágrimas e os medos que assombravam os corredores da noite. A melancolia e a solidão do mundo exterior, porém, pouco nos interessavam. Nós as mantínhamos a distância com a luz do fogo e as risadas de lábios jovens e despreocupados.

Estávamos envolvidos em uma ótima brincadeira de cabra-cega; isto é, no começo foi ótima, mas depois perdeu a graça porque descobrimos que Peter estava se deixando pegar de propósito para ele próprio ter o prazer de pegar Felicity, o que sempre conseguia fazer, não importava o quanto apertássemos a tira de pano que vendava os olhos dele. Que grande simplório afirmou, um dia, que o amor é cego? Qual nada! O amor consegue enxergar através de cinco dobras de tecido grosso, isso sim!

– Estou ficando cansada – Cecily se queixou, já com a respiração acelerada e as bochechas, quase sempre pálidas, agora donas de um rubor fora do normal. – Vamos nos sentar e pedir para a Menina das Histórias nos contar mais uma.

No entanto, quando nos sentamos, a Menina das Histórias olhou para mim expressivamente, me indicando que aquele era o momento certo para apresentar o plano que ela e eu vínhamos, há dias, desenvolvendo em segredo. Na verdade, a ideia toda tinha sido dela, não minha. Mas ela insistira em que eu a apresentasse como sendo totalmente de minha autoria.

– Se não for assim, Felicity não vai aceitar. Você sabe, Bev, como ela tem sido contra tudo o que sugiro ultimamente. E, se for contra, Peter logo será também, aquele tolo! E não vai ter graça se não participarmos todos.

Não tive como dizer não a esse argumento. Por isso introduzi minha sugestão quando, por fim, nos sentamos diante do fogo.

– Muito bem, o que foi que pensou? – Felicity quis saber, arrastando a cadeira um pouco para longe da que Peter ocupava.

– Bem, é o seguinte: vamos desenvolver nosso próprio jornal. Vamos elaborar e colocar nele todas as atividades que fizermos. Não acham que vai ser divertido?

Todos me pareceram um tanto quanto inexpressivos e surpresos, exceto a Menina das Histórias. Ela sabia o que tinha de fazer e o fez bem.

– Mas que ideia boba! – exclamou, jogando as madeixas castanhas para trás. – Até parece que conseguiríamos fazer um jornal...

Felicity logo se pronunciou contra, como ela havia previsto:

– Acho que é uma ideia esplêndida! – apoiou, com entusiasmo. – Eu gostaria de saber por que não conseguiríamos produzir um jornal tão bom quanto os da cidade! O tio Roger reclamou que o *Diário de Empresas* está decadente; que tudo que publicam é "que uma velha colocou um xale na cabeça e atravessou a rua para ir tomar chá com outra velha". Acho que podemos fazer melhor do que isso. Precisa parar de achar, Sara Stanley, que só você sabe das coisas e mais ninguém.

– Tenho certeza que seria muito divertido – Peter concordou de imediato. – Minha tia Jane colaborou na publicação de um jornal quando estava na *Academia da Rainha* e disse que foi bem legal e que a ajudou muito.

A Menina das Histórias baixou os olhos e fechou o cenho, escondendo com perfeição seu contentamento.

– Bev quer ser o editor, mas não vejo como, já que não tem experiência alguma. De qualquer modo, seria muito complicado – comentou.

– Há pessoas que têm tanto medo de serem incomodadas, não? – Felicity rebateu.

– Acho que seria gostoso – Cecily opinou timidamente. – E nenhum de nós tem experiência como editor. Pelo menos não mais do que Bev, então não faria diferença.

– Nosso jornal vai ser impresso? – Dan perguntou, já embarcando na ideia.

– Não, não – respondi. – Não temos como imprimir. Vamos apenas escrever. Podemos comprar papel almaço do professor.

– Na minha opinião, não vai ser um jornal se não for impresso – ele insistiu.

– A sua opinião não importa muito – Felicity comentou.

E ele ironizou:

– Obrigado.

– É claro que, se todos vocês quiserem, também vou concordar – a Menina das Histórias se apressou a interferir para evitar que Dan se voltasse contra o projeto. – Talvez possa ser divertido sim, agora que pensei melhor a respeito. Podemos guardar as cópias e, quando nos tornarmos famosos, elas valerão muito.

– Se, um dia, algum de nós ficar famoso – Felix ressalvou.

– A Menina das Histórias será – prenunciei.

– Não vejo como – Felicity duvidou. – Afinal, ela é apenas uma de nós.

– Está decidido, então. Vamos fazer o nosso jornal! – retomei, de um modo ríspido. – O próximo passo é escolher um nome para ele. Isso é muito importante!

– Com que frequência será publicado? – Felix quis saber.

– Uma vez por mês.

– Achei que jornais fossem lançados diariamente, ou, pelo menos, uma vez por semana – Dan observou.

– Não podemos fazer um por semana – expliquei. – Seria trabalhoso demais.

– Esse é um bom argumento – ele analisou. – Quanto menos trabalho tivermos, melhor. E nem precisa falar nada, Felicity. Sei exatamente o que ia dizer, então poupe o fôlego. Concordo que nunca faço nada se consigo encontrar outra coisa para fazer.

– Lembre-se de que "É mais difícil ainda não ter trabalho nenhum a fazer" – Cecily citou, reprovando a atitude do irmão.

– Não acredito nisso – Dan teimou. – Sou como o irlandês que disse: "Gostaria que o homem que criou o trabalho tivesse ficado para terminá-lo".

– Então todos concordam que Bev seja o editor? – Felix indagou, com a praticidade de sempre.

– É claro que sim! – Felicity falou por todos.

– Então, proponho que o nome seja *"Periódico mensal dos King"*.

– Parece bom – Peter concordou enquanto arrastava a cadeira um pouco mais para perto da de Felicity.

– Mas esse nome deixa a Menina das Histórias, Peter e Sara Ray de fora – Cecily observou. – É como se não fizessem parte dele. Não acho justo.

– Escolha o nome, então, Cecily – propus, com um sorriso.

– Oh! – Ela levantou os olhos ingênuos em direção à irmã e à Menina das Histórias. E, vendo que Felicity retribuía seu olhar com desprezo, ergueu a cabeça para sugerir, com ânimo incomum: – Poderíamos chamá-lo apenas de *Nosso Periódico*. Assim, todos nos sentiríamos partes integrantes dele.

A ESTRADA DOURADA

– Então será "*Nosso Periódico*" – confirmei. – E, quanto a sermos parte dele, pode apostar que seremos. Já que vou ser o editor, vocês todos serão subeditores encarregados de departamentos específicos, ou colunas.

– Não sei se vou conseguir... – ela murmurou.

– Ah, agora não tem mais como recuar. "A Inglaterra espera que cada um cumpra o seu dever" – citei. E passei a dispor sobre a proposta para o novo empreendimento, o que me deu grande satisfação. – Esse será o nosso lema, só que vamos substituir "Inglaterra" por "Ilha do Príncipe Edward". Nada de se furtar ao serviço! Muito bem, vejamos: quais departamentos teremos? Vamos tentar fazer com que se pareça ao máximo com um jornal de verdade.

– Sendo assim, temos que publicar uma coluna de *etiquette* – Felicity sugeriu. – O *Guia da Família* tem.

– Boa ideia! – aceitei. – E Dan será o editor responsável por ela.

– Dan!? – ela reclamou, já que esperava ser indicada para a tarefa.

Mas ele logo comentou, em tom desafiador:

– Posso cuidar da coluna de *etiquette* tão bem quanto aquele idiota do *Guia da Família*. Mas não se pode ter um departamento de *etiquette* a menos que perguntas sejam feitas ao jornal. O que vou fazer se ninguém perguntar nada?

– Invente algumas perguntas – a Menina das Histórias sugeriu. – O tio Roger disse que é isso que o homem do *Guia da Família* faz; e que é impossível haver tantos tolos desesperados no mundo para manter uma coluna assim.

– Queremos que você cuide do departamento de assuntos domésticos, Felicity – ofereci, ao ver que uma nuvem se formara sobre a fronte da minha bela prima. – Ninguém o faria melhor. Felix vai cuidar do departamento humorístico e do escritório de informações. Cecily vai ser a editora de moda. – Ela me olhou assustada e confirmei: – Sim, você mesma! É tão fácil quanto andar para a frente. E a Menina das Histórias vai ficar com a parte dos anúncios pessoais. Eles são muito importantes. Todos poderão contribuir, mas ela vai cuidar para que haja anúncios em cada edição, mesmo que precise inventar eles, como Dan com a coluna de *etiquette*.

– Bev vai cuidar da página de recados além de ser editor – esclareceu a Menina das Histórias, sabendo que eu era modesto demais para fazê-lo.

– Não vai haver uma página para histórias? – Peter indagou.

– Sim, se você for o editor de ficção e poesia – propus.

Peter, bem lá no fundo, ficou assustado com o peso da tarefa, mas não vacilou diante de Felicity.

– Está bem – concordou, sem pensar.

– Podemos colocar o que quisermos na coluna de recados – expliquei –, mas todas as outras contribuições têm que ser originais e devem trazer o nome do autor, com exceção dos anúncios pessoais. Vamos todos dar o melhor de nós. O *Nosso Periódico* deverá ser "um banquete para a razão e um fluxo de alma".

Senti que minhas duas citações tiveram um grande impacto. Os outros, com exceção da Menina das Histórias, pareceram-me bem impressionados.

– E não vai haver nada para Sara Ray fazer? – Cecily indagou, em tom de reprovação. – Ela vai se sentir péssima se for deixada de fora.

Eu tinha me esquecido de Sara Ray. Ninguém, a não ser Cecily, se lembrava dela a menos que estivesse presente. Mas decidimos colocá-la na função de gerente de anúncios. Soava bem e significava pouco.

– Então, vamos em frente! – encorajei, com um suspiro de alívio por ter sido tão fácil lançar o projeto. – Vamos publicar o número inaugural lá pelo dia 1.º de janeiro. E seja o que for que fizermos, não podemos deixar que caia nas mãos do tio Roger. Ele zombaria de nós até não poder mais.

– Tomara que seja um sucesso – Peter observou, um pouco reservado. Estava assim desde que fora levado a aceitar ser editor de ficção e poesia.

– Será um sucesso se estivermos determinados a fazer com que seja – ressaltei. – Afinal, "querer é sempre poder"!

– Foi exatamente isso que Úrsula Townley disse quando o pai a trancou no quarto na noite em que pretendia fugir com Kenneth MacNair – a Menina das Histórias mencionou.

Ficamos imediatamente atentos ao pressentir que dali viria uma boa história.

A estrada dourada

– Quem eram Úrsula Townley e Kenneth MacNair? – perguntei.

– Kenneth MacNair era primo direto do avô do Homem Esquisito e Úrsula Townley era a moça mais bonita da Ilha na época dela. Quem vocês acham que me contou essa história, ou melhor, a leu para mim diretamente do famoso livro marrom?

– Não pode ser! O Homem Esquisito!? – exclamei, incrédulo.

– O próprio! – revelou ela, triunfante. – Eu o encontrei na semana passada lá no bosque dos bordos quando estava procurando samambaias. Estava sentado junto à fonte, escrevendo no livro marrom. Ele o escondeu quando me viu, o que foi meio tolo, mas depois de conversarmos por algum tempo, eu simplesmente perguntei sobre o livro e disse que havia boatos de que escrevesse poesia nele. Pedi que me contasse a verdade porque estava louca para saber. E ele revelou que escreve um pouco de tudo ali. Então implorei para que lesse algo para mim e ele leu a História de Úrsula e Kenneth.

– Não sei como você teve coragem – Felicity criticou.

Cecily, por sua vez, sacudiu a cabeça. Até mesmo ela parecia ter achado que a Menina das Histórias havia ido longe demais.

– Vamos deixar isso para lá – Felix interferiu. – Conte a história. Isso é o que importa.

– Vou contar exatamente como o Homem Esquisito a leu; pelo menos, vou tentar. Mas não vou saber usar todos os toques poéticos com que a enriqueceu porque nem me lembro de todos, embora ele a tenha lido duas vezes para mim.

UMA VONTADE, UM JEITO, UMA MULHER

– Certo dia, há mais de cem anos, Úrsula Townley estava esperando por Kenneth MacNair em um enorme bosque de bétulas, no qual castanhas caíam, arrancadas pelo vento típico de outubro, que fazia as folhas dançarem no chão como se fossem minúsculas pessoas feitas de gravetinhos.

– Pessoas feitas de gravetinhos? – Peter estranhou, esquecendo que a Menina das Histórias não gostava de interrupções.

– *Shhh* – Cecily sibilou. – Deve ser apenas um dos toques poéticos do Homem Esquisito.

Sem lhes dar muita atenção, a Menina das Histórias continuou:

– Havia campos cultivados entre o arvoredo e a baía de águas escuras; mas, bem atrás dele, bem como nos dois lados que o delimitavam, havia bosques porque a Ilha do Príncipe Edward, cem anos atrás, não era o que é hoje. Havia bem poucos povoados, que ficavam distantes uns dos outros, espalhados por toda a ilha; e a população era tão escassa, que o velho Hugh Townley se gabava de conhecer todos os homens, mulheres e crianças que lá habitavam. Hugh Townley era um homem bem conhecido, e por vários motivos: era rico, muito hospitaleiro, presunçoso, dominador e, principalmente, era pai da jovem mais bonita que as pessoas de lá já tinham visto. É claro que os rapazes não eram cegos a essa beleza, e ela tinha tantos pretendentes que as outras jovens simplesmente a odiavam.

– Aposto que sim – Dan comentou, sem, de fato, interromper.

– No entanto – a Menina das Histórias prosseguiu –, o único rapaz cujo interesse ela correspondia era o último pelo qual poderia se apaixonar; isso, claro, na opinião de Hugh Townley. Kenneth MacNair era um jovem capitão do mar, de lindos olhos negros, que vivia no povoado vizinho; e foi justamente para se encontrar com ele que Úrsula foi ao bosque de bétulas naquele dia de outono em que o vento soprava fresco e o sol brilhava intensamente. Hugh havia proibido que o rapaz frequentasse a casa dele e o fizera de maneira tão enfática, com tanta fúria no olhar, que até mesmo Úrsula, sempre tão alegre e cheia de vida, se sentiu desanimada. Hugh não tinha, efetivamente, nada contra Kenneth, mas muitos anos antes de ele ou Úrsula terem nascido, o pai de Kenneth vencera Hugh em uma eleição muito concorrida. O sentimento político era bastante forte naqueles dias e Hugh jamais fora capaz de perdoar MacNair por ter conseguido mais votos. A disputa entre as duas famílias vinha desde essa "tempestade no copo d'água" da província e a maioria dos votos no lado errado da eleição era a razão pela qual, trinta anos depois, se Úrsula quisesse encontrar o seu amado, teria de fazê-lo às escondidas.

– MacNair era conservador ou liberal? – Felicity quis saber.

– Não faz diferença nenhuma o que ele era – respondeu a Menina das Histórias, com impaciência. – Até mesmo um conservador ferrenho devia ser romântico cem anos atrás. Bem, Úrsula não podia ver Kenneth com muita frequência, já que ele vivia a praticamente vinte quilômetros de distância e estava boa parte do tempo fora, no navio que comandava. Naquele dia de outono em particular, fazia quase três meses que eles não se viam. No domingo anterior, o jovem Sandy MacNair, irmão de Kenneth, esteve na igreja de Carlisle. Levantara-se de madrugada, caminhara descalço com os sapatos nas mãos, por mais de dez quilômetros ao longo da praia, contratara um pescador para levá-lo em um barco a remo através do canal, e depois caminhara mais dez quilômetros até a igreja, em Carlisle, movido menos, creio eu, pelo apego ao sagrado do que pela vontade de prestar um favor ao adorado irmão. Trazia consigo uma carta, que deveria fazer chegar às mãos de Úrsula no momento em que os fiéis saíssem após o culto. A carta pedia que ela se encontrasse com Kenneth no bosque de bétulas na tarde seguinte. E, assim, Úrsula se dirigiu para lá enquanto seu desconfiado pai e sua zelosa madrasta achavam que estava apenas passando o tempo no palheiro.

– Foi muito errado da parte dela enganar os pais – Felicity desaprovou.

A Menina das Histórias não podia negar esse fato, então escapou desse detalhe ético da questão com habilidade:

– Não estou contando a vocês o que Úrsula Townley deveria ter feito, e, sim, o que ela fez. Mas é claro que não precisam ouvir se não quiserem. Não haveria tantas histórias para se contar se ninguém fizesse o que não deveria. Continuando: quando Kenneth chegou, o encontro foi como seria de se esperar entre dois apaixonados que tinham se beijado pela última vez três meses antes. Assim, se passou praticamente meia hora até Úrsula dizer: "Oh, Kenneth, não posso ficar por muito mais tempo, ou vão dar por minha falta. Você escreveu, que tinha algo importante a me dizer. O que é"? Kenneth a olhou, apaixonado, e revelou, com certa hesitação: "Sinto ter que dar esta notícia, meu amor, mas o fato é que, no próximo sábado, meu navio, o *Bela Dama*, vai partir do porto de Charlottetown de madrugada rumo a Buenos Aires. E, sendo o capitão, não tenho como não estar nele. Considerando o clima e as marés nesta época do ano, presumo que possa estar de volta, com certeza, somente em maio". Úrsula empalideceu. "Kenneth"!, gritou. E logo se pôs a chorar. "Como pode pensar em me abandonar desse jeito? Oh, você é tão cruel"! Kenneth, porém, sorriu e explicou: "Não, meu amor! O capitão do *Bela Dama* vai levar sua esposa consigo. Passaremos nossa lua de mel em alto-mar, Úrsula, e trocaremos o gelado inverno canadense pelas palmeiras tropicais. O que me diz"?. Úrsula encarou-o; secou as lágrimas e murmurou: "Quer que eu fuja com você"? Ele ergueu os ombros. "Na verdade, minha querida, não há nada mais a fazer". "Mas não posso"!, ela protestou. "Meu pai iria"... Kenneth não a deixou terminar: "Não vamos consultá-lo, pelo menos até depois de nos casarmos. Você sabe que não há outro modo. Sempre soubemos que teria de ser assim. Seu pai jamais me perdoará pelo que o *meu* pai fez. Por favor, não me decepcione. Pense no tempo enorme que passaríamos separados se você permitir que eu vá sozinho nessa viagem. Seja corajosa. E vamos deixar os Townley e os MacNair alardearem sua antiga desavença aos quatro ventos enquanto navegamos para o sul. Até já elaborei um plano". Ela pensou um pouco, depois cedeu, já mais calma: "Está bem. Diga o que pensa fazer". Kenneth, então, explicou: "Vai haver um baile no Salão Primavera na próxima sexta-feira à noite. Imagino que você tenha sido convidada". Úrsula assentiu e ele continuou: "Ótimo! Eu não fui, mas estarei lá, no bosque de abetos atrás do salão, com dois cavalos. Quando o baile estiver bem animado, você vai sair para me encontrar e depois seguiremos até Charlottetown. É uma cavalgada de, no máximo, quinze minutos. Lá, um pastor amigo meu estará à espera para nos casar. E quando os dançarinos estiverem começando a se cansar no salão, já estaremos no meu navio, prontos para nos lançarmos ao nosso destino juntos". Úrsula pensou um pouco e perguntou, com certa impertinência: "E se eu não for me encontrar com você no bosque de abetos"? "Se você não for, seguirei sozinho para a América do Sul na manhã seguinte e muitos meses vão se passar até eu voltar para casa novamente", concluiu ele. Talvez Kenneth não fosse capaz de deixá-la, mas Úrsula achou que ele o faria, então se decidiu. Concordou em fugir com ele. Sim, claro, Felicity, isso também foi errado; ela deveria ter dito: "Não! Só me casarei se sair honestamente da casa do meu pai e tiver um casamento como deve ser, com vestido de seda e damas de honra e uma porção de presentes". Mas não foi o que ela fez. Úrsula não foi tão prudente quanto Felicity King teria sido.

– Ela foi uma vadia sem vergonha, isso sim – Felicity exclamou, se voltando contra a falecida Úrsula toda a raiva que não ousava disparar na Menina das Histórias.

– Não, não, querida Felicity. Ela era apenas uma jovem corajosa e apaixonada. Eu teria feito a mesma coisa. E, quando a noite de sexta-feira chegou, ela começou a se vestir para o baile com o coração cheio de valentia. Úrsula iria para o Salão Primavera acompanhada por um casal de tios, que viriam, a cavalo, naquela mesma tarde. Os três seguiriam para o salão na carruagem do velho Hugh, que, naquela época, era a única existente em Carlisle. Iam sair de casa a tempo de chegar ao baile antes de anoitecer, já que as noites de outubro eram muito escuras, o que tornava muito difícil viajar pelas estradas que passavam pelos bosques. Quando terminou de se arrumar, Úrsula olhou-se no espelho com satisfação. Sim, Felicity, além de tudo, ela era também vaidosa, mas posso garantir a vocês que jovens vaidosas como ela não morreram todas cem anos atrás. Elas ainda existem e são muitas. E ela tinha bons motivos para ser vaidosa, afinal. Estava usando o vestido de seda verde-mar que fora trazido da Inglaterra um ano antes e que tinha usado apenas uma vez, no baile de Natal no Palácio do Governo. Era belo e elegante, cuja saia rodada farfalhava com seus movimentos; e, nele, Úrsula brilhava, com a face corada da juventude, os olhos reluzentes cheios de esperança e as mechas castanhas dos cabelos formando uma linda moldura para o rosto. Ao voltar-se do espelho, ouviu a voz do pai dela, alta e zangada, no andar de baixo da casa. Pálida, saiu para o corredor. Hugh Townley já estava no meio da escadaria, o rosto vermelho de fúria. Lá embaixo, na sala, Úrsula viu a madrasta, que pareceu estar perturbada e perplexa. À porta da casa, estava Malcolm Ramsay, um jovem vizinho simplório que, com seu jeito desajeitado, vinha cortejando Úrsula desde que ela tinha deixado de ser criança. Úrsula sempre o detestara. "Úrsula"!, gritou Hugh. "Venha até aqui e diga a este cafajeste

A ESTRADA DOURADA

que ele está mentindo! O estrupício afirma que você se encontrou com Kenneth MacNair no bosque de bétulas terça-feira passada. Diga-lhe que é mentira"!. Úrsula, porém, não era de se acovardar e olhou com desprezo para Ramsay. "Essa criatura é um espia e um maledicente", declarou. "Mas hoje não está mentindo. Eu me encontrei com Kenneth na terça-feira, sim". Os olhos de Hugh Townley se arregalaram. "E você ousa dizer isso na minha cara"!?, esbravejou. "Volte para o seu quarto, menina! Volte e fique lá! Pode se desarrumar porque não vai mais ao baile. Vai ficar lá até eu decidir quando poderá sair. E não quero ouvir uma só palavra! Eu mesmo vou colocá-la no quarto se não for sozinha! Ande logo! E leve seu tricô! Vai se ocupar com ele esta noite em vez de sacudir o esqueleto no Primavera"! Hugh pegou um novelo cinza que estava em cima da mesa e lançou-o para dentro do quarto de Úrsula. Ela sabia que tinha de obedecer, ou seria carregada para dentro como uma criança mal educada. Então lançou um olhar a Ramsay que o fez se encolher de vergonha e voltou para o quarto de cabeça erguida. Assim que entrou, ouviu a porta ser fechada atrás de si. Sua primeira reação foi soltar um grito de raiva, vergonha e decepção. Como não foi suficiente, passou a andar de um lado para o outro. E não se acalmou nem um pouco ao ouvir o barulho da carruagem cruzando o portão para levar os tios ao baile. "O que vou fazer agora"?, soluçou. "Kenneth vai ficar furioso. Vai achar que desisti e vai partir zangado comigo. Se, ao menos, eu pudesse enviar um bilhete a ele explicando o que houve, sei que não me abandonaria. Mas parece não haver uma saída, embora eu tenha ouvido dizer que querer é sempre poder. Oh, vou enlouquecer! Se a janela não fosse tão alta, eu pularia. Mas de nada adiantaria quebrar as pernas ou o pescoço". A tarde se foi e veio o anoitecer. Úrsula ouviu cascos de cavalo lá fora. Correu para a janela. Andrew Kinnear, do Salão Primavera, estava amarrando o cavalo em frente à porta. Era um jovem impetuoso que se tornara aliado político de Hugh Townley. Com certeza, estaria no baile. Se, ao menos, conseguisse falar com ele! Kinnear entrou, e ela, impaciente, afastou-se da janela, tropeçou no novelo que o pai lançara para dentro do quarto e quase caiu.

Por um momento, olhou com raiva para ele; então, um sorriso começou a se formar em seus lábios. Agarrou-o e, no momento seguinte, estava sentada à escrivaninha escrevendo um bilhete para Kenneth. Quando terminou, desenrolou o novelo, amarrou o bilhete à extremidade do fio e tornou a enrolá-lo, formando uma bola. A lã era da cor do crepúsculo e, dessa forma, poderia passar despercebida; um papel branco, porém, teria sido notado por alguém. Úrsula foi para a janela novamente e esperou. A noite começava a cair quando Andrew saiu. Felizmente, Hugh não o acompanhou até a porta. Quando o rapaz estava soltando seu animal, Úrsula mirou e atirou a bola de lã, acertando-o na cabeça, como pretendia. Andrew olhou para cima. Ela, então, colocou um dedo sobre os lábios para pedir-lhe silêncio, apontou para a bola de lã e assentiu. Andrew, apesar de intrigado, pegou-a, montou no cavalo e partiu a galope. "Até aqui, tudo bem", Úrsula avaliou. Mas Andrew entenderia? Teria curiosidade suficiente para explorar a bola de lã cheia de protuberâncias e descobrir o segredo que carregava? E, principalmente, iria ao baile?

A Menina das Histórias fez uma pausa, passou os olhos por todos nós e, vendo que a ouvíamos com total atenção, sorriu levemente e prosseguiu:

– A noite chegou, parecendo se arrastar. O tempo nunca parecera tão vagaroso para Úrsula. Não conseguiu descansar, muito menos dormir. Passava da meia-noite quando ouviu um punhado de pedriscos baterem contra a madeira da janela. Correu para lá, abriu-a e inclinou-se para fora. Lá embaixo, na escuridão, estava Kenneth MacNair. "Oh, Kenneth, recebeu meu bilhete"?, ela indagou. "E é seguro você estar aqui"? Kenneth aproximou-se mais para falar de modo que apenas Úrsula o ouvisse: "Sim, claro. Seu pai está dormindo. Esperei na estrada por duas horas até a luz do quarto dele se apagar e mais meia hora para dar tempo de que pegasse no sono. Os cavalos estão lá. Desça em silêncio e saia. Conseguiremos chegar a Charlottetown de madrugada". Úrsula se inquietou. "É mais fácil falar do que fazer", respondeu. "Estou trancada. Mas você pode ir até os fundos do celeiro e trazer a escada de madeira que está lá". Cinco minutos depois, a senhorita Úrsula, já vestida em um manto

A ESTRADA DOURADA

com capuz, desceu silenciosamente a escada apoiada à parede e, logo, ela e Kenneth estavam cavalgando pela estrada. "Temos uma jornada dura pela frente, meu amor", Kenneth avisou. Úrsula sorriu o mais belo dos sorrisos e garantiu: "Eu cavalgaria até o fim do mundo com você, Kenneth MacNair". Claro que ela não deveria ter dito algo assim, não é, Felicity? Mas, sabe, as pessoas não liam as colunas de *etiquette* naqueles tempos. E quando aquele lindo alvorecer de outubro brilhou, vermelho, sobre o mar cinzento, o *Bela Dama* içou as velas e deixou o porto de Charlottetown. No convés, estava o casal Kenneth e Úrsula MacNair e, nas mãos, a noiva levava, como se fosse um tesouro precioso, uma bola de lã cinza cheia de pequenas protuberâncias.

– Gosto desse tipo de história – declarou Dan, em um bocejo. – Ninguém morreu e isso é muito bom.

– O velho Hugh Townley perdoou Úrsula? – perguntei.

A Menina das Histórias abriu as mãos.

– A história parou por aí no livro marrom, mas o Homem Esquisito disse que sim.

– Deve ser bem romântico fugir com alguém – observou Cecily, sonhadora.

Felicity, no entanto, repreendeu-a com severidade:

– Não coloque esse tipo de ideia na cabeça, Cecily King!

A HARPA DE NATAL

A animação foi crescendo nas casas dos King com a aproximação do Natal. O ar estava especialmente carregado de segredos. Durante as semanas que o antecederam, todos pareceram tornar-se muito mesquinhos e tesouros secretos passaram a ser minuciosamente acrescentados ao dia a dia. Peças misteriosas de artesanato eram contrabandeadas aqui e ali, consultas eram feitas entre sussurros, e ninguém sentiu sequer uma ponta de ciúme com esses segredinhos velados, como poderia ter acontecido em qualquer outra época do ano. Felicity não poderia estar se sentindo melhor, já que ela e a mãe passavam os dias mergulhadas em preparações culinárias para as festas. Cecily e a Menina das Histórias haviam sido excluídas de tais atividades com indiferença por parte da tia Janet e com o que parecia ser uma pomposa complacência por Felicity. Cecily ficou magoada e queixou-se para mim:

– Sou parte da família tanto quanto Felicity – declarou, com indignação, embora não conseguisse sentir muita. – Acho que ela não precisava me excluir de tudo. Quando eu quis tirar as sementes das passas para preparar

A ESTRADA DOURADA

a torta de carne moída, não deixou; afirmou que ela mesma tiraria porque a torta de carne do Natal é muito especial. Como se eu não tirasse as sementes do jeito certo! O modo como Felicity se gaba dos seus dotes culinários é insuportável.

Depois dessa conclusão tão raivosa, comentei:

– É uma pena ela não cometer um erro na cozinha de vez em quando. Se cometesse, talvez não se achasse tão superior.

Todos os pacotes que chegaram pelo correio vindos de amigos distantes ficaram sob os cuidados da tia Janet e da tia Olivia para que não fossem abertos antes do grande dia. A última semana levou décadas para passar! Mas, como até mesmo "o leite observado acaba por ferver", o dia do Natal finalmente chegou, cinzento, sisudo e gelado lá fora, mas cheio de festa, alegria e júbilo dentro de casa. O tio Roger, a tia Olivia e a Menina das Histórias chegaram cedo, e Peter veio também, trazendo no rosto uma expressão feliz. Nós o recebemos com grande alegria porque temíamos que não pudesse vir para passar o Natal conosco, já que sua mãe queria que ficasse em casa com ela.

– É, vou ter que ir para casa – ele havia me confidenciado dias antes, em tom de tristeza –, mas não teremos peru na ceia porque minha mãe não tem condições de comprar um. E ela sempre chora nas festas porque diz que a fazem lembrar do meu pai. Sei que não tem culpa por chorar, mas não é agradável ficar ali e ver que ela está triste, sabe? A tia Jane não chorava. Costumava dizer que nenhum homem valia estragar os olhos com lágrimas. Mas acho que não vai ter jeito; vou ter que passar o Natal em casa mesmo.

No último momento, porém, uma prima da senhora Craig, que morava em Charlottetown, a convidou para passar o Natal com ela, e Peter, podendo decidir se queria ir também ou ficar conosco, escolheu ficar, é claro. Então estávamos todos juntos, com exceção de Sara Ray, que foi convidada, mas sua mãe não a deixou vir.

– A mãe de Sara Ray é uma chata – exclamou a Menina das Histórias. – Seu único objetivo na vida é fazer daquela pobre menina uma infeliz. E agora não quer deixar que participe da festa.

– Sara está de coração partido por não poder vir – Cecily informou, compadecida. – Receio nem conseguir me divertir direito só em pensar nela, lá, sozinha em casa, muito provavelmente lendo a Bíblia enquanto festejamos aqui.

– Ela poderia estar fazendo coisas bem piores do que ler a Bíblia – Felicity observou, repreensiva.

– Mas a senhora Ray a obriga a ler como castigo! – Cecily protestou. – Sempre que Sara chora porque quer ir a algum lugar, e é claro que vai chorar esta noite, a senhora Ray a faz ler sete capítulos da Bíblia. Acho que isso não a faz gostar mais do que lê. E não vou nem poder comentar com ela sobre a festa, depois, o que já é perder metade da diversão!

– Você pode contar a ela como foi – Felix sugeriu para confortá-la.

– Contar não é a mesma coisa que comentar porque só uma pessoa fala – ela insistiu.

Passamos momentos muito bons abrindo nossos presentes. Alguns ganharam mais do que os outros, mas todos recebemos o suficiente para nos fazer sentir devidamente lembrados e queridos. O presente que o pai da Menina das Histórias enviou a ela de Paris nos deixou de olhos arregalados. Havia coisas lindas na caixa quando a abriu: vestido de seda vermelha (não no tom intenso do anterior, mas de um vermelho escuro), cheio de pregas, babados e laços; havia também um par de sandálias vermelhas de cetim com fivelas douradas e saltos que fizeram a tia Janet cobrir a boca com as mãos, horrorizada. Felicity, fingindo desdém, disse que ela ia acabar se cansando de usar vermelho e até mesmo Cecily comentou comigo, em particular, que, ao se ganhar muitos presentes de uma só vez, não se dá tanto valor a eles como quando se ganha apenas alguns.

– Eu jamais vou me cansar de usar vermelho – a Menina das Histórias rebateu. – Adoro essa cor. É tão intensa e vibrante! Quando me visto de vermelho, me sinto mais inteligente do que quando estou com qualquer outra cor. Os pensamentos fluem em minha mente, sem parar. – Abraçou o vestido e, de olhos fechados, exclamou, com prazer: – Oh, coisa linda,

A ESTRADA DOURADA

cintilante, vermelha! – Depois o segurou à altura dos ombros e rodopiou pela cozinha.

A tia Janet sorriu, contrariada.

– Não seja tola, Sara – comentou, com certo entusiasmo. No fundo, era uma boa pessoa e tinha um coração cheio de carinho no peito enorme; mas imagino que havia momentos em que achava complicado ver a filha de um aventureiro errante (que era como, de fato, considerava Blair Stanley) divertir-se com vestidos de seda enquanto as próprias filhas usavam algodão e musseline, pois aquela era uma época em que uma mulher ganhava um só vestido de seda na vida; muito raramente mais de um.

A Menina das Histórias também ganhou um presente do Homem Esquisito: um livro usado, gasto até, com muitas marcas nas folhas.

– Mas... nem é novo! É uma quinquilharia! – Felicity logo criticou.

– Nunca achei que o Homem Esquisito fosse também avarento, além de todas as outras características desagradáveis que tem.

– Você não entende. Nem acho que eu possa fazê-la entender, mas vou tentar: prefiro mil vezes ter este livro velho a ter um novo. Este é um dos livros *dele*, não vê? Um que deve ter lido centenas de vezes, que amou e do qual se tornou amigo. Um livro novo, vindo diretamente da loja, não teria o mesmo significado. Não seria nada. Considero um elogio ter ganhado este livro. Tenho mais orgulho dele do que de qualquer outro dos meus presentes.

– Então está bem. Não entendo, mesmo, nem quero. Eu jamais daria um presente de Natal que não fosse novo. E não agradeceria se ganhasse um usado.

Peter não cabia em si de felicidade porque Felicity lhe deu um presente; ainda mais porque ela mesma o havia feito. Era um marcador de livro de papelão perfurado no qual havia um lindo cálice bordado em lã vermelha e amarela e, abaixo dele, em letras verdes, o aviso solene: "Não toque no cálice". Como não era dado a vícios como o alcoolismo, nem mesmo bebia vinho misturado com água, não entendemos por que ela havia escolhido uma coisa assim para presenteá-lo, mas Peter pareceu ficar satisfeito, então ninguém fez crítica alguma que pudesse ofuscar sua alegria. Mais tarde, Felicity me contou que tinha feito o marcador porque o pai de Peter vivia embriagado antes de deixar a família.

– Achei que deveria avisar Peter a tempo – explicou.

Até mesmo Paddy ganhou um presente: uma fita azul, que ficou puxando com as garras e acabou perdendo, meia hora depois de ter sido amarrada ao seu pescoço. Paddy era um gato pragmático; não dava importância a adornos para o corpo.

Nosso almoço de Natal foi estupendo, digno dos salões de Lúculo[1]. Comemos bem mais do que deveríamos, embora, nesse dia em especial, isso fosse permitido. E, ao entardecer (êxtase dos êxtases!), fomos à festa de Kitty Marr.

Aquele foi um entardecer de dezembro maravilhoso; o ar frio da manhã foi se abrandando ao longo do dia até ficar agradável como no outono. Não tinha nevado e os campos extensos que desciam da estância tinham um tom amadurecido de marrom. Uma estranha calma caía sobre a terra roxa, os bosques escuros de abetos, as bordas dos vales, os prados ressequidos. A natureza parecia ter descansado as mãos, consciente de que o sono do inverno a dominava.

A princípio, quando os convites para a festa chegaram, a tia Janet decidiu que não poderíamos ir, mas o tio Alec intercedeu em nosso favor, talvez influenciado pelos olhinhos melancólicos de Cecily. Se, entre os filhos, ele tinha preferência por algum, era Cecily; e, nos últimos tempos, tornara-se ainda mais indulgente em relação a ela. Muitas vezes o flagrei observando-a; e, seguindo seu olhar e o pensamento que provavelmente lhe ocorria, também me dei conta de que eu mesmo havia percebido que Cecily estava mais pálida e mais magra, e que seus olhos, de algum modo, pareciam maiores, mais evidentes; além disso, em momentos de repouso, havia em seu rosto miúdo uma moleza e um cansaço que o tornava, ao mesmo tempo, doce e comovente. Cheguei a ouvi-lo comentar com a tia

---

[1] Lúculo (118-56 a.C.) foi um político romano conhecido pelo fausto e pela opulência dos banquetes que promovia. (N.T.)

A ESTRADA DOURADA

Janet que não gostava de ver Cecily cada vez mais parecida com a falecida tia Felicity.

– Ela está perfeitamente bem – a tia Janet respondeu, com certa rispidez. – Está apenas crescendo muito depressa. Não seja tolo, Alec.

Depois dessa conversa, porém, Cecily passou a receber copos de nata enquanto o resto de nós bebia apenas o leite e a tia Janet começou a verificar se ela calçava as galochas antes de sair de casa.

Naquela adorável noite de Natal, porém, nenhum receio ou presságio obscuro entristeceu nosso semblante, muito menos o nosso coração. Cecily estava mais feliz e mais bonita do que eu jamais a vira; trazia um brilho suave no olhar e os cabelos castanhos pareciam ter uma cor ainda mais viva. Felicity estava além de qualquer descrição, de tão linda. Até mesmo a Menina das Histórias, animada e usando o vestido novo de seda vermelha, pareceu desabrochar em um encanto e sedução mais poderosos do que qualquer beleza; e isso tudo sem as sandálias vermelhas, que a tia Olivia não permitiu que calçasse, alegando que era melhor usar sapatos mais fortes no inverno.

– Sei como se sente, sua pecadorazinha – explicou, solidária –, mas as estradas ficam molhadas em dezembro e, como vão a pé à casa dos Marr, você não poderá ir com seu fútil combinado parisiense, mesmo que use cobre-botas. Então, minha querida, coragem. Mostre que tem fibra, apesar das lindas sandálias de cetim.

– O vestido vermelho já será suficiente para despedaçar o coração de todas as meninas da festa – o tio Roger comentou. – Despedaçaria a alma delas também se usasse as sandálias. Não faça isso, Sara. Dê às pobres coitadinhas uma chance mínima para se divertirem.

– O que o tio Roger quer dizer com isso? – Felicity sussurrou.

– Quer dizer que vocês, meninas, estão morrendo de inveja do vestido de Sara – Dan teve prazer em explicar.

– Não sou uma pessoa invejosa – ela se defendeu, com ar altivo. – E o vestido cai bem para o tom de pele que ela tem.

33

Nós nos divertimos muito naquela festa. *Todos* nós. E adoramos a volta a pé para casa, também, pelos campos escuros onde os raios de luar criavam uma luminosidade encantadora; a constelação de Orion caminhava, em sua marcha imponente, acima de nós e a lua avermelhada subia do limite escuro do horizonte. Seguimos ao longo de um riacho durante parte do caminho e ele pareceu cantar para nós nas sombras, como um alegre e irresponsável vagabundo do vale e de toda aquela região selvagem.

Felicity e Peter não voltaram conosco. Quando deixamos a casa dos Marr, ele se encheu de ousadia para perguntar:

– Posso acompanhar você até em casa?

E Felicity, para nosso espanto, aceitou o braço que ele ofereceu e seguiu ao seu lado. O cálice que Peter havia ganhado deve ter transbordado de felicidade naquela noite.

A presunção que vimos no rosto dela foi indescritível, mas Felicity não se deixou abalar em absoluto pelo assovio provocativo de Dan. Já eu me consumia de uma intensa vontade secreta de também pedir à Menina das Histórias para acompanhá-la; mas não consegui reunir coragem suficiente para tanto. Como eu invejava o jeito fácil e despreocupado de Peter! Infelizmente não consegui imitá-lo. Assim, Dan, Felix, Cecily, a Menina das Histórias e eu caminhamos todos de mãos dadas, juntando-nos um pouco mais ao passarmos pelo bosque de James Frewen, pois existem harpas estranhas tocando em um bosque de abetos. E quem consegue dizer que tipo de dedos as tocam? A música acima das nossas cabeças era poderosa e tinha uma sonoridade bastante peculiar quando os ventos da noite faziam os galhos mais altos balançarem e esconderem por frações de segundo o céu estrelado. Talvez tenha sido essa melodia eólica que fez a Menina das Histórias se lembrar de uma lenda muito antiga.

– Li uma história tão bonita em um dos livros da tia Olivia ontem à noite! – mencionou, em meio ao silêncio que nos rodeava. – Chama-se *A harpa do Natal*. Querem ouvir? Parece-me que ela vem a calhar nesta parte da estrada.

A ESTRADA DOURADA

– Não há nada nela sobre... sobre fantasmas, há? – Cecily perguntou, temerosa.

– Não, não. Eu não contaria uma história de fantasmas aqui por nada neste mundo. Eu mesma ficaria muito assustada. Esta história é sobre um dos pastores que viu os anjos na primeira noite de Natal. Ele era muito jovem, amava música e queria muito expressar as melodias que havia em sua alma, mas não conseguia. Como tinha uma harpa, várias vezes tentou tocar com ela, mas seus dedos eram desajeitados e só conseguiam fazer barulho com as cordas. Os colegas riam e zombavam dele e o chamavam de maluco. Perguntavam porque ele simplesmente não desistia. Então ele preferia se afastar e se sentar sozinho com a harpa apertada entre os braços e os olhos no céu, enquanto eles se reuniam ao redor da fogueira para contar histórias e se entreterem durante as longas noites de vigília em que tinham de ficar atentos aos rebanhos nas colinas. Para ele, no entanto, os pensamentos que surgiam naquele enorme silêncio eram muito mais doces do que a alegria deles. E jamais abandonou a esperança, que às vezes saía de seus lábios em forma de oração, de, um dia, poder expressar essas ideias por meio da música para um mundo abatido, cansado e esquecido. Na noite do primeiro Natal, lá estavam ele e os colegas pastores nas colinas. Estava escuro e frio e todos, exceto ele, sentiam-se satisfeitos em poderem compartilhar o calor do fogo. Como de costume, ele estava sentado sozinho com a harpa sobre os joelhos e um anseio profundo no coração. E então, uma luz maravilhosa surgiu no céu como se a escuridão da noite tivesse, de repente, desabrochado em um prado espetacular de flores flamejantes; e todos os pastores viram os anjos e os ouviram cantar. E, conforme cantavam, a harpa que o jovem pastor estava segurando começou a tocar suavemente, sozinha! Ele percebeu então que a música que saía das cordas era a mesma que os anjos estavam cantando e que todos os anseios e desejos secretos que sempre nutrira, bem como todo o esforço que fizera para tentar tocar, expressavam-se na melodia. Daquela noite em diante, sempre que pegava a harpa, ela tocava a mesma música. E ele vagou pelo mundo todo levando-a consigo. Onde quer que a melodia da harpa se fizesse ouvir, o ódio e a discórdia desapareciam, e a paz e a boa vontade voltavam a reinar. Ninguém que a ouvisse conseguia ter sequer um pensamento ruim; ninguém se sentia desesperançado, ou aflito, amargo ou zangado. Quando os homens a ouviam, ela penetrava na alma, no coração, na vida e se tornava parte de todos para sempre. Os anos se passaram e o pastor envelheceu; seu corpo curvou-se e tornou-se frágil, mas, ainda assim, continuou percorrendo terras e mares para que a harpa levasse a mensagem da noite de Natal e a canção dos anjos à toda a humanidade. Por fim, as forças o abandonaram e ele tombou ao lado da estrada, em meio à escuridão. A harpa, porém, continuou a tocar enquanto seu espírito deixava o corpo. E o pastor teve a impressão de que, à sua frente, havia uma figura iluminada, com olhos feitos de estrelas brilhantes, que lhe disse: "A música que a tua harpa tocou por tantos anos nada foi além do que o eco de amor, da solidariedade, da pureza e da beleza da tua própria alma; e, se em algum momento das tuas andanças, tivesses aberto a porta da alma para o mal, a inveja ou o egoísmo, a tua harpa teria parado de tocar. Agora a tua vida se esvai, mas o que destes à humanidade não conhece fim; e, enquanto houver um mundo, a música celestial da harpa do Natal soará aos ouvidos dos homens". Ao nascer do sol, o velho pastor amanheceu morto junto à estrada com um sorriso no rosto. E, nas mãos, segurava a harpa, cujas cordas estavam agora todas rompidas.

Saímos do bosque de abetos quando a história terminou. Na colina logo à frente, estava a casa do tio Alec. Pela janela da cozinha, podia-se ver uma luz suave, aviso de que a tia Janet não tinha a menor intenção de ir dormir antes que o grupo de crianças pelo qual era responsável estivesse de volta ao lar em segurança.

– Mamãe está nos esperando acordada – constatou Dan. – Seria engraçado se ela cismasse de ir até a porta bem na hora que Felicity e Peter estivessem chegando. Acho que não ia gostar nem um pouco. Já é quase meia-noite.

A ESTRADA DOURADA

– Logo, logo, o Natal já terá passado – Cecily suspirou. – Foi muito bom, não foi? O primeiro Natal que passamos todos juntos. Acham que ainda vamos passar outros?

– Muitos! – Dan exclamou, alegre. – Por que não?

– Não sei... – Ela atrasou um pouco os passos. – É que... o que é bom sempre dura tão pouco!...

– Se Willy Fraser tivesse tido tanta coragem quanto Peter, a senhorita Cecily King talvez não estivesse tão desanimada – ele observou, em tom insinuante.

Cecily deu de ombros e preferiu não responder. Há, de fato, certas observações que uma jovem cheia de dignidade deve ignorar.

RESOLUÇÕES DE ANO-NOVO

Se não tivemos um Natal com neve, tivemos um Ano-Novo repleto dela. No meio da semana entre ambos houve uma nevasca pesada. Era inverno no pomar de delícias dos King; mas tão rigoroso, que era difícil acreditar que o verão o habitara um dia, ou, mesmo, que a primavera fosse ainda voltar. Não havia pássaros para cantar a melodia da lua; e o caminho sobre o qual tinham caído as flores das macieiras estava coberto por algo muito menos perfumado. Ainda assim, o pomar era um lugar de maravilhas em uma noite de luar, quando as alamedas entre as árvores, cobertas de neve, brilhavam como avenidas feitas de marfim e cristal; e sobre as quais os galhos desnudados lançavam desenhos que pareciam ter sido tirados do mundo das fadas. Sobre o passeio do tio Stephen, onde a neve se acumulara, um feitiço feito de magia branca parecia ter sido lançado, tão lindo e imaculado quanto uma rua feita de pérolas.

Na véspera do Ano-Novo, estávamos todos reunidos na cozinha da casa do tio Alec, que nos tinha sido cedida nas noites de inverno para ali nos divertirmos. A Menina das Histórias e Peter estavam conosco, claro, e a mãe de Sara Ray havia permitido que ela viesse, na condição de voltar para casa às oito horas em ponto. Cecily ficou feliz em vê-la, mas os meninos nunca viam sua chegada com bons olhos porque, desde que começara a anoitecer mais cedo, tia Janet sempre obrigava um de nós a acompanhá-la de volta a casa. Detestávamos ter que fazê-lo porque Sara Ray ficava sempre terrivelmente constrangida por ter um acompanhante do sexo masculino. Era de enlouquecer! Sabíamos muito bem que, no dia seguinte, na escola, ela ia contar às colegas, como se fosse um segredo de vida ou morte, que tal ou tal King a acompanhara na noite anterior. Mas uma coisa era acompanhar uma jovem até o portão de casa por vontade própria; outra bem diferente era ser obrigado pela tia ou pela mãe a tal sacrifício. E achávamos que Sara Ray deveria ter suficiente bom senso para entender isso. O que, definitivamente, não tinha.

Lá fora, o pôr do sol criava um espectro rosado por trás das colinas geladas cobertas de abetos e as vastas extensões de campos nevados tinham um leve e lindo brilho cor-de-rosa criado pela luz que vinha do oeste. Os montículos de neve formados ao longo dos prados e também do caminho que descia a colina pareciam ser uma série de ondas que, ao erguer da varinha de condão de um mago, tinham se transformado em mármore. O mesmo acontecia nas cristas das colinas, recortadas sobre o fundo, que agora pareciam estar cobertas por uma espuma densa, e, ainda assim, leve.

Tal esplendor desapareceu devagar, cedendo espaço à beleza mística de um crepúsculo de inverno em que a lua apenas começava a aparecer. O céu côncavo era como uma taça feita de azul. As estrelas surgiram sobre os vales esbranquiçados e a terra se cobriu de um tapete real para receber os passos de um novo ano que se aproximava.

– A neve chegou, enfim! Estou tão feliz por isso! – sorriu a Menina das Histórias. – Se não tivesse nevado, o Ano-Novo teria sido tão sem graça e desbotado quanto o velho. Há algo de solene na chegada do ano novo, não acham? Pensem: temos trezentos e sessenta e cinco dias pela frente e nada ainda aconteceu neles!

– Acho que nada de muito maravilhoso vai ocorrer em qualquer um deles – Felix observou, com pessimismo. Para ele, naquele momento, a vida se mostrava sem atrativos, estragada e inútil, já que era a sua vez de acompanhar Sara Ray.

– Fico meio assustada ao pensar em tudo o que pode acontecer – opinou Cecily. – A senhorita Marwood ensinou que é o que fazemos durante o ano e não o que esperamos dele que verdadeiramente importa.

– Eu sempre fico feliz com a perspectiva de um novo ano – a Menina das Histórias insistiu. – Gostaria de fazer aqui o que se faz na Noruega: a família toda se reúne até a meia-noite e quando o relógio está batendo as doze badaladas, o pai abre a porta da casa e dá as boas-vindas ao ano novo. É um costume bonito, não?

– Se a mamãe nos deixasse ficar acordados até a meia-noite, poderíamos fazer isso também – ressalvou Dan –, mas ela nunca vai deixar. Acho muita maldade.

– Se, um dia, eu tiver filhos, vou deixar que esperem o Ano-Novo acordados – ela decidiu.

– Eu também – Peter concordou –, mas, nas outras noites, vão ter que ir para a cama às sete.

– Você deveria se envergonhar de falar essas coisas – Felicity ralhou, com expressão escandalizada.

Ele se encolheu, embaraçado, provavelmente por achar que tinha violado alguma norma prescrita pelo *Guia da Família*.

– Não sabia que não se deve falar nos filhos – murmurou, em tom de desculpa.

– Temos de fazer nossas resoluções de Ano-Novo! – a Menina das Histórias propôs. – E a véspera é o momento exato de fazê-las.

– Não consigo pensar em nenhuma – Felicity contrapôs, já que estava perfeitamente satisfeita consigo mesma.

– Pois eu poderia sugerir algumas – Dan rebateu, sarcástico.

– Tenho tantas que gostaria de fazer! – Cecily se animou. – Tenho até medo de não conseguir cumprir todas.

A ESTRADA DOURADA

– Vamos pensar em algumas, só por diversão, e ver se conseguimos cumprir – sugeri. – Então pegue papel e tinta para anotarmos todas elas. Assim, vão parecer mais solenes e obrigatórias.

– E depois as colocaremos na parede do quarto para podermos vê-las todos os dias – a Menina das Histórias acrescentou. – E toda vez que deixarmos de cumprir uma delas, vamos marcá-la com um "x". Isso vai nos mostrar o quanto estamos progredindo, além de nos deixar envergonhados se tivermos muitos "Xis".

– E vamos fazer uma lista de honra no *Nosso Periódico* – Felix propôs. – A cada mês, vamos publicar o nome dos que conseguiram cumprir todas as resoluções que fizeram!

– Acho isso tudo uma grande bobagem – Felicity se opôs. Mesmo assim, juntou-se a nós, à mesa, embora tenha ficado um bom tempo com a folha em branco diante de si.

– Vamos fazer uma resolução por vez para que fique mais claro – sugeri. – Começando por mim. – E, lembrando, com certa vergonha, de algumas desagradáveis diferenças de opinião que vinha tendo nos últimos tempos com Felicity, escrevi com letra caprichada enquanto, ao mesmo tempo, anunciava: – Vou tentar controlar meu temperamento em todos os momentos.

– Acho bom mesmo – ela logo apoiou.

A seguir, foi a vez de Dan:

– Não consigo pensar em nada por enquanto – ele comentou, mordendo ferozmente a ponta da caneta.

– Pode prometer não mais comer frutinhas venenosas – Felicity sugeriu.

– E você pode prometer não provocar as pessoas eternamente – ele retrucou.

– Por favor, não briguem na última noite do ano – implorou Cecily.

– Pode prometer não brigar – a Menina das Histórias sugeriu.

– De jeito nenhum! De nada adianta fazer uma resolução que não se pode cumprir. Existem pessoas nesta família com quem é impossível não brigar se quiser continuar vivo. Mas pensei em uma coisa: não vou fazer nada que possa irritar as pessoas. O que acham?

Felicity, que estava com um humor insuportável naquela noite, soltou uma risada desagradável. Cecily, no entanto, deu-lhe uma cotovelada, o que, talvez, tenha refreado seu comentário.

– Não vou comer maçãs – Felix prometeu.

– Por que vai deixar de comer maçãs? – Peter indagou, perplexo.

– Ah, deixa para lá – Felix murmurou.

– As maçãs engordam – Felicity docemente observou.

– Essa me parece uma resolução bastante engraçada – comentei, em tom de dúvida. – Acho que devemos prometer não fazer coisas ruins, ou fazer coisas boas.

Sem perder a calma, Felix rebateu, com delicadeza fraternal:

– Você faz as resoluções que forem melhor pra você e eu, as que mais preciso.

– Nunca vou me embebedar – Peter escreveu e anunciou meticulosamente.

– Mas você nunca faz isso! – a Menina das Histórias se espantou.

E, com a lógica que era peculiar, ele argumentou:

– Então vai ser muito mais fácil manter a resolução.

– Isso não é justo – Dan reclamou –, se todos decidirmos não fazer coisas que nunca fazemos, vamos todos ficar na lista de honra.

– Deixe Peter em paz! – Felicity interferiu, com severidade. – A resolução que ele fez é muito boa e todos deveriam segui-la!

– Não vou sentir inveja – prometeu a Menina das Histórias.

– E você sente? – surpreendi-me.

– Ela enrubesceu e fez que sim com a cabeça e confessou:

– Sinto. De uma coisa, mas não vou dizer o que é.

– Também sinto inveja às vezes – admitiu Sara Ray. – Então, minha primeira resolução é: vou tentar não sentir inveja quando ouvir as outras meninas da escola comentarem que ficaram com o estômago revirado e passaram mal.

A ESTRADA DOURADA

– Meu Deus! Você quer passar mal do estômago!? – Felix se espantou.

– É que quando as pessoas ficam doentes, todo mundo acha que são importantes – ela explicou.

Cecily seguiu em frente com as resoluções, para aliviar a má impressão daquele comentário:

– Vou tentar melhorar a mente e os pensamentos lendo bons livros e ouvindo as pessoas mais velhas – anunciou e escreveu.

– Você tirou isso do jornalzinho da Escola Dominical! – Felicity acusou.

– Não importa de onde tirei – Cecily replicou, com dignidade. – O que importa é manter a resolução!

Vendo que Felicity ainda não tinha anotado nada, chamei:

– Sua vez!

Ela jogou os lindos cabelos loiros para trás.

– Eu disse que não ia fazer nenhuma resolução. Pode continuar.

– Vou sempre estudar minha lição de gramática – prometi. Eu, que detestava gramática do fundo da alma.

– Também não gosto de gramática – Sara Ray comentou, com um suspiro. – Na minha opinião, é uma coisa tão desimportante!

Sara Ray gostava de palavras diferentes, mas nem sempre as empregava de maneira apropriada. O que ela quis dizer, de fato, com esse comentário, deve ter sido "desinteressante".

– Não vou perder as estribeiras com Felicity. Se conseguir... – Dan prometeu.

– Tenho certeza de que não faço nada para que perca – ela observou.

– Não acho educado ficar fazendo resoluções sobre suas irmãs – Peter interferiu.

Felicity riu e zombou:

– Ele não vai conseguir cumprir, mesmo. Tem um temperamento horrível.

– É defeito de família – Dan rebateu, quebrando a promessa antes mesmo que a tinta com que a escrevera tivesse secado.

– Estão vendo? – ela provocou.

– Vou resolver todos os problemas de aritmética sem ajuda – Felix escreveu, sem dar muita atenção à briga dos primos.

– Eu também queria fazer essa resolução – lamentou Sara Ray –, mas seria inútil. Não consigo resolver as contas de multiplicação composta que o professor nos passa de tarefa de casa todos os dias. Preciso sempre da ajuda de Judy Pineau. Ela não sabe ler direito e soletrar de jeito nenhum, mas ninguém é tão esperta em aritmética. – Soltou um longo suspiro e completou, em tom de desalento: – Tenho certeza de que jamais vou entender multiplicação composta...

Dan, então, recitou, com um sorriso:

– "Multiplicar me aborrece; e dividir não é melhor; a regra de três para mim é chinês; e as frações vão de mal a pior."

– Ainda nem cheguei às frações – declarou Sara. – E espero estar grande demais para ir à escola quando chegar a elas. Detesto aritmética, mas amo geografia!

Peter passou a escrever e a anunciar sua próxima resolução:

– Não vou brincar de jogo da velha nas páginas de abertura do livro de cânticos quando estiver na igreja.

– Misericórdia! – Felicity se pronunciou, horrorizada. – Não acredito que fez isso!

Ele assentiu, absolutamente envergonhado. E admitiu:

– Foi naquele domingo em que o senhor Bailey fez o sermão. Foi tão comprido! Fiquei muito entediado. E depois, ele estava falando sobre coisas que não entendo mesmo... Então brinquei de jogo da velha com um menino de Markdale. Mas eu nem estava sentado na audiência.

– Bem, espero que, se um dia voltar a fazer algo tão horrível assim, não esteja no nosso banco – ela ressalvou, severa.

– Não vou mais fazer isso – ele prometeu. – Fiquei me sentindo culpado o resto do dia.

– Vou tentar não me irritar quando me interromperem durante uma história – a Menina das Histórias escreveu e logo acrescentou, com um suspiro –, mas vai ser difícil.

A ESTRADA DOURADA

– Não me incomoda ser interrompida – Felicity contrapôs.

– Vou tentar ser alegre e sorrir o tempo todo – anunciou Cecily.

– Você já faz isso – Sara Ray observou, com lealdade.

– Acho que não precisamos ser alegres o tempo todo – a Menina das Histórias analisou. – A Bíblia diz que devemos chorar com aqueles que choram.

– Talvez isso signifique que devemos chorar... com alegria – Cecily sugeriu.

E Dan aproveitou para brincar:

– É mais ou menos assim: "Sinto muito se você está sofrendo, mas estou feliz da vida por não estar na sua pele".

– Ora, não seja irreverente! – Felicity logo o repreendeu.

– Conheço uma história, sobre o senhor e a senhora Davidson, um casal de idosos que morava em Markdale – lembrou-se a Menina das Histórias. – A senhora Davidson vivia sorrindo e isso irritava profundamente o marido, então, certo dia, ele perguntou, muito contrariado: "Posso saber do que está rindo, mulher"? E ela respondeu: "Ora, Abiram, está tudo tão lindo e agradável, que tenho de sorrir". Pouco tempo depois, eles passaram por momentos não tão bons assim. A colheita não foi boa e a melhor vaca que tinham morreu; além disso, a senhora Davidson passou a sofrer de reumatismo. Para arrematar, o senhor Davidson caiu e quebrou a perna. Ainda assim, ela continuou a sorrir. "Por que, em nome de Deus, está sorrindo, mulher"?, o senhor Davidson voltou a perguntar. "Ora, Abiram, tudo anda tão sombrio e desagradável, que tenho de sorrir", ela explicou. E o marido, ainda contrariado, comentou: "É... Poderia dar um descanso ao rosto, às vezes, não acha"?

– Não vou mais fofocar – Sara Ray prometeu, com ar de satisfação antecipada.

– Não acha que é uma resolução severa demais? – Cecily indagou. –É claro que é errado fofocar, mas apenas quando a fofoca é maldosa; as do tipo inofensivo não ferem ninguém. Se eu lhe contar que Emmy MacPhail vai ganhar uma gola de pele nova neste inverno, estarei fazendo uma fofoca inofensiva, mas se disser que não sei de onde ela tirou dinheiro para comprar uma gola de pele nova já que o pai dela não consegue pagar o meu pela aveia que comprou, isso, sim, seria fofoca maldosa. Se eu fosse você, Sara, acrescentaria as palavras "com maldade" em sua resolução.

Sara concordou e o fez.

– Vou ser educado com todo mundo – foi minha terceira promessa, que passou sem receber comentários de ninguém.

– Vou tentar não usar gírias, já que Cecily não gosta delas – anunciou Dan.

– Algumas gírias são até bonitinhas – Felicity opinou.

– O *Guia da Família* diz que gírias são vulgares – declarou Dan, com um sorrisinho. – Não é verdade, Sara Stanley?

– Não me perturbe – ela respondeu, com expressão sonhadora. – Estou tendo um pensamento lindo!

– Pensei numa resolução! – Felicity quase gritou, com o intuito não tão velado assim de perturbar o pensamento lindo da Menina das Histórias. – O senhor Marwood disse, no domingo passado, que devemos sempre tentar ter pensamentos lindos, assim, nossa vida se tornará linda também. Então, minha resolução é ter um pensamento lindo todos os dias antes do café da manhã.

– Só consegue ter um desses por dia? – Dan provocou.

– E por que antes do café da manhã? – me interessei.

– Porque é mais fácil pensar de estômago vazio – Peter respondeu por ela. Felicity, porém, ignorou sua boa-fé e lançou um olhar furioso em sua direção.

– Escolhi esse momento do dia porque quando estiver escovando os cabelos diante do espelho, verei meu reflexo e me lembrarei da resolução – explicou.

– O senhor Marwood quis dizer que *todos* os nossos pensamentos deveriam ser lindos – esclareceu a Menina das Histórias. – Se fossem, as pessoas não teriam receio de revelar o que pensam.

– Nunca deveriam ter receio – Felix enfatizou. – Vou fazer uma resolução aqui de sempre dizer o que penso.

A ESTRADA DOURADA

– E espera estar vivo no fim do ano se o fizer? – Dan brincou.

– Seria fácil dizermos o que vai na nossa mente se pudéssemos sempre ter certeza do que é – filosofou a Menina das Histórias. – Eu mesma, muitas vezes, não tenho.

– Gostaria que as pessoas sempre lhe dissessem o que pensam? – Felicity perguntou.

– Não me interessa muito o que algumas pessoas pensam sobre mim – Felix voltou a falar.

– Já percebi que não gosta que digam que é gordo – ela continuou no ataque.

– Meu Deus! Por que têm que ficar dizendo essas coisas sarcásticas uns aos outros? – a pobre Cecily queixou-se. – É tão horrível fazer isso na última noite do ano! Só Deus sabe onde estaremos nesta mesma noite no ano que vem. Peter, é a sua vez.

– Vou tentar fazer minhas orações todas as noites e não duas vezes na mesma noite por achar que não vou ter tempo na noite seguinte, como fiz na noite antes da festa de Natal – declarou ele.

– Imagino que nunca tenha feito suas orações antes de conseguirmos levá-lo à igreja – observou Felicity, que não havia participado em nada para convencê-lo a frequentar os cultos, mas, ao contrário, tinha sido contra, como ficou registrado no primeiro volume da história da nossa família.

– Eu fazia, sim! – ele se defendeu. – A tia Jane me ensinou a rezar. Mamãe não tinha tempo, já que meu pai nos deixou e ela tinha que lavar roupas à noite também.

– Vou aprender a cozinhar – a Menina das Histórias escreveu e anunciou, de cenho fechado.

– Deveria prometer não fazer pudins com... – Felicity começou, mas interrompeu-se de repente, como se tivesse engolido o resto da sentença. Cecily acabava de lhe dar uma cotovelada e ela provavelmente se lembrou de que a Menina das Histórias tinha ameaçado nunca mais contar uma história se alguém zombasse do fato de ter usado pó de serragem em vez de fubá para fazer o pudim. Todos sabíamos, porém, o que Felicity havia começado a dizer e a Menina das Histórias lançou um olhar nada amistoso em sua direção.

– Não vou chorar quando a mamãe não quiser engomar meus aventais – prometeu e anotou Sara Ray.

– Seria melhor prometer não chorar por qualquer coisa – Dan sugeriu em tom ironicamente gentil.

Sara Ray negou com a cabeça desesperadamente.

– Seria difícil demais manter essa resolução – explicou. – Há momentos em que *preciso* chorar. É como um alívio para mim, sabe?

– Mas não para as pessoas que têm de ouvi-la – Dan segredou para Cecily.

– *Shhh...* Não vá ferir os sentimentos dela no último dia do ano – ela sussurrou para o irmão. Depois levantou a voz para os demais: – É minha vez de novo? Bem, prometo não me preocupar mais porque meus cabelos não são cacheados, embora não consiga deixar de querer que fossem.

– Então por que não os enrola mais como costumava? – perguntou Dan.

– Você sabe muito bem que nunca mais enrolei papelotes nos cabelos desde que Peter quase morreu de sarampo. Decidi naquela época que não ia enrolá-los mais porque não tinha certeza se era correto ou não.

– Vou manter as unhas cortadas e limpas – prometi. – Pronto! São quatro resoluções. Não vou fazer mais nenhuma. Quatro é o bastante.

– Sempre vou pensar duas vezes antes de falar – Felix anunciou e escreveu.

– Isso é uma grande perda de tempo – Dan criticou –, mas acho que vai ter de fazê-lo se for sempre dizer o que pensa.

– Vou parar em três resoluções – declarou Peter.

– Vou aproveitar todos os bons momentos que puder – escreveu e anunciou a Menina das Histórias.

– Ah, isso, sim, é sensato! – Dan elogiou.

– Mas é uma resolução bem fácil de manter – observou Felix.

– Vou tentar gostar de ler a Bíblia – Sara Ray prometeu.

A ESTRADA DOURADA

– Deveria gostar sem precisar tentar – Felicity condenou.

Sara Ray olhou para ela e, em um raríssimo momento de presença de espírito, rebateu:

– Se tivesse de ler sete capítulos cada vez que se comportasse mal, acho que você também não gostaria.

– Vou acreditar em apenas metade do que ouço – foi a quarta e última resolução de Cecily.

– Mas em qual metade? – Dan perguntou, em tom de brincadeira.

– A melhor – ela respondeu, simplesmente.

– Vou tentar sempre obedecer à mamãe – Sara Ray anunciou e anotou em seu papel, com um suspiro profundo, como se compreendesse, em toda a sua extensão, a dificuldade de manter uma resolução assim. – E isso é tudo que vou prometer.

– Felicity só fez uma resolução – comentou a Menina das Histórias.

– Acho melhor fazer só uma e mantê-la do que fazer várias e não manter nenhuma.

Foi dela a palavra final sobre o assunto, porque já estava na hora de Sara Ray voltar para casa e a reunião terminou ali. Sara e Felix saíram e nós os observamos enquanto desciam pela estrada da colina, sob a luz da lua. Sara seguia modestamente ao longo de uma das margens do caminho enquanto Felix caminhava, acabrunhado, pela outra. Receio que a beleza romântica daquela noite prateada tenha sido desperdiçada por completo por meu pragmático irmão.

E, me lembro bem, aquela foi uma noite especialmente linda; quase que um poema branco, com versos feitos de frio, estrelas e luar. Foi uma dessas noites em que se pode dormir e ter sonhos felizes cheios de jardins de alegria e música; e sentir o tempo todo o suave esplendor e o brilho nostálgico do mundo banhado pelos raios da lua, enquanto uma doce e estranha melodia ressoa pelos pensamentos e faz ecoar palavras de ternura.

Na verdade, Cecily sonhou, naquela noite que havia três luas cheias no céu e acordou chorando, horrorizada.

O PRIMEIRO NÚMERO DO *NOSSO PERIÓDICO*

O primeiro número do *Nosso Periódico* ficou pronto no dia de Ano-Novo e nós o lemos naquela noite na cozinha. Toda a "equipe" trabalhou muito e estávamos muito orgulhosos com o resultado, embora Dan ainda zombasse por termos um jornal não impresso. A Menina das Histórias e eu nos revezamos nessa primeira leitura (embora nas vezes seguintes eu a tenha feito sozinho), enquanto os outros, exceto Felix, comiam maçãs. O jornalzinho começava com um editorial curto:

Editorial

Com este número, o Nosso Periódico *faz sua saudação inaugural ao público. Todos os editores deram o melhor de si e os vários departamentos estão repletos de informações valiosas e muito entretenimento. A capa, projetada com bom gosto, é de um famoso artista, o* senhor *Blair Stanley, que a enviou para nós diretamente da Europa a pedido da filha. O senhor Peter Craig, nosso empreendedor colunista literário, contribuiu com uma tocante história de amor.*

Nesse ponto da leitura, Peter comentou, num sussurro rápido:
– Nunca me chamaram de "senhor" na vida.
E seguimos adiante:

O ensaio sobre Shakespeare, feito pela senhorita Felicity King, não foi em nada prejudicado pelo fato de já ter feito parte de uma redação escolar, uma vez que, para a maioria dos nossos leitores, será algo novo. A senhorita Cecily King contribuiu para a coluna de ficção e poesia com um artigo de aventura emocionante. As várias colunas foram habilmente editadas e sentimos ter motivos para nos orgulharmos do Nosso Periódico. *Não vamos, porém, descansar após esta primeira empreitada. "Excelência" será sempre o nosso lema. Acreditamos que, a cada novo número bem-sucedido, seremos melhores do que no número anterior. Estamos cientes de que ainda temos vários pontos a serem melhorados, mas é mais fácil percebê-los do que consertá-los. Qualquer sugestão que venha a acrescentar melhorias ao* Nosso Periódico *será muito bem recebida, mas acreditamos que ninguém terá os sentimentos feridos por qualquer crítica que venha a ser feita. Vamos todos trabalhar em harmonia e nos esforçar para tornar o* Nosso Periódico *uma influência duradoura e uma fonte de deleite inocente. Assim, lembremos das palavras do poeta Longfellow:*

> *"Os píncaros por grandes homens alcançados e mantidos*
> *Não foram por voo repentino atingidos.*
> *Pois eles, enquanto seus iguais jaziam adormecidos,*
> *Noite adentro labutavam decididos."*

Peter, impressionado, voltou a comentar:
– Li muitos editoriais bem piores no *Diário de Empresas*!

Ensaio sobre Shakespeare:

O nome completo dele era William Shakespeare. Ele nem sempre escrevia seu nome da mesma forma. Viveu durante o reinado da Rainha Elizabete e escreveu muitas peças de teatro. Elas eram redigidas em formato de diálogo. Algumas pessoas acham que não foram escritas por Shakespeare, mas por outro homem usando o mesmo nome. Li algumas delas porque o professor nos disse que todo mundo deveria ler as obras de Shakespeare, mas não gostei muito. Há algumas coisas nelas que não entendi. Gosto muito mais das histórias de Valeria H. Montague no Guia da Família. *Elas são mais emocionantes e mais parecidas com a vida real. "Romeu e Julieta" foi uma das peças que li. É muito triste. Julieta morre e não gosto de histórias em que as pessoas morrem. Gosto muito mais quando elas todas se casam, em especial com duques e condes. Shakespeare se casou com Anne Hatheway. Os dois já morreram há muito tempo. Ele foi um homem muito famoso.*

Felicity King

Peter voltou a falar agora com muita humildade:

– Eu mesmo não sei muito sobre Shakespeare, mas tenho um livro com peças dele, que foi da minha tia Jane e acho que vou ter que me atracar com ele assim que terminar a Bíblia.

A história de uma fuga de noivos da igreja

Esta é uma história verdadeira. Aconteceu em Markdale com um tio da minha mãe. Ele queria se casar com a senhorita Jemima Parr. Felicity reclamou que Jemima não é um nome romântico para a heroína de uma história, mas não posso fazer nada a respeito neste caso porque é uma história real e o nome dela era esse mesmo. O tio da minha mãe se chamava Thomas Taylor. Naquela época, ele era pobre,

A ESTRADA DOURADA

então o pai da senhorita Jemima Parr não o queria como genro e o avisou para não se aproximar da casa deles, ou iria atiçar o cachorro contra ele. A senhorita Jemima era muito bonita, e o tio da minha mãe, Thomas, era louco por ela. E a senhorita Jemima queria ficar com ele também. Ela chorava quase todas as noites depois que o pai o proibiu de aparecer na casa de Thomas; só não chorava nas noites em que tinha de dormir porque senão morreria. E ela tinha muito medo de que ele tentasse vir e acabasse estraçalhado pelo cachorro, que era um buldogue, desses que mordem e não soltam mais. Mas o tio da minha mãe era bonito demais para isso. Então ele esperou até um dia em que houve um sermão na igreja de Markdale no meio da semana, ele sabia que na hora do sacramento, a senhorita Jemima e a família iriam participar porque o pai dela era um membro antigo. O tio da minha mãe, Thomas, também foi e se sentou no banco bem atrás da família da senhorita Jemima. Quando eles todos inclinaram a cabeça para rezar, a senhorita Jemima não inclinou a dela e ficou sentada bem ereta e o tio da minha mãe se inclinou e falou baixinho em seu ouvido. Não sei o que ele disse, por isso não posso escrever aqui, mas a senhorita Jemima ficou toda corada, que quer dizer ficar com o rosto rosado, e fez que sim com a cabeça. Talvez algumas pessoas achem que o tio da minha mãe, Thomas, não deveria ter sussurrado na igreja durante as orações, mas vocês devem se lembrar que o pai da senhorita Jemima tinha ameaçado atiçar o cachorro contra ele, o que foi algo muito feio de se ameaçar, ainda mais porque ele era um rapaz decente, embora não fosse rico. Bem, quando estavam cantando o último salmo, o tio da minha mãe se levantou e saiu sem fazer barulho e, assim que o serviço religioso acabou, a senhorita Jemima também saiu bem depressa. A família dela não desconfiou de nada e ficaram por lá conversando e apertando as mãos das pessoas enquanto a senhorita Jemima e o tio da minha mãe, Thomas, estavam fugindo juntos lá fora. E o que vocês acham que eles usaram para fugir? É isso mesmo: O trenó do pai da senhorita Jemima. E quando ele saiu da igreja, já tinham desaparecido e o trenó e o cavalo que o puxava também. É claro que o tio da minha mãe não roubou o cavalo. Ele só emprestou e o mandou de volta no dia seguinte. Mas antes que o pai da senhorita Jemima pudesse pegar outro trenó para segui-los, eles já estavam tão longe, que não conseguiu pegá-los antes de se casarem. E viveram felizes para sempre depois disso. O tio da minha mãe, Thomas, viveu até ficar bem velhinho. Ele morreu de repente. Estava se sentindo bem quando foi dormir e, quando acordou, estava morto.

Peter Craig

Minha aventura mais emocionante

O editor disse que temos que descrever nossa aventura mais emocionante para o Nosso Periódico. *A minha aconteceu há um ano, em novembro passado. Quase morri de medo. Dan afirmou que não teria ficado com medo e Felicity, que saberia do que se tratava, mas é fácil falar.*

Aconteceu na noite em que fui visitar Kitty Marr. Achei que a tia Olivia estivesse lá e que, assim, eu poderia voltar com ela. Mas não estava e tive de voltar para casa sozinha. Kitty me acompanhou até uma parte do caminho, mas não quis ir além do portão do tio James Frewen. Disse que era porque estava ventando demais e tinha medo de ficar com dor de dente e não porque estivesse com medo do fantasma do cachorro que assombrava a ponte na depressão do terreno do tio James. Eu preferia que ela não tivesse dito nada sobre o cachorro porque, se não tivesse, eu não ficaria pensando nele. E tive de continuar andando e pensando. Eu já tinha ouvido a história várias vezes, mas não tinha acreditado. Diziam que o cachorro costumava aparecer em um dos lados da ponte e a atravessava junto com as pessoas para depois desaparecer quando chegavam ao outro lado. Ele nunca tentou morder ninguém, mas quem gostaria de ver o fantasma de um cachorro, mesmo se não acreditasse nele? Eu sabia

A ESTRADA DOURADA

que fantasmas não existem e fiquei repetindo isso para mim mesma; também repeti um pedaço do Texto Dourado que estava decorando para a aula do domingo seguinte, mas meu coração disparou quando me aproximei da depressão. Estava tão escuro lá! Mal dava para ver as coisas ao redor. Quando cheguei à ponte, atravessei andando de lado, com as costas voltadas para o guarda-corpo, para não achar que o cachorro estava atrás de mim. E então, bem no meio da ponte, vi uma coisa. Estava bem diante de mim e era grande e escura, do tamanho de um cachorro Terra-nova, e achei ter visto um focinho branco. E ele ficou pulando pela ponte, de um lado para o outro. Oh, espero que nenhum dos meus leitores jamais fique tão assustado quanto fiquei! Estava apavorada demais para voltar correndo por medo de que o bicho me perseguisse e eu não pudesse passar por ele porque se movia depressa demais. E então saltou em cima de mim e pude sentir as unhas! Gritei e caí. Ele rolou para um lado e ficou lá, quieto, mas não ousei me mexer e não sei o que teria acontecido comigo se Amos Cowan não tivesse aparecido naquele momento com uma lanterna.

Lá estava eu, sentada no meio da ponte com aquela coisa horrível do meu lado. E sabem o que era? Um guarda-chuva grande com cabo branco. Amos disse que o guarda-chuva era dele, que o vento o tinha arrancado da sua mão e que tivera de voltar para casa e pegar uma lanterna para procurar por ele. Senti vontade de perguntar por que, em nome de Deus, estava andando por ali com um guarda-chuva aberto se não estava chovendo. Mas os Cowan costumam fazer coisas esquisitas. Lembram-se de quando Jerry Cowan nos vendeu a gravura de Deus, não? Amos me levou para casa e me senti muito agradecida porque não sei o que teria sido de mim se ele não tivesse aparecido. Não consegui dormir naquela noite e não quero ter mais nenhuma aventura como aquela.

Cecily King

Anúncios pessoais

O senhor Dan King se sentiu um pouco indisposto no dia seguinte ao Natal, provavelmente como resultado da ingestão de torta de carne moída em excesso.

– Não foi nada disso! – ele protestou, indignado. – Comi só um pedaço!

O senhor Peter Craig acha ter visto o Fantasma da Família na véspera do Natal, mas nós achamos que tudo o que viu foi o bezerro branco de rabo vermelho.

– É um bezerro bem esquisito, então, já que estava andando em duas patas e mexendo as mãos – Peter resmungou, mal-humorado.

A senhorita Cecily King passou a noite do dia vinte de dezembro com a senhorita Kitty Marr. Conversaram a maior parte do tempo sobre novos pontos de tricô de renda e sobre seus pretendentes e, no dia seguinte, ficaram sonolentas na escola.

– Não conversamos sobre nada disso! – Cecily refutou, enfática.

O senhor Paddy Pelo-cinzento sentiu-se mal ontem, mas hoje já parece ter se recuperado.

A família King aguarda a visita da tia Eliza em janeiro. Na verdade, ela é, nossa tia-avó. Nunca a vimos, mas nos disseram que é muito surda e não gosta de crianças, então, a tia Janet disse para aparecermos bem pouco quando ela vier.

A senhorita Cecily King aceitou bordar com nomes um dos quadrados que farão parte da colcha das missões que será confeccionada pelo Grupo Missionário da Igreja de Carlisle. Paga-se cinco centavos para se ter o nome bordado nas bordas, dez centavos no centro e um quarto de dólar se a pessoa quiser que o nome apareça sozinho em um quadrado.

– Não é bem assim que funciona – Cecily observou, indignada.

Anúncios

Procura-se remédio para fazer menino gordo emagrecer. Favor remeter para: "Paciente Sofredor", aos cuidados do Nosso Periódico.

– Não acredito que Sara Ray tenha escrito isso – Felix comentou, azedo. – Aposto que é coisa de Dan. Deveria se ater ao seu próprio departamento, Dan!

Assuntos Domésticos

A senhora Alexander King procedeu à matança dos gansos no dia vinte de dezembro. Todos ajudamos a depená-los. Comemos um deles no dia do Natal e vamos comer os outros, um a cada quinze dias, pelo resto do inverno.

A massa do pão azedou na semana passada porque a mamãe não quis me ouvir. Avisei que estava quente demais no canto de trás do fogão para deixar que crescesse lá.

A senhorita Felicity King recentemente inventou uma nova receita de biscoitos, os quais todo mundo achou excelentes. Não vou publicá-la, porém, porque não quero que outras pessoas a tenham.

Respondendo ao querido leitor que se autodenomina "Questionador Ansioso" se quiser remover manchas de tinta, coloque a mancha acima de vapor d'água e aplique sal e suco de limão. Se for Dan quem enviou essa dúvida, eu o aconselharia a parar de limpar a ponta da caneta nas mangas da camisa. Assim, não teria mais o problema das manchas.

Felicity King

Etiquette

F-l-x: Sim, você deve oferecer o braço a uma dama ao acompanhá-la até a casa, mas não a deixe esperando por muito tempo no portão enquanto se despede com um boa-noite.

– Nunca fiz essa pergunta! – Felix indignou-se.

C-c-l-y: Não, não é educado usar a expressão "Santo Deus"! nem a palavra "maldito" em conversas corriqueiras.

Cecily tinha ido ao porão para reabastecer a travessa de maçãs, então essa "resposta" do departamento de *etiquette* passou sem protestos.

S-r-a: Não, não é de bom tom chorar o tempo todo. Quanto a convidar um rapaz para entrar em casa, vai depender de ele ter acompanhado você por vontade própria ou de ter sido obrigado por algum parente mais velho.

F-l-t-y: Guardar um botão do casaco do seu amado como recordação não quebra nenhuma regra de etiquette. *Mas não tire mais de um, ou a mãe dele vai dar por falta.*

Dan King

Coluna de moda

Cachecóis de tricô serão mais usados do que os de crochê neste inverno. Além disso, você pode ficar ainda mais elegante se usar o cachecol e a touca da mesma cor.

Luvas de inverno vermelhas com desenho de losangos em preto estão fora de moda. A avó de Em Frewen é quem tricota as luvas para ela e sabe fazer o desenho de losangos duplos. Em se orgulha muito disso, mas o desenho simples é mais recomendado e de bom gosto.

Os novos chapéus de inverno que chegaram à Markdale são bastante elegantes. É tão emocionante escolher um chapéu novo! Os meninos não sabem o que é sentir isso porque os chapéus masculinos são todos parecidos.

Cecily King

A ESTRADA DOURADA

Humor

Esta anedota é verdadeira e aconteceu de fato.

Havia um pastor, muito velho, em Nova Brunswick, cujo nome era Samuel Clask. Como todo pastor, ele rezava, pregava e visitava os doentes da paróquia. Certo dia, foi visitar um vizinho que estava para morrer e pediu ao Senhor que tivesse piedade dele porque era muito pobre e tinha trabalhado tanto durante toda a vida, que não tivera tempo para prestar atenção à religião. E terminou sua oração assim: "Se não acreditar em mim, meu Deus, dê uma olhada nas mãos dele".

Felix King

Informações

Pergunta de Dan: "Botos crescem em árvores ou em vinhas"?
Resposta deste escritório: Em nenhuma das duas. Botos habitam as profundezas do mar.

Felix King

Dan se defendeu de imediato, em tom sentido:

– Bem, eu nunca tinha ouvido falar em botos e pareceu-me ser o nome de uma planta. Mas você não precisava ter colocado isso no jornal!

– Não foi pior do que as coisas que você colocou a meu respeito e que eu nem tinha perguntado! – rebateu Felix.

– Meninos, isto é apenas divertimento – Cecily interferiu, sensata como de hábito. – E o *Nosso Periódico* ficou tão elegante!

– Ficou mesmo! Embora certas pessoas tenham se oposto tanto a ele! – Felicity concordou, sem ver que a Menina das Histórias e eu trocávamos piscadelas cúmplices às suas costas.

Eram tempos de brincadeiras e caçoadas tão inocentes e inofensivas! Demos tantas risadas durante a leitura das nossas produções jornalísticas enquanto saboreávamos as deliciosas maçãs dos King! Por mais que o vento do inverno sopre, jamais conseguirá extinguir da nossa memória o brilho avermelhado daquela noite em especial. E mesmo que o *Nosso Periódico* jamais tenha causado sensação no mundo nem tenha sido o berço para o desenvolvimento de nenhum gênio, continuou a ser a melhor diversão que poderíamos ter ao longo do ano.

A VISITA DA TIA-AVÓ ELIZA

Era um dia claro de inverno em fevereiro: frio, difícil de aguentar, mas radiante de tão branco. O céu tinha um tom de azul intenso, os campos e as colinas cobertos de neve cintilavam, a franja de pingentes de gelo em torno dos beirais da casa reluziam. A geada forte persistia e a neve tinha acabado de cair, pintando o nosso mundo com uma camada de branco. E nós, a parte mais jovem da família King, estávamos todos ansiosos por desfrutar a vida, pois era sábado e tínhamos sido deixados sozinhos para cuidar da casa!

No dia anterior, a tia Janet e a tia Olivia tinham feito a última grande matança de aves para o mercado e, pela manhã, todos os adultos seguiram para Charlottetown, onde ficariam o dia inteiro. Deixaram muitas tarefas para fazermos, como de costume; lembramos de algumas, mas não de outras; no entanto, com Felicity no comando, nenhum de nós ousou sair muito da linha. A Menina das Histórias e Peter vieram, claro, e concordamos que íamos nos apressar e fazer todo o serviço antes do meio-dia, para termos a tarde inteira livre e podermos nos divertir sem interrupções. O programa incluía fazermos um puxa-puxa depois do almoço e passarmos uma hora feliz deslizando no campo nevado da colina antes do jantar. No entanto, a decepção nos pegou de surpresa. Fizemos o puxa-puxa, mas antes de podermos saboreá-lo devidamente, quando as meninas já estavam terminando de lavar a louça, Felicity olhou pela janela e exclamou, em tom de desespero:

– Meu Deus! A tia-avó Eliza está vindo lá na estrada! Mas que chato!

Fomos todos olhar. Uma senhora alta, de cabelos grisalhos se aproximava da casa. Tinha no rosto a expressão intrigada de alguém que não conhece o lugar em que se encontra. Sabíamos, havia semanas, que ela estava para chegar, já que estivera visitando parentes em Markdale. E sabíamos também que apareceria a qualquer momento, pois era o tipo de pessoa "agradável" que gosta de fazer visitas de surpresa. Nunca imaginamos, porém, que fosse vir bem naquele dia. Devo reconhecer que não estávamos nem um pouco ansiosos, muito menos satisfeitos com sua visita; nenhum de nós jamais a vira, e as únicas informações que tínhamos a respeito dela era que sofria de uma surdez terrível e possuía ideias muito firmes quanto à maneira como as crianças devem se comportar.

Dan soltou um assovio.

– Vamos ter uma tarde muito engraçada – previu. – Ela é mais surda do que uma porta e vamos acabar com a garganta para que nos ouça. Acho que vou dar uma sumida.

– Não fale assim, Dan – Cecily pediu, repreensiva. – Ela é velhinha, coitada. E solitária. Passou por muitos problemas na vida, sabia? Enterrou três maridos! Devemos ser gentis e fazer o possível para que a visita dela seja agradável.

– Ela está chegando à porta dos fundos – Felicity anunciou e passou um olhar agitado pela cozinha, enquanto reclamava: – Eu lhe disse esta manhã que precisava tirar a neve da porta da frente, Dan! Cecily, leve aqueles potes para a despensa! Rápido! Esconda aquelas botas, Felix! Feche a porta do armário, Peter! Sara, arrume o saguão! A tia Eliza é muito detalhista, e a mamãe comentou que mantém a casa sempre impecável!

A ESTRADA DOURADA

Justiça seja feita a Felicity: enquanto dava ordens a todos nós, ela mesma se ocupava da arrumação e foi impressionante ver o quanto conseguimos fazer a fim de colocar a cozinha em perfeita ordem durante os dois minutos que a tia-avó Eliza levou para atravessar o quintal.

– Ainda bem que a sala de estar está arrumada e temos muita comida na despensa – suspirou. Ela poderia enfrentar qualquer coisa com coragem desde que a despensa estivesse bem suprida.

A conversa cessou por completo quando ouvimos as batidas firmes à porta. Felicity foi abrir.

– Ora, como vai, tia Eliza!? – cumprimentou em voz bem alta.

Uma expressão um pouco confusa surgiu no rosto da nossa visitante e Felicity percebeu que não tinha falado alto o bastante.

– Como vai, tia Eliza!? – gritou a plenos pulmões. E continuou falando assim o tempo todo em que se dirigiu a ela. – Entre! Estamos felizes em vê-la! Faz tempo que a estamos esperando!

– Seus pais estão em casa? – a tia Eliza perguntou, com certa hesitação.

– Não! Eles foram à cidade hoje! Mas vão chegar ao anoitecer! – Felicity fez um gesto com a mão, convidando-a a entrar.

– Sinto estarem fora – ela aceitou, dando alguns passos para dentro da cozinha. – Porque só posso ficar por algumas horas.

– Ah, que pena! – berrou a pobre Felicity enquanto lançava um olhar furioso a todos nós, como se exigisse saber por que não a ajudávamos. – Pensamos que passaria uma semana conosco! Deveria ficar até amanhã pelo menos!

– Não posso. Preciso voltar a Charlottetown esta noite.

– Bem, então tire o casaco e fique, pelo menos, para o chá! – ela convidou com toda a hospitalidade que suas esgotadas cordas vocais permitiram.

– Sim, acho que vou fazer isso. Quero conhecer meus... meus sobrinhos e sobrinhas. – Tia Eliza olhou para nós de uma maneira doce. Se pudesse estabelecer uma conexão entre essa minha impressão e a ideia prévia que fizera sobre ela, eu poderia jurar que vi um brilho estranho naqueles olhos. Mas, claro, não o fiz. – Não quer nos apresentar, por favor?

Felicity gritou nosso nome e a tia Eliza foi apertando nossas mãos. Concluiu essa formalidade um pouco séria e eu percebi que me enganei quanto ao brilho nos olhos dela. Era, de fato, uma senhora muito alta e agia com dignidade e imponência; em resumo, era uma tia-avó que impunha respeito.

Felicity e Cecily a acompanharam ao quarto de hóspedes, para que deixasse seu casaco e bolsa e depois a deixaram na sala de estar. Quando voltaram à cozinha, foi para discutirmos a situação, em uma conferência familiar.

– O que acharam dela? – Dan logo perguntou.

– *Shhh*! – impôs Cecily ao mesmo tempo que olhava para a porta entreaberta do corredor.

– Ora, a tia Eliza não pode nos ouvir – ele zombou. – Deveria haver uma lei contra pessoas tão surdas.

– Ela não é tão idosa quanto eu imaginava – Felix observou. – Se não tivesse os cabelos tão grisalhos, não pareceria muito mais velha do que a sua mãe.

– Não é necessário ser muito idosa para ser tia-avó – Cecily explicou. – Kitty Marr tem uma tia-avó com a mesma idade da mãe. Acho que a tia Eliza tem os cabelos brancos porque já enterrou três maridos. Mas também não é como eu esperava.

– E se veste melhor do que pensei – acrescentou Felicity. – Achei que seria antiquada, mas não está usando nada fora de moda.

– E até que não seria feia se não tivesse aquele nariz comprido e meio torto – Peter comentou.

– Não precisa criticar nossa parente desse jeito – ela reclamou.

– Mas vocês mesmos estão criticando...

– É diferente. Somos família. Deixe o nariz da tia Eliza em paz!

– Uma coisa eu digo: não esperem que eu vá conversar com ela – Dan avisou. – Porque não vou!

– Pois eu vou ser muito educada com ela – contrapôs Felicity. – Ouvi dizer que a tia Eliza é rica. O problema é como vamos entretê-la?

A ESTRADA DOURADA

– O que o *Guia da Família* diz sobre entreter uma tia velha, rica e surda? – Dan perguntou, irônico.

Cecily interferiu, olhando com reprovação para o irmão:

– O *Guia da Família* diz que devemos ser educados com todo mundo!

– O pior de tudo é que não temos pão amanhecido e ouvi o papai dizer que a tia Eliza não pode comer pão fresco porque lhe causa indigestão – Felicity lembrou-se. – O que vamos fazer?

– Faça massinhas assadas e se desculpe por não ter pão amanhecido em casa – sugeriu a Menina das Histórias, talvez apenas para provocar Felicity. Esta, porém, aceitou o palpite de boa-fé.

– O *Guia da Família* diz que nunca devemos nos desculpar por aquilo que não temos como consertar – explicou. – Diz também que, se o fizermos, vamos acrescentar um insulto ao problema. Eu tinha pensado que você poderia ir até sua casa, Sara, para ver se lá vocês têm pão amanhecido, mas a ideia das massinhas foi bem melhor. Vou fazer uma fornada.

– Deixe que eu faço – ela se ofereceu. – Sei fazer massinhas muito boas.

– Não, não. Você poderia cometer um erro qualquer e a tia Eliza espalharia o fato aos quatro ventos. É uma fofoqueira terrível. Eu mesma vou fazer as massinhas. Ah! Mais uma coisa: ela detesta gatos, portanto não vamos deixar Paddy aparecer por aqui. E é metodista, então, tomem cuidado para não falar nada contra os metodistas na frente dela.

– E quem é que vai falar? – Peter reagiu.

– Será que posso pedir para colocar o nome dela nome na colcha das missões? – Cecily especulou. – Acho que vou pedir. Ela me parece mais amistosa do que eu imaginei!... Claro que vai escolher a parte de cinco centavos do quadrado. É uma senhora gentil, mas também econômica.

– Por que não diz logo que é tão mesquinha que esfolaria uma pulga para usar a pele e o sebo? – Dan exagerou. – Essa é a verdade, ora!

– Bem, vou fazer um chá – propôs Felicity. – Então, vocês terão que fazer sala para ela. Vão lá para dentro e mostrem o álbum de fotografias. Vamos, Dan!

– Não, obrigado. Isso é coisa para menina. Que lindo eu ficaria me sentando, todo aprumado, junto dela e berrando: "Este é o tio Jim e estes são os gêmeos da prima Sara". Cecily ou a Menina das Histórias podem fazer isso.

– Não conheço todas as fotografias do seu álbum – a Menina das Histórias logo ressalvou.

– Terei de ser eu a fazê-lo, então, embora não goste – Cecily admitiu.

– Mas temos que ir para a sala. Já a deixamos tempo demais sozinha. Ela vai achar que não temos bons modos.

E assim o fizemos, com certa hesitação. A tia-avó Eliza estava bem à vontade, com os pés estendidos em direção à lareira; notamos que usava sapatos bem elegantes. Cecily, determinada a desempenhar sua tarefa, mesmo tendo de enfrentar a tortura da surdez da tia Eliza, arrastou um álbum pesado, com capa de pelúcia, que estava a um canto e passou a mostrar e explicar as fotografias da família. Bem que tentou, mas não conseguiu falar tão alto quanto Felicity e, como me confidenciou mais tarde, em metade do tempo sentiu que a visitante não entendera quem eram as pessoas, embora, fazendo como todos os surdos, não deixando transparecer, não ouviu uma só palavra.

A tia-avó Eliza não falava muito. Olhava para as fotografias em silêncio e sorria de vez em quando. E esse sorriso me incomodou. Era tão radiante, que parecia não pertencer à tia Eliza que imaginávamos. Cheguei a me sentir indignado porque achei que ela poderia ter demonstrado um pouco mais de gratidão pelo grande esforço e paciência que Cecily teve para entretê-la.

Para o resto de nós, aquilo tudo foi muito entediante. A Menina das Histórias se sentou em um canto, um tanto quanto amuada; estava brava porque Felicity não a deixou fazer as massinhas e também, talvez, um pouco aborrecida por não poder encantar a tia Eliza com a voz de ouro e o dom incrível de contar histórias que Deus lhe dera. Felix e eu nos olhávamos de vez em quando, querendo apenas estar lá fora, no campo da colina, escorregando deliciosamente sobre a camada de gelo e neve que a cobria.

A ESTRADA DOURADA

No entanto, logo tivemos um pouco de diversão. Dan, que tinha se sentado atrás da tia-avó Eliza e, consequentemente, fora do campo de visão dela, começou a fazer comentários sobre as explicações dadas por Cecily sobre esta ou aquela pessoa nas fotografias. Cecily implorou para que parasse, mas foi em vão. Era divertido demais para que ele desistisse. Assim, durante a meia hora seguinte, Peter, Felix, eu e até mesmo a Menina das Histórias passamos maus bocados tentando bloquear as gargalhadas, pois a tia Eliza, apesar de ser surda, enxergava muito bem e não podíamos deixar que percebesse o que estava se passando.

– Este é o senhor Joseph Elliott, de Markdale, primo em segundo grau da mamãe! – Cecily explicou, aos berros.

– Não se gabe disso, maninha – Dan comentou. – Esse é o sujeito mais fofoqueiro de toda Carlisle. Diziam que o porão dele produzia mais histórias sobre os habitantes da região do que o próprio jornal local.

– Este menino não é parente nosso! – ela prosseguiu, sempre gritando.
– O nome dele é Xavy Gautier. É um menino que ajudava o tio Roger na lida da fazenda!

– Um dia o tio pediu que consertasse um portão e brigou com ele depois por não ter feito o serviço direito. Xavy ficou muito irritado e respondeu: "Como quer que eu conserte esse 'porton'? Nunca aprendi geografiá".

Rimos do sotaque forçado que Dan deu às palavras e do ridículo da história, mas logo nos controlamos. Cecily olhou apreensiva para ele e continuou:

– Este é o tio-avô Robert King!

– Casou-se quatro vezes – Dan informou, indiferente. – Mais do que suficiente, não, tia-avó?

Cecily chamou-o pelo nome, repreendendo-o, mas em um tom que a tia Eliza não poderia ouvir. E foi em frente:

– Este é um dos sobrinhos do senhor Ambrose Marr! Ele vive em uma cidade do oeste e é professor!

– Exato. E o tio Roger sempre diz que ele não sabe o suficiente para ensinar a si mesmo.

Desta vez, Cecily preferiu ignorar o irmão e continuou com as apresentações:

– Esta é a senhorita Julia Stanley, que lecionava em Carlisle alguns anos atrás. Quando ela se aposentou, os administradores da escola se reuniram para decidir se iam pedir a ela que continuasse lecionando, com um salário mais alto. E o velho Sandy, das Terras Altas, que ainda era vivo e avarento como só ele, se levantou e propôs: "Deixem que se aposente, ora! Talvez assim ela se case"!

Cecily, com a expressão de mártir e a voz de uma soprano, apontou para uma fotografia e explicou:

– Este é o senhor Layton, que costumava viajar vendendo Bíblias, hinários e sermões de Talmage[2]!

– O coitado era tão magro que o tio Roger costumava dizer que sempre o confundia com uma rachadura na atmosfera. Certa vez, ficou aqui a noite inteira e foi direto para a reunião de orações, onde o senhor Marwood pediu-lhe que conduzisse as preces. Havia chovido quase todos os dias durante três semanas e estávamos na época de colher o feno. Todos achavam que a colheita estava perdida por causa da umidade. Layton, então, se levantou e rezou, pedindo a Deus que enviasse chuvas leves. Então ouvi o tio Roger sussurrar para um amigo, logo atrás de mim: "Se ninguém esganar esse sujeito, não vamos conseguir ceifar feno nenhum este verão".

– Dan, que vergonha você ficar contando essas histórias irreverentes! – Cecily censurou, exasperada. E então voltou ao álbum e aos gritos: – Esta é a senhora Alexander Scott, de Markdale! Ela está doente já há um bom tempo!

– O que a mantém viva é o pavor que tem de que o marido volte a se casar quando ela se for. – Dan recebeu mais um olhar fulminante da irmã e ergueu as mãos para acrescentar como em uma desculpa: – Palavras do tio Roger.

– E este é o senhor James MacPherson, que morava atrás do cemitério!

---

[2] James E. Talmage (1862-1933) foi um químico, geólogo e líder religioso inglês que serviu como membro do Quórum dos Doze Apóstolos da igreja de Jesus Cristo dos Santos dos Últimos Dias, de 1911 até sua morte. (N.T.)

A ESTRADA DOURADA

– É o tal que, certa vez, disse à mamãe que fazia o próprio iodo usando chá bem forte e bicarbonato de sódio. Acreditam?

– Este é o primo Ebenezer MacPherson. Ele mora na estrada que vai para Markdale!

– Um grande sóbrio! Nunca pôs uma gota de rum na boca. Pegou sarampo quando tinha quarenta e cinco anos e ficou doido por causa da doença. Então o médico mandou que lhe dessem uma dose de conhaque. Quando a engoliu, arregalou os olhos como uma coruja e pediu: "Podem me dar essa coisa com mais frequência e em doses bem maiores"!

Os olhinhos de Cecily já estavam suplicantes.

– Dan, pare! Está me deixando tão nervosa, que nem sei mais o que estou fazendo. – E, voltando-se para a tia Eliza, sorriu e apontou para outra fotografia. – Este é o senhor Lemuel Goodridge! Ele é pastor!

– Deveriam ver o tamanho da boca desse homem. O tio Roger me contou que é maior do que a cintura das calças que usa e que os suspensórios devem sair dela. Muito elegante...

Dan, cuja boca também estava longe de ser bonita, passou a imitar a do Reverendo Lemuel. Foi a nossa perdição: de Felix, de Peter e minha. Soltamos as gargalhadas reprimidas até então e elas foram tão altas, que conseguiram penetrar a surdez da tia Eliza. Ela levantou a cabeça, com uma expressão de espanto. Não sei o que teria acontecido se Felicity não tivesse aparecido à porta naquele exato momento, com os olhos arregalados.

– Cecily, venha aqui por um instante – chamou.

Cecily, feliz por ter um descanso, ainda que temporário, correu para a cozinha e pudemos ouvir sua voz relatando o problema que enfrentava na sala.

– Problema!? – Felicity exclamou. – Problema, descobri eu! Um de vocês deixou um prato com restos de melado na mesa da despensa e, adivinhe: Paddy entrou nele e foi para o quarto de hóspedes! Resultado: pisou em todas as coisas da tia Eliza que estavam na cama. As pegadinhas dele estão por toda parte! O que, em nome de Deus, podemos fazer a respeito!? Ela vai ficar furiosa!

69

Olhei, apreensivo, para a tia-avó Eliza, mas ela estava observando atentamente uma fotografia dos gêmeos da irmã da tia Janet, os quais, por sinal, não tinham nada de interessante, mas parecia óbvio que ela os achava engraçados porque estava com aquele sorriso aberto de antes nos lábios.

– Vamos pegar um pano limpo e um pouco d'água – ouvimos Cecily sugerir, lá na cozinha. – Talvez o melado saia se limparmos direitinho. O casaco e o chapéu são de tecido, e melado não é difícil de tirar como gordura.

– Podemos tentar, mas eu gostaria que a Menina das Histórias mantivesse o gato em casa – Felicity resmungou.

A Menina das Histórias, então, saiu correndo em defesa do bichinho e nós, meninos, nos vimos colados nas cadeiras, conscientes demais da presença da tia Eliza, que, aliás, nem nos dirigira a palavra, mesmo tendo dito que queria nos conhecer. Ela continuou entretida com as fotografias e parecia estar totalmente alheia a nós.

As meninas logo voltaram. Ficamos sabendo, depois, que tinham conseguido remover todo e qualquer traço da travessura de Paddy. Não foi, portanto, necessário preocupar a tia Eliza relatando-lhe o ocorrido. Felicity anunciou que o chá estava pronto e, enquanto Cecily acompanhava a visitante à sala de jantar, ficou para trás a fim de falar conosco por um instante.

– Será que devemos pedir a ela que dê as graças antes de comermos? – era sua dúvida.

– Sei de uma história sobre o tio Roger, quando era bem jovem – lembrou-se a Menina das Histórias. – Ele foi à casa de uma senhora bem idosa que era muito surda e, quando se sentaram à mesa, ela pediu a ele que desse graças. Ele nunca havia feito isso antes, então ficou vermelho de vergonha, baixou os olhos e gaguejou: "Ah... por... favor, perdão. Eu... não estou acostumado a fazer... a fazer isso". Então ergueu os olhos e ela disse: "Amem"! toda satisfeita, achando que ele tivesse feito a prece.

Começamos a rir, mas Felicity nos repreendeu:

– Não acho certo contar histórias engraçadas sobre esse tipo de coisa. Eu pedi sua opinião, e não que contasse uma história.

A estrada dourada

– Se não pedirmos à tia Eliza, Felix vai ter que fazer a oração porque é o único que sabe. E temos que dar graças, ou ela vai ficar chocada.

– Ah, peçam a ela! – Felix esquivou-se.

Assim o fizemos, e ela deu graças sem hesitar; depois começou a se servir, com muito apetite, do excelente chá com quitutes que Felicity havia preparado. As massinhas estavam especialmente boas e comeu três delas, inclusive elogiando várias vezes o sabor. Falou bem pouco além disso. Na primeira parte da refeição, ficamos lá sentados, em um silêncio embaraçoso. Depois, porém, destravamos a língua e a Menina das Histórias nos contou mais uma, desta vez trágica, que se passou na antiga Charlottetown e que falava da esposa de um governador que morreu de coração partido nos primórdios da colonização.

– Dizem que essa história não é verdadeira – Felicity comentou. – E que a causa da morte dela foi indigestão. A esposa do governador que vive lá agora é parente nossa. Chama-se Agnes. É prima em segundo grau do papai, mas quando ele era jovem, ficou loucamente apaixonado por ela, e ela por ele.

– Quem foi que lhe contou isso? – Dan estranhou.

– A tia Olivia. Também já ouvi a mamãe provocando o papai por conta dessa história. Mas claro que tudo aconteceu antes de o papai conhecer a mamãe.

– E por que seu pai não se casou com ela? – eu me interessei.

– Bem, só sei que não se casaram. Parece que ela deixou de estar apaixonada. Imagino que fosse muito fútil. A tia Olivia me contou que o papai ficou muito triste durante um tempo, mas acabou superando a dor quando conheceu a mamãe. Afinal, ela era dez vezes mais bonita do que Agnes Clark. A tia Olivia disse que Agnes tinha sardas. Mas ela e o papai continuaram a ser amigos. Pensem: se tivessem se casado, hoje seríamos filhos da esposa do governador.

– Bobagem. Ela não seria esposa do governador – Dan ressalvou.

– Acho que ela seria muito feliz sendo apenas a esposa do papai – Cecily observou, sempre leal.

– É, de fato. – Dan riu. – Se vissem o governador... O tio Roger comentou que ele até poderia ser objeto de veneração, já que não se parece com nada existente entre o céu e a terra.

– O tio Roger só diz isso porque pertence ao partido político oposto – argumentou Cecily. – O governador nem é tão feio assim. Eu o vi há dois anos, em um piquenique em Markdale. É um homem de cara vermelha, muito gordo e careca, mas já vi homens bem mais feios.

– Acho que a sua cadeira está próxima demais do fogo, tia Eliza! – gritou Felicity.

Nossa visitante, cujo rosto estava bastante avermelhado, sacudiu a cabeça.

– Não, não. Estou confortável assim – respondeu, em um tom de voz que nos deixou tensos porque soou bem estranho. Estava rindo de nós? Não podia ser, já que estávamos conversando sem gritar; não era possível que tivesse nos escutado. E sua expressão era séria; apenas os olhos tinham um aspecto, eu diria, suspeito. O fato é que decidimos parar de tagarelar até terminarmos de comer.

Após o chá, ela se desculpou e alegou que precisava mesmo ir embora. Felicity, por educação, pediu que ficasse um pouco mais, mas ficou muito aliviada quando a tia Eliza insistiu na intenção de partir. Enquanto Felicity a acompanhava novamente ao quarto de hóspedes, Cecily correu escada acima e voltou pouco depois com um pacotinho nas mãos.

– O que é isso? – Felicity perguntou, desconfiada.

– Pétalas de rosas. Pensei em presentear a tia Eliza quando ela voltar do quarto de hóspedes.

– Mas que ideia! Não vai fazer nada disso! Ela vai achar que você não passa de uma menina idiota.

Cecily avaliou a opinião da irmã e alegou:

– Ela foi tão gentil quando eu pedi para colocar o nome dela na colcha... E escolheu um lugar de dez centavos! Então, quero retribuir com as pétalas de rosas. E vou!

Felicity torceu os lábios, mas não insistiu. A tia Eliza aceitou o presente com simpatia, se despediu de nós e declarou que tinha se divertido muito,

A ESTRADA DOURADA

deixou lembranças aos tios Alec e Janet e se foi. Ficamos observando enquanto aquela figura alta e solene atravessava o quintal, até desaparecer ao longo do caminho. Então, como havíamos feito tantas vezes, nos reunimos na cozinha quentinha, ao lado do fogo, enquanto lá fora o vento gelado do crepúsculo cantava através dos belos vales nevados, sobre os quais o sol se punha provocando reflexos avermelhados e uma estrela serena, prateada, cintilava bem acima do salgueiro, junto ao portão.

Felicity respirou aliviada e exclamou:

– Que bom que ela foi embora! É bem esquisita, mesmo; como a mamãe havia prevenido.

– Mas é uma esquisitice diferente da que eu esperava – observou a Menina das Histórias, pensativa. – Há alguma coisa nela que não consigo entender. Acho que não gostei muito da tia Eliza.

– Estou absolutamente certo de que não gostei nem um pouco – Dan declarou.

– Bem, vamos deixar esse assunto para lá. Ela já se foi – Cecily comentou, em tom consolador.

A história não acabou ali, porém. De jeito nenhum. Quando os adultos voltaram, praticamente as primeiras palavras da tia Janet foram:

– Então, quem diria, tomaram chá com a esposa do governador!

Olhamos para ela, chocados.

– Como assim? – Felicity perguntou. – Quem veio para o chá foi a tia-avó Eliza. Ninguém mais. Ela chegou à tarde e...

– Tia-avó Eliza? – interrompeu a tia Janet. – Imagine! A tia Eliza estava na cidade hoje. Tomou chá conosco na casa da tia Louisa. Mas a esposa do governador Lesley não esteve aqui? Nós a encontramos no caminho quando voltava a Charlottetown e ela nos disse que esteve, que veio visitar uma amiga em Carlisle e pensou em também fazer uma visita ao seu pai, em memória aos velhos tempos. Por que estão todos me olhando desse jeito?

– Veio uma senhora para o chá – Felicity explicou, arrasada –, mas achamos que era a tia-avó Eliza. E ela não disse que não era! Achei que agiu de um modo esquisito e todos falamos muito alto com ela porque

73

pensamos que era surda... E fizemos comentários uns com os outros sobre... sobre o nariz dela e sobre Paddy ter patinhado com melado as roupas que deixou na cama do quarto de hóspedes...

Cecily olhou para Dan.

– Ela deve ter ouvido todas as bobagens que você disse enquanto eu mostrava as fotografias! – constatou.

– E tudo que dissemos sobre o governador durante o chá – Dan riu, sem o menor sinal de arrependimento.

– Quero saber exatamente o que aconteceu – exigiu a tia Janet, severa.

E soube, no tempo exato, depois de ouvir a história toda aos pedaços, conforme cada um de nós fazia a própria narrativa. Ficou horrorizada e o tio Alec ficou um pouco preocupado, mas o tio Roger e a tia Olivia morreram de rir.

– Vocês não têm um pingo de juízo – a tia Janet reclamou, muito aborrecida.

– Acho que foi muita maldade da parte dela fingir que era surda – Felicity exclamou, quase chorando.

– Isso é bem típico de Agnes Clark – o tio Roger comentou, ainda rindo. – Deve ter adorado esta tarde aqui com vocês.

Ela realmente se divertiu muito, como viemos a saber no dia seguinte, quando nos enviou uma carta:

Querida Cecily e todos os outros,

Gostaria de pedir-lhes desculpas por me fazer passar por sua tia Eliza. Imagino que foi uma atitude reprovável da minha parte, mas não consegui resistir à tentação e, se me perdoarem pelo que fiz, eu os perdoarei pelo que disseram a respeito do governador, e então todos poderemos ser bons amigos. Quero que saibam que o governador é um homem muito bom, embora não teve a sorte de ser bonito. Passei bons momentos na casa de vocês e invejo a tia Eliza pelos sobrinhos e sobrinhas que tem. Foram todos tão atenciosos comigo e não fui nem um pouco atenciosa com vocês, para não me denunciar. Mas

A ESTRADA DOURADA

vou compensá-los por isso quando vierem me visitar na casa do governador, o que espero que façam na próxima vez em que vierem à cidade. Sinto por não ter visto Paddy, porque adoro gatinhos, mesmo quando patinham minhas roupas com melado. E, Cecily, fico muito agradecida por aquele saquinho de pétalas. Tem um perfume adorável, como se houvesse uma centena de rosas ali dentro. Eu o coloquei entre os lençóis da cama do meu quarto de hóspedes preferido, que é onde você irá dormir quando vier me visitar, minha querida. E o governador quer que você coloque o nome dele também na colcha, na parte de dez centavos. Diga a Dan que gostei muito dos comentários sobre as fotografias. Foram um contraste agradável às explicações costumeiras sobre quem é quem. E, Felicity, suas massinhas assadas estavam perfeitas! Por favor, mande-me a receita de como as preparou, meu amor.

Cordialmente,
Agnes Clark Lesley

– Foi muito decente da parte dela se desculpar – Dan observou.

– Se, ao menos, não tivéssemos feito aqueles comentários sobre o governador... – Felicity lamentou.

– Como foi que fez as massinhas? – a tia Janet se interessou. – Não tínhamos fermento em casa e nunca consegui acertar aquela receita usando bicarbonato ou creme de tártaro.

– Tínhamos fermento na despensa, sim – reforçou Felicity.

– Não, não tínhamos. Usei o restinho para fazer os biscoitos na quinta-feira de manhã.

– Mas achei uma latinha quase cheia no fundo da prateleira de cima. Uma com rótulo amarelo. A senhora deve ter guardado lá e se esquecido.

Houve alguns segundos de silêncio nos quais a tia Janet simplesmente encarou a filha sem expressão alguma no rosto. Então, de atônita, passou a ficar horrorizada.

– Felicity King! – gritou. – Está me dizendo que usou o conteúdo da latinha amarela para fazer as massinhas assadas crescerem!?

– Sim... – Ela começou a ficar com medo. – Por que, mamãe? Há algo de errado com aquele fermento? Está vencido?

– Errado!? Aquilo é pó dental! Usado para escovar os dentes! Isso é o que há de errado. A prima Myra trincou o frasco em que estava o pó dental que trouxe quando esteve aqui, no ano passado, e eu dei a ela aquela latinha vazia para guardá-lo. Ela esqueceu de levar quando foi embora e eu a guardei na prateleira de cima. Oh, Deus! Ontem vocês deviam estar enfeitiçados ou coisa parecida!

Pobre Felicity! Se não fosse sempre tão presunçosa em relação a seus dotes culinários e não desdenhasse tanto dos oferecimentos de outras pessoas e dos erros que pudessem cometer, eu bem que poderia sentir pena dela naquele momento.

A Menina das Histórias deve ter sentido uma pontinha de satisfação e triunfo, o que seria uma reação absolutamente humana, mas Peter logo defendeu sua dama:

– As massinhas ficaram ótimas mesmo assim. Então, que diferença faz o que foi usado para crescerem?

Dan, no entanto, passou a provocar Felicity sempre que possível, usando as "massinhas de pó dental" como motivo. E o fez pelo resto da vida.

– Não esqueça de enviar a receita à esposa do governador! – zombou.

Os olhos de Felicity se encheram de lágrimas e suas faces não poderiam ter ficado mais vermelhas de humilhação. Saiu correndo para o quarto e nunca, jamais a esposa do governador recebeu a receita das massinhas assadas.

VISITAMOS A PRIMA MATTIE

Em um sábado, em março, caminhamos até Baywater para uma visita há muito tempo comentada à casa da prima Mattie Dilke. Quando se seguia pela estrada, Baywater ficava a mais ou menos oito quilômetros e meio de distância, mas havia um atalho através das colinas, dos campos e bosques que mal chegava a ter quatro e meio. Na verdade, não estávamos muito ansiosos para fazer essa visita, nem víamos nenhum prazer especial nela, pois, na casa da prima Mattie, havia apenas três mulheres adultas que tinham sido crianças havia muito, muito tempo e que mal conseguiam se lembrar de como tinha sido. Mas Felicity alegou que era necessário irmos até lá pelo menos uma vez por ano, ou a prima Mattie ficaria ofendida, então decidimos ir e acabar logo com o assunto.

– Pelo menos, vamos comer bem – ressalvou Dan. – A prima Mattie é uma cozinheira e tanto! E não é nem um pouco mesquinha.

– Você só pensa em seu estômago – Felicity observou, de forma agradável.

– E você sabe que eu não conseguiria passar bem sem ele, querida.

Desde o Ano-Novo, Dan adotara um novo modo de lidar com a irmã mais velha, fosse para manter uma das resoluções que fizera ou porque havia descoberto que, assim, a irritava mais do que com respostas malcriadas. E, invariavelmente, passou a aceitar as críticas que ela lhe fazia com um sorriso bem-humorado e uma resposta irreverente revestida de uma conotação suave. A pobre Felicity, sem saída, ficava furiosa, mas impotente diante de tal atitude.

O tio Alec ficou na dúvida se deveríamos ir naquele dia. Olhou para os campos e bosques, em uma avaliação do clima ditada pela experiência. Tudo estava cinzento: terra, ar, céu. E ele acabou por concluir que havia uma nevasca se formando. Mas a prima Mattie havia sido avisada por carta sobre a nossa visita e, como sabia que ela não gostava que a desapontassem, o tio Alec acabou permitindo que fôssemos, com a condição de que passássemos a noite lá caso a tempestade chegasse enquanto ainda não tivéssemos saído.

A caminhada até Baywater foi muito agradável. Até mesmo Felix gostou, embora tivesse recebido a incumbência de descrever o passeio no *Nosso Periódico* e se sentisse sobrecarregado com essa tarefa. Não importava que o mundo estivesse pintado de cinza e com cara de inverno. Caminhávamos pela estrada dourada com a primavera no coração e nos iludíamos com risadas e brincadeiras, além das narrativas da Menina das Histórias sobre mitos e lendas dos tempos antigos.

O passeio foi bom porque, não muito antes, houvera um degelo e não havia neve espessa, embora o chão permanecesse congelado. Atravessamos campos cruzados por cercas que pareciam formar o desenho intrincado de uma teia de aranha, onde a grama seca despontava, aflita, tentando receber um pouco de claridade.

Paramos por um tempo sob um grupo de pinheiros, criaturas verdes enormes, majestosas, amigas das estrelas, e, por fim, entramos no cinturão de abetos e bordos que ficavam a meio caminho entre Carlisle e Baywater.

A ESTRADA DOURADA

Era por ali que vivia Peg Bowen e o caminho que precisávamos seguir passava pela casa dela, embora não diretamente à vista dela. Esperávamos não a encontrar porque, desde o caso do feitiço de Paddy, não sabíamos mais o que pensar sobre Peg. Foi um momento de grande tensão em nossa caminhada. Prendemos a respiração e só voltamos a soltá-la, com um suspiro de alívio, quando deixamos os domínios dela para trás e nos vimos novamente em segurança.

Nos bosques, havia uma calma pesada, como a que frequentemente antecede uma tempestade; o vento rastejava pelo chão branco, coberto de pinhas, e produzia um uivo baixo e sinistro. Ao redor, havia apenas a solidão coberta por uma camada muito fina de neve, e as arcadas prateadas e peroladas se abriam diante de nós, como se fossem longas alamedas feitas de mármore de onde se erguiam os pilares da catedral de abetos. Sentimos um certo desconforto quando os bosques ficaram para trás e nos encontrarmos diante do confortável, mas simplório povoado de Baywater, salpicado de propriedades rurais.

– Lá está a casa da prima Mattie! – apontou a Menina das Histórias. – É aquela grande, pintada de branco, na curva da estrada. Espero que o almoço já esteja pronto porque estou faminta como um lobo depois de ter andado tanto.

– Seria bom se o marido dela ainda fosse vivo – Dan comentou. – Era um senhor muito agradável. Tinha os bolsos sempre cheios de castanhas e maçãs. Eu gostava mais de vir aqui quando ele era vivo. Muitas mulheres idosas morando na mesma casa não combinam comigo.

Cecily logo o reprendeu:

– Dan, a prima Mattie e suas cunhadas são muito gentis e simpáticas.

– Eu sei que são, mas parecem não perceber quando um menino já não tem mais cinco anos de idade, que já cresceu! Ficam apertando minhas bochechas como se eu fosse um bebê...

– Conheço uma história sobre o marido da prima Mattie – lembrou-se a Menina das Histórias. – O nome dele era Ebenezer, como sabem.

Dan voltou à crítica escancarada de sempre:

– E era magro e atrofiado. Também, com esse nome, nem poderia ser muito diferente, não é?

– Ebenezer é um nome tão bom quanto Daniel ou Donald – opinou Felicity, aproveitando para dar uma alfinetada no irmão.

– Acha, mesmo, meu anjo? – ele indagou, com a voz excessivamente doce.

– Continue – instiguei, já que a Menina das Histórias os olhava com expressão de afronta. – Lembre-se da sua segunda resolução de Ano-Novo.

Ela engoliu em seco e prosseguiu:

– O primo Ebenezer tinha verdadeiro horror de pedir coisas emprestado. Achava que pedir para usar qualquer coisa que não fosse dele era uma desgraça sem igual. Como sabem, ele e a prima Mattie viviam em Carlisle, na casa onde agora vivem os Ray. Isso foi quando o Vovô King ainda era vivo. Certo dia, o primo Ebenezer subiu a colina e entrou na cozinha, onde a família estava toda reunida. O tio Roger disse que a aparência dele era de alguém que tivesse acabado de roubar um carneiro, de tão desconfortável que estava. Ficou sentado na cozinha por uma hora e mal pronunciou uma palavra; ficou lá, parecendo ser o mais infeliz dos homens. Por fim, se levantou e pediu, desesperado: "Tio Abraham, posso falar com o senhor em particular por um minuto"? "Mas é claro que sim"!, respondeu o vovô e o levou para a sala. O primo Ebenezer fechou a porta, passou os olhos ao redor e então implorou: "Por favor, pode ser ainda mais particular"? Então o vovô o levou ao quarto de hóspedes e trancou a porta. Estava começando a ficar assustado; achou que alguma coisa terrível tivesse acontecido. O primo Ebenezer se aproximou, segurou as lapelas do paletó e sussurrou: "Tio Abraham, o senhor pode... me emprestar... um machado"?

– Mas por que fazer tanto mistério? – Cecily indagou, sem captar por inteiro o significado da história e sem entender por que estávamos rindo. Era tão querida, porém, que não nos importamos com sua ingenuidade.

– Acho que é maldade contar histórias assim sobre pessoas que já morreram – Felicity criticou.

A ESTRADA DOURADA

– Às vezes, é melhor contá-las quando já morreram do que quando ainda estão vivas, meu amor – Dan comentou.

A comida pela qual nossos estômagos vazios ansiavam estava pronta quando chegamos, justiça seja feita à prima Mattie. Ela e as cunhadas, senhorita Louisa Jane e senhorita Caroline, foram muito gentis conosco. Passamos boas horas lá, embora eu tenha entendido por que Dan fazia objeção a elas quando apertaram nossas bochechas, nos deram tapinhas na cabeça e nos disseram com qual parente nos parecíamos, além de nos presentearem com losanguinhos de hortelã.

VISITAMOS PEG BOWEN

Saímos cedo da casa da prima Mattie. Ainda tínhamos a impressão de que uma tempestade de neve estava a caminho, mas não mais do que antes, quando tínhamos chegado pela manhã. Pretendíamos voltar para casa por outro caminho que passava por locais mais claros, onde os bordos tinham sido cortados e que ainda tinha a vantagem de ser mais distante da casa de Peg Bowen. Esperávamos estar em casa bem antes da nevasca, mas mal tínhamos alcançado a colina acima do povoado quando uma neve fina começou a cair. Teria sido mais sensato voltarmos do ponto onde nos encontrávamos, mas já tínhamos caminhado quase um quilômetro e meio e achamos que teríamos tempo suficiente para chegarmos antes que a tempestade viesse com toda a força. Estávamos enganados, porém. Quando já tínhamos andado mais uns setecentos metros, nos vimos em meio a uma desnorteante nevasca que praticamente nos cegou. Como estávamos a meio caminho entre a casa da prima Mattie e a do tio Alec, seguimos em frente, apesar de ficarmos, a cada passo, mais amedrontados. Mal conseguíamos olhar para a frente, pois a neve castigava nosso rosto

A ESTRADA DOURADA

e não enxergávamos três metros adiante. O frio tinha se intensificado e a tempestade uivava em torno de nós em meio a um nada coberto de branco, sobre o qual a noite começava a cair rapidamente. O caminho estreito pelo qual tentávamos seguir logo foi engolido pela neve fofa e passamos a tropeçar às cegas, agarrados uns aos outros, tentando enxergar através dos redemoinhos de flocos que o vento formava no ar.

O apuro em que nos encontrávamos acontecera tão de repente que mal tínhamos percebido. Pouco à frente, Peter, que liderava o grupo por supostamente conhecer melhor o caminho, parou.

– Não consigo enxergar mais a trilha – gritou, contra o vento que assoviava. – Não sei onde estamos.

Paramos, sem saber o que fazer. Éramos apenas um grupo de crianças assustadas e perdidas, com o coração acelerado pelo medo. Parecia que décadas tinham se passado desde que estávamos no conforto, na segurança e no aconchego da casa da prima Mattie. Cecily começou a chorar por causa do frio. Dan, apesar dos protestos dela, tirou o sobretudo e a obrigou a vesti-lo.

– Não podemos ficar aqui – constatou. – Vamos nos congelar até a morte se ficarmos. Vamos! Temos que continuar andando. A neve ainda não está tão funda. Segure a minha mão, Cecily, temos que nos mantermos juntos. Vamos!

– Não será nada agradável congelar até a morte, mas, se conseguirmos sobreviver, imaginem que história teremos para contar! – exclamou a Menina das Histórias, batendo os dentes.

Lá bem no fundo, eu não acreditava que escaparíamos com vida. Estava escuro agora e a neve se tornava a cada minuto mais funda. Estávamos gelados. Eu imaginava como seria bom poder me deitar e descansar, mas me lembrei de que fazer isso poderia ser fatal e então me esforcei para continuar avançando com os outros. Foi incrível ver como as meninas aguentaram firme, até mesmo Cecily. Ocorreu-me agradecer a Deus por Sara Ray não estar ali conosco.

Estávamos perdidos por completo agora. Em torno de nós havia apenas uma escuridão horrível. De repente, Felicity caiu. Nós a ajudamos a ficar de pé novamente, mas ela se recusou a seguir. Estava exausta.

– Faz alguma ideia de onde podemos estar? – Dan perguntou a Peter, gritando para que ele o ouvisse na tempestade.

– Não! – ele gritou de volta. – O vento está soprando de todas as direções! Nem imagino onde fica o caminho de casa!

Casa. Nós a veríamos de novo? Tentamos incitar Felicity a prosseguir, mas ela apenas repetia, meio sonolenta, que precisava se deitar e descansar. Cecily estava largada contra o meu corpo. A Menina das Histórias continuava firme e até apoiou a ideia de seguirmos, mas estava dormente devido ao frio e suas palavras saíram quase indecifráveis. Tive a ideia maluca de cavarmos um buraco na neve e nos metermos todos dentro. Tinha lido em algum lugar que alguém fizera isso e que assim conseguira salvar a própria vida e as de outras pessoas. De repente, Felix gritou:

– Estou vendo uma luz!

– Onde? Onde? – Olhamos ao redor, mas não conseguimos ver nada.

– Não estou vendo mais, mas vi um minuto atrás! Tenho certeza! Venham! É por aqui!

Fomos atrás dele, inspirados por uma nova esperança. E logo todos vimos a luz; e nunca houve uma luz mais maravilhosa do que aquela! Mais alguns passos e chegamos ao abrigo de um bosque. E então percebemos onde, de fato, nos encontrávamos.

– É a casa de Peg Bowen! – Peter anunciou, estacando ali mesmo, completamente decepcionado.

– Não me interessa de quem é a casa – anunciou Dan, resoluto. – Temos que ir para lá!

– É, acho que sim – Peter concordou, com pesar. – Não podemos morrer congelados, mesmo sendo ela uma bruxa.

– Pelo amor de Deus, não fale em bruxas assim tão perto da casa dela! – Felicity pediu, com a respiração entrecortada. – Ficarei grata por entrar seja onde for.

A ESTRADA DOURADA

Chegamos à casa, subimos a escada que levava ao misterioso segundo andar e Dan bateu à porta. Ela se abriu de pronto e Peg Bowen apareceu diante de nós, vestida no que nos pareceu serem as mesmas roupas da outra vez, naquele memorável dia em que ali tínhamos estado trazendo-lhe presentes para agradá-la e fazê-la retirar o feitiço de Paddy.

Por trás dela, um cômodo em penumbra estava iluminado por apenas uma vela, que emitia a luz vista por Felix e que nos guiara em meio à nevasca. Havia também um fogão velho do tipo Waterloo[3] que trazia certa luminosidade, embora fraca, ao lugar através de pequenas hélices avermelhadas.

Peg se afastou, em um movimento hospitaleiro, e nos deu passagem, recebendo em sua humilde casa os viajantes desesperados em que tínhamos nos transformado, cobertos de neve, gelados e surpreendidos pela noite e pela tempestade.

– Meu Glorioso Pai Celestial! – exclamou. – De onde estão vindo!? Colocaram vocês para fora, foi?

– Fomos até Baywater e nos perdemos na nevasca quando estávamos voltando para casa – Dan explicou. – Não sabíamos onde estávamos, mas aí vimos a luz da sua casa. Acho que vamos ter que ficar aqui até a tempestade passar. Isto é... se não se importar.

– E se não formos incomodar – Cecily acrescentou timidamente.

– Ah, não é incômodo nenhum! Venham. Ora, ora, vocês estão todos cobertos de neve, olhem só! Vou pegar uma vassoura. Meninos, batam os pés e sacudam os casacos. Meninas, deem cá as suas coisas para eu pendurar. Devem estar congelando! Sentem-se aqui, perto do fogão, para se aquecerem.

Peg andou pelo cômodo e foi reunindo um grupo esquisito de cadeiras: algumas não tinham encosto, outras estavam sem braços ou sem revestimento, mas, em minutos, estávamos em torno do fogão, degelando e começando a secar. Nunca, nem nas fantasias mais loucas, poderíamos

---

[3] Modelo de fogão feito de ferro e alimentado a carvão ou lenha, muito utilizado no século XIX. (N.T.)

imaginar que, um dia, seríamos hóspedes reunidos junto ao fogo na casa de uma bruxa. Mas ali estávamos. E a bruxa em pessoa estava preparando uma panela de chá de gengibre para Cecily, que continuava a tremer bem depois de todos já nos encontrarmos superaquecidos. A pobrezinha tomou a bebida escaldante, temerosa do que Peg viesse a fazer caso não bebesse.

– Isso logo vai fazer passar esses tremores – prometeu ela, com um sorriso gentil. – E agora vou fazer chá para todos vocês.

– Oh, não precisa se preocupar conosco – a Menina das Histórias observou de imediato.

– Não é preocupação nenhuma – Peg respondeu, um tanto quanto brusca. E então, em uma das mudanças de humor que tinham feito dela uma personagem tão terrível, acrescentou: – Acham que minhas canecas não são limpas?

– Não, não, não – Felicity apressou-se a explicar antes que a Menina das Histórias pudesse falar algo comprometedor. – Nenhum de nós jamais pensaria algo assim. Sara apenas quis dizer que não precisa ter todo esse trabalho por nossa causa.

Peg assentiu, apaziguada.

– Não é trabalho. Estou pobre feito um grilo neste inverno, mas, às vezes, tenho coisas gostosas. Já comi coisas muito boas da cozinha da sua mãe. Devo uma refeição a vocês.

Não protestamos mais. Ficamos ali sentados, em um silêncio medroso, passando os olhos curiosos timidamente pelo cômodo, pelas paredes manchadas, rebocadas, cobertas de gravuras, anúncios e fotografias que ali tinham sido fixadas sem qualquer apreço pela ordem ou categoria.

Tínhamos ouvido falar muito sobre os animais de estimação de Peg e agora os víamos. Seis gatos ocupavam diferentes lugares aconchegantes; um deles, o gatão preto que tanto nos tinha apavorado no verão, piscava satiricamente para nós, do meio da cama de Peg. Outro, um bicho listrado, todo arruinado, que não tinha mais as orelhas e um olho, nos observava fixamente com o outro, que lhe restara, do sofá que estava em um canto. Um cachorro de três patas estava deitado atrás do fogão. Um corvo se

A ESTRADA DOURADA

equilibrava em um poleiro alto, acima das nossas cabeças, acompanhado de uma galinha velha. E, em uma prateleira, junto a um relógio, estavam um macaco empalhado e uma caveira sorridente. Tínhamos ouvido dizer que um marinheiro presenteara Peg com o macaquinho, mas onde tinha conseguido aquela caveira? E a quem teria pertencido em vida? Não consegui afastar tais divagações da mente.

O chá logo ficou pronto e nos reunimos em torno da mesa para o "banquete". Bem, não era um banquete nem propriamente uma mesa, mas, sim, uma tábua adaptada, resultado do trabalho das mãos não especializadas em carpintaria de Peg Bowen. Quanto menos eu falar sobre os alimentos daquela refeição e dos pratos em que foram servidos, melhor. Comemos, porém. Claro. Como teríamos comido qualquer coisa que uma bruxa colocasse à nossa frente. Peg podia ou não ser uma bruxa. O bom senso afirmava que não era, mas sentíamos que era capaz de colocar todos nós para fora em um daqueles seus surtos de raiva repentina se a ofendêssemos de algum modo. E não tínhamos a menor intenção de sairmos para o ambiente selvagem e gelado onde tínhamos lutado uma batalha perdida contra as forças demoníacas da noite e da tempestade.

Aquela foi uma refeição nada agradável; e por vários motivos. Peg não se mostrou nem um pouco atenta aos nossos sentimentos. Feriu Felix cruelmente ao lhe entregar uma xícara de chá e comentar:

– Você tem carne demais em cima desses ossos! Parece que as sementes mágicas não funcionaram, não é mesmo?

Como, diabos, ela sabia sobre as sementes mágicas!? Felix nos pareceu momentânea e incomumente tolo.

– Se tivesse vindo falar comigo diretamente, antes de ouvir as baboseiras daquele seu amigo, eu teria lhe dito o que fazer para emagrecer. – Peg assentiu sabiamente diante das próprias palavras.

– Não quer me dizer agora? – ele perguntou, ansioso, recuperando o sangue frio habitual. O desejo de acabar com a persistente gordura extra falou mais alto do que o medo ou a vergonha.

– Não. Não gosto de ser a segunda opção. – Peg sorriu com astúcia e voltou as baterias em outra direção: – Sara, você está muito magricela e pálida. Bem diferente da sua mãe. Eu a conhecia bem. Era linda, mas escolheu mal. Blair tinha muito dinheiro, mas era um vagabundo como eu. Onde ele está agora?

– Em Roma – a Menina das Histórias respondeu, ríspida.

– Todo mundo achou que sua mãe estava louca quando decidiu se casar com Blair, mas ela tinha o direito de fazer o que queria. As pessoas estão sempre dispostas a dizer que os outros são loucos. E há os que dizem: "Não estão bem da cabeça". – Peg voltou-se para Felicity. – Já ouviu algo tão ridículo?

– Nunca! – ela murmurou, pálida de medo.

– Eu gostaria que as pessoas fossem tão equilibradas quanto eu. – O comentário de Peg foi visivelmente irônico. Observou Felicity com mais atenção e declarou: – Você é bonita, mas presunçosa. Essa sua pele não vai ser sempre assim, sabia? Vai ficar como a da sua mãe. É muito vermelha.

– É melhor do que ter a pele cor de lama – Peter resmungou, em uma reação ao que estava sendo dito sobre sua amada, mesmo que por uma bruxa. No entanto, o agradecimento que recebeu de Felicity foi um olhar furioso.

Peg, porém, não chegou a ouvi-lo e voltou a atenção para Cecily.

– Tão delicada... Arrisco dizer que não vai chegar a ser adulta.

O lábio inferior de Cecily tremeu, e o rosto de Dan tingiu-se de vermelho.

– Cale a boca! – exigiu ele. – Não deve falar esse tipo de coisa às pessoas!

Acho que, naquele momento, meu queixo caiu; tenho certeza de que o de Peter e o de Felix caíram. Felicity interferiu, desesperada:

– Não preste atenção a ele, senhorita Bowen. Dan tem um temperamento terrível! Fala assim também conosco em casa, sabe? Por favor, desculpe-o.

– Pare com isso, menina! Não ligo para o que ele diz – rebateu Peg, de quem o inesperado parecia ser o que se devia esperar. – Gosto de rapazes de fibra. – E virou-se para Peter. – Então, seu pai foi embora, não é? Sabia que ele chegou a me cortejar? E me acompanhou até em casa três vezes depois da Escola de Canto, quando éramos bem jovens. Algumas pessoas disseram que fez isso só para ganhar uma aposta. Há tanta inveja no mundo, não é mesmo? Sabe onde ele está agora?

– Não – foi a resposta seca de Peter.

– Seja onde for, ele não vai demorar a voltar para casa – previu Peg misteriosamente.

– Quem lhe disse isso?

– Melhor não perguntar – ela respondeu e olhou para a caveira na prateleira.

Se pretendia fazer com que nos arrepiássemos até a raiz dos cabelos, conseguiu certamente. Mas a refeição tinha terminado e, para alívio geral, Peg nos convidou a arrastar as cadeiras de volta para junto do fogão.

– Fiquem à vontade – ofereceu enquanto tirava o cachimbo do bolso. – Não sou do tipo que acha que a própria casa é boa demais. Acho que não vou nem me preocupar em lavar a louça. Poderão usar a mesma caneca e o mesmo prato no café da manhã se não esquecerem quais usaram e onde se sentaram. Imagino que nenhum de vocês fume. Estou certa?

– Não, não fumamos – declarou Felicity, com certa ênfase.

– Então não sabem o que é bom – Peg replicou, rabugenta. Algumas baforadas no cachimbo a acalmaram e, vendo que Cecily suspirava, perguntou gentilmente a ela qual era o problema.

– Estou pensando em como todos devem estar preocupados lá em casa – Cecily explicou.

– Deus a abençoe, meu amor. Não se preocupe. Vou mandar avisá-los que vocês estão aconchegados e seguros aqui.

– Mas como vai fazer isso?

– Melhor não perguntar – Peg repetiu e tornou a olhar para a caveira.

Um silêncio desconfortável se seguiu e ela finalmente o quebrou nos apresentando os seus animais e explicando como os tinha encontrado. O gato preto era o seu favorito.

– Esse gato sabe das coisas mais do que eu, podem acreditar! – afirmou, orgulhosa. – Tenho um rato também, mas ele é um pouco tímido quando há estranhos por perto. Seu gato ficou bem de novo, daquela outra vez, não ficou?

– Sim – informou a Menina das Histórias.

– Achei, mesmo, que ficaria – Peg assentiu sabiamente. – Cuidei para que ficasse. Ei, não fiquem olhando para o furo do meu vestido!

– Não olhamos! – exclamamos em uníssono.

– Parece que estavam. Rasguei ontem, mas não costurei. Fui criada para acreditar que um rasgo é um acidente, mas um remendo é uma desgraça. – Ela pensou por segundos e então comentou: – Quer dizer, então, que Olivia vai se casar, afinal.

Isso era novidade para nós. Ficamos surpresos.

– Não ouvi falar nada a respeito – a Menina das Histórias observou.

– Ah, mas é verdade! Ela é uma grande tola. Não confio em marido nenhum, sabiam? Mas uma coisa boa é que ela não vai se casar com aquele pilantra do Henry Jacobs, de Markdale. Ele bem que gostaria, porém. É um presunçoso interesseiro, isso sim. Acha-se bom o suficiente para ser um King. O pai dele é a pior criatura que existe na face da Terra! Sabiam que soltou o cachorro contra mim uma vez para eu sair da propriedade dele? Mas ainda vou me vingar.

Peg nos pareceu muito feroz naquele momento e não nos foi difícil imaginar certo celeiro em chamas...

– Ele vai receber o castigo que merece no inferno, sabia? – Peter arriscou comentar.

– Mas não vou estar lá para ver! – ela rebateu. – Certas pessoas dizem que vou para lá porque não costumo frequentar a igreja. Mas não acredito.

– E por que não frequenta? – Peter indagou, com uma bravura que beirava a estupidez.

– Ah... Fiquei tão queimada de sol que tenho medo de que me confundam com uma índia – ela explicou, séria. – Além do mais, o pastor de vocês faz orações muito longas. Por que ele faz isso?

A ESTRADA DOURADA

Peter pensou por alguns segundos e soltou esta:

– Imagino que seja porque acha mais fácil falar com Deus do que com as pessoas.

Peg riu e brincou:

– Pertenço à igreja redonda. Assim, o diabo não consegue me pegar nos cantos. – E riu mais ainda para depois acrescentar: – Não vou à igreja de Carlisle faz três anos. Achei que ia morrer de rir na última vez que fui. O velho Elder Marr reuniu a congregação naquele dia. Estava usando um par de botas novas e elas ficavam chiando o tempo todo enquanto andava pela igreja. E toda vez que chiava, ele fazia uma careta, como se estivesse com dor de dente. Foi muito engraçado. Como está indo a sua colcha das missões, Cecily?

Havia alguma coisa que Peg não soubesse!?

– Muito bem – Cecily respondeu.

– Pode pôr meu nome nela se quiser.

– Oh, obrigada! Em qual parte: na de cinco ou de dez centavos?

– Na de dez, claro! O melhor não é bom demais para mim! Vou lhe dar os dez centavos em um outro momento. Estou sem dinheiro trocado hoje, já que não sou tão rica quanto a Rainha Vitória. Lá está uma fotografia dela, na parede. Aquela senhora com a faixa azul, a coroa de diamantes e o enfeite de renda na cabeça. Agora, vejamos: algum de vocês sabe me responder se a Rainha Vitória é casada?

– É, mas o marido dela já morreu – a Menina das Histórias ressalvou.

– É... Acho que não deveríamos chamar a rainha de "idosa", mesmo que não tivesse se casado – Peg continuou, sem fazer muito sentido. – Às vezes, digo a mim mesma: "Peg, você gostaria de ser a Rainha Vitória"? Mas nunca sei o que responder. No verão, quando posso sair e ir aonde quiser nos bosques, ao sol, não gostaria de ser a rainha de jeito nenhum, mas quando é inverno e fica muito frio e não posso ir a lugar nenhum, sinto que gostaria de trocar de lugar com ela.

Colocou o cachimbo novamente na boca e passou a fumar ferozmente. O pavio da vela continuou queimando, rodeado por um halo avermelhado que parecia ficar piscando para nós como se fosse um gnomo travesso. A sombra grotesca de Peg se projetava na parede atrás dela. O gato de um olho só desviou o olhar sombrio e foi dormir. Lá fora, o vento berrava contra a janela como um animal faminto. De repente, Peg tirou o cachimbo da boca, se inclinou para a frente, agarrou meu pulso com dedos fortes e apertou até eu quase gritar de dor. Olhou bem dentro dos meus olhos, me fazendo sentir um medo terrível. Parecia ter se tornado uma criatura totalmente diferente. Uma luz selvagem brilhava em suas pupilas e uma expressão furtiva, meio animalesca, surgiu em seu rosto. Quando falou, foi com uma voz também alterada, que saiu como um arrepiante silvo de cobra:

– Está ouvindo o vento? O que é o vento? Diga, o que é ele?

– Eu... não... sei... – gaguejei.

– Nem eu – ela admitiu. – Ninguém sabe. Ninguém sabe o que é o vento. Eu gostaria de descobrir. Talvez não tivesse tanto medo dele se soubesse o que é. Mas tenho... Quando as rajadas sopram assim, tenho vontade de me encolher e ficar escondida. Mas sei de algo sobre o vento: é a única coisa livre neste mundo. A única coisa realmente livre. Tudo o mais está sujeito a alguma lei. O vento, não. Ele sopra onde quer e ninguém é capaz de dominá-lo. É livre... É por isso que eu o amo, apesar de sentir medo dele. Ser livre é maravilhoso. Ser livre, livre, livre!

A voz de Peg se elevou até quase se tornar um grito. Ficamos apavorados porque sabíamos que havia momentos em que ela era bem maluca e temíamos que acabasse por fazer um feitiço qualquer. Mas, com um movimento rápido, ela cobriu a cabeça com o paletó masculino que usava, como se fosse um capuz, e escondeu o rosto por completo. Então se encolheu toda, os cotovelos puxando os joelhos contra o corpo, e ficou em um silêncio estranho. Nenhum de nós ousou falar ou fazer o menor movimento. E ali ficamos por uma boa meia hora. Então ela deu um pulo e falou bruscamente, em seu tom habitual:

– Acho que vocês estão com sono e prontos para irem dormir. Meninas, podem ir para a minha cama, ali; eu fico no sofá. Se quiserem, tirem o gato

A ESTRADA DOURADA

de lá, embora ele não seja capaz de machucar ninguém. E vocês, meninos, vão para o andar de baixo. Há um bom maço de palha lá, que pode lhes servir de cama se não tirarem os casacos. Vou acompanhar vocês com a vela, mas vou trazê-la de volta para não correr o risco de atearem fogo em tudo.

Demos boa-noite às meninas. No rosto delas estava estampado o medo de aquela poder ser a última noite delas com vida. E descemos para a parte de baixo da casa. O lugar era bem vazio. Havia apenas uma pilha de lenha para o fogão e um maço grande de palha limpa. Passei um olhar rápido ao redor antes que Peg levasse a vela embora e senti certo alívio por não ver nenhuma caveira jogada por ali. Quando ela se foi, nos aconchegamos na palha; não achávamos que fosse possível dormir, mas estávamos muito cansados e, antes mesmo que nos déssemos conta, nossos olhos se fecharam e assim permaneceram até a manhã seguinte.

As meninas, pobrezinhas, não tiveram tanta sorte. Como ficamos sabendo depois, não conseguiram dormir por um minuto sequer. Quatro coisas as impediram de conciliar o sono: em primeiro lugar, o ronco muito alto de Peg; em segundo, a fraca luminosidade das brasas no fogão produziu sombras que pareciam se mover sobre a caveira, o que provocou um efeito assustador durante metade da noite; em terceiro, os travesseiros e as roupas de cama tinham um forte cheiro de fumo e, por último, elas ficaram com medo de que o rato que Peg mencionara decidisse aparecer durante a noite para "conhecê-las". E, de fato, alegaram ter ouvido o bichinho andando pelo cômodo em diversos momentos.

Quando acordamos no dia seguinte, a tempestade havia passado e a manhã abria olhos avermelhados para ver o mundo coberto de branco. A pequena clareira onde ficava a casa de Peg estava cheia de montes de neve. Pegamos uma pá e abrimos caminho até o poço. Ela nos serviu o desjejum, composto de mingau de aveia bem grosso e sem leite, e um ovo cozido para cada um de nós. Cecily não conseguiu comer o mingau; declarou estar tão resfriada, que perdeu por completo o apetite. O resfriado, ela, com certeza, tinha. Engolimos a gororoba e, ao terminarmos, Peg nos perguntou se tínhamos sentido gosto de sabão nela.

– Deixei a barra de sabão cair no mingau enquanto estava no fogão – explicou –, mas vou fazer um cozido irlandês para vocês no almoço e esse vai ficar muito bom.

Um cozido irlandês preparado por Peg! Não admira Dan ter se apressado a dizer:

– A senhora é muito gentil, mas temos que voltar logo para casa.

– Mas não vão conseguir caminhar! – ela protestou.

– Vamos, sim! Os montes de neve estão bem duros; vão aguentar nosso peso. E a neve fina dos campos abertos vai derreter com o vento. Será só um quilômetro de caminhada. Vamos primeiro nós, meninos, e depois voltamos com um trenó para levar as meninas.

Elas, porém, não aceitaram a ideia. Queriam ir embora conosco; até mesmo Cecily.

– Não estavam com tanta pressa assim de partir ontem à noite – Peg comentou, com sarcasmo.

– Ah, mas é porque lá em casa, todos devem estar preocupados. Além disso, hoje é domingo e não queremos faltar à Escola Dominical – Felicity explicou.

– Está certo, então. Espero que essa Escola Dominical lhes faça algum bem. – Peg já estava um tanto quanto mal-humorada, mas se acalmou novamente e até deu um ossinho da sorte[4] a Cecily.

– Qualquer coisa que desejar usando isto, vai se realizar – orientou. – Mas você tem direito a um desejo apenas, então não o desperdice.

– Estamos todos muito gratos à senhora pelo trabalho que teve conosco – agradeceu a Menina das Histórias educadamente.

– Esqueça o trabalho – rebateu Peg. – O que conta é a despesa.

– Oh! – Felicity hesitou por um segundo antes de oferecer: – Se nos permitir pagar pelo que fez, dar-lhe alguma coisa...

---

[4] Osso em forma de "V" entre o pescoço e o peito dos frangos tradicionalmente removido do animal após a carne ter sido consumida, e puxado por duas pessoas; a que ficar com a parte maior, que contém a ponta do "V", tem direito a fazer um desejo. (N.T.)

A ESTRADA DOURADA

– Não, obrigada. Ouvi dizer que certas pessoas recebem dinheiro em troca de hospitalidade, mas fico feliz em dizer que não me incluo nessa categoria. Vocês são bem-vindos ao que tenho aqui, mas, se estão com pressa de ir embora, podem ir.

Ela fechou a porta às nossas costas com certa rispidez, e o gato preto nos seguiu por tanto tempo, com passos furtivos, dissimulados, que chegamos a sentir medo dele. Mas, por fim, desistiu e voltou. Somente então nos sentimos livres para falar sobre a aventura que tínhamos passado.

– Estou feliz por ter acabado! – exclamou Felicity, após respirar fundo. – Que experiência horrível, não?

– Poderíamos todos ser encontrados congelados esta manhã – lembrou a Menina das Histórias, com aparente satisfação.

– Olhem, foi uma sorte chegarmos à casa de Peg Bowen! – Dan comentou.

– A senhorita Marwood sempre diz que sorte não existe – protestou Cecily. – Devemos dizer que foi uma intervenção da Providência Divina.

– Bem, Peg não parece se dar muito bem com a Providência. Se ela é uma bruxa, deve estar mais conectada com "o outro lado".

– Dan, seu modo de falar está se tornando simplesmente insuportável! – Felicity ralhou. – Eu gostaria que a mamãe o ouvisse dizer essas coisas.

– Estou aqui pensando... – ele divagou. – Sabão no mingau é pior do que pó dental em massinhas assadas, criatura adorável?

– Dan, Dan – Cecily interferiu, entre duas tossidas. – Lembre-se de que hoje é domingo.

– É difícil lembrar – Peter observou. – Hoje não está com cara de domingo e parece que passou tanto tempo desde ontem.

– Cecily, você está com um resfriado bem feio – a Menina das Histórias se preocupou.

– Apesar do chá de gengibre de Peg – Felix acrescentou.

– Oh, aquele chá estava horrível! Achei que não ia conseguir engolir nem uma gota, de tão ardido! E ela encheu a caneca! Mas fiquei com tanto medo de ofender a ela, que teria bebido mesmo que fosse um balde inteiro.

95

Não pudemos deixar de rir, e a pobrezinha se defendeu:

– Podem rir à vontade. Não foram vocês que tiveram que beber...

– Mas tivemos que comer as duas refeições que ela preparou – Felicity rebateu, com um arrepio. – E nem imagino quando foi a última vez que Peg lavou aqueles pratos. Simplesmente fechei os olhos e engoli.

– Sentiram gosto de sabão no mingau? – a Menina das Histórias quis saber.

– Havia tantos gostos diferentes nele, que não consegui diferenciar um do outro – Felicity declarou, com voz cansada.

Andamos mais alguns passos em silêncio até que Peter retomou:

– O que me incomoda é aquela caveira. Acham que Peg, realmente, descobre as coisas através dela?

– Bobagem. Como poderia? – Felix zombou, todo corajoso à luz do dia.

– Ela não afirmou que o faz – observei, cauteloso.

– Logo vamos saber se o que ela previu vai acontecer de verdade – Peter opinou, meio distraído.

Felicity se aproximou dele para indagar:

– Acha que seu pai vai realmente voltar para casa?

– Espero que não.

– Deveria se envergonhar por falar assim, sabia?

– Não sei por quê. Meu pai estava bêbado o tempo todo enquanto morava conosco. E não trabalhava, além de ser um péssimo marido para a minha mãe. Ela era obrigada a sustentá-lo, e a si própria e a mim! Não quero saber de pai nenhum voltando para casa, pode acreditar! Claro que se ele fosse o tipo certo de pai, a situação seria diferente.

– O que quero mesmo saber é se a tia Olivia vai se casar – refletiu a Menina das Histórias. – Não consigo acreditar. Mas agora que penso no assunto, lembro que o tio Roger vem provocando desde que ela esteve em Halifax no verão.

– Se ela se casar, você terá que vir morar conosco – Cecily concluiu, muito feliz.

Felicity, porém, não demonstrou estar tão animada com a ideia, e a Menina das Histórias observou, com um suspiro de preocupação, que esperava que a tia Olivia não se casasse.

De certa forma, ficamos todos preocupados. As previsões feitas por Peg haviam sido inquietantes e estávamos com os nervos à flor da pele por termos passado uma noite sob seu teto. Ficamos mais do que satisfeitos quando, por fim, nos vimos em casa.

Os adultos não tinham se preocupado conosco porque estavam certos de que a tempestade viera antes de deixarmos a casa da prima Mattie e não porque tivessem recebido uma mensagem misteriosa da caveira de Peg. Ficamos aliviados ao saber disso, porém, a aventura pela qual passamos não nos trouxe grande esclarecimento quanto ao fato de Peg exercer ou não a arte da bruxaria.

EXTRATOS DOS NÚMEROS DE FEVEREIRO E MARÇO DO *NOSSO PERIÓDICO*

Como sempre fazíamos, nos reunimos para a leitura (e consequentes comentários) do nosso jornal. Aqui seguem os melhores extratos dos exemplares de fevereiro e março (e os melhores momentos dos comentários).

Lista de Honra das Resoluções de Ano-Novo:
Senhorita Felicity King

Menções honrosas:
Senhor Felix King
Senhor Peter Craig
Senhorita Sara Ray

A ESTRADA DOURADA

Editorial

O editor deseja fazer algumas observações a respeito da Lista de Honra das Resoluções de Ano-Novo. Como será visto, apenas um nome se encontra nela. Felicity afirmou que tem tido um pensamento lindo todas as manhãs antes do desjejum, sem faltar uma só manhã, nem mesmo aquela em que acordamos na casa de Peg Bowen. Alguns de nós acham que não é justo que o nome dela esteja na lista de honra, já que fez apenas uma resolução e não quer nos contar quais foram esses pensamentos.

– Com certeza, foi Dan quem reclamou – ela acusou ao ouvir essa parte. A leitura prosseguiu:

Sendo assim, decidimos dar menções honrosas a todos que mantiveram pelo menos uma resolução de forma perfeita. Felix resolveu todos os problemas de aritmética sem pedir ajuda a ninguém; reclamou de não ter conseguido resolver mais de um terço deles por completo e, por isso, o professor anotou o nome dele, mas não se pode manter as resoluções sem que haja uma certa inconveniência. Peter não brincou de jogo da velha na igreja nem ficou bêbado e declarou que não foi tão ruim manter essas resoluções quanto achou que seria.

– Eu nunca disse isso! – ele protestou.
– Peter, calma! Bev só fez uma brincadeira – Cecily o tranquilizou.

Sara Ray não fez nenhuma fofoca maldosa, mas acha que suas conversas já não estão tão interessantes quanto costumavam ser.

– Não me lembro de ter dito isso – ela comentou, mas não com muita certeza.

Felix não comeu nenhuma maçã até março, mas se esqueceu e comeu sete no dia em que fomos à casa da prima Mattie.

– Comi só cinco! – ele alegou, indignado.

No entanto, logo desistiu de tentar sempre dizer o que pensa. Envolveu-se em muita encrenca por causa disso. Achamos que Felix deve seguir a antiga regra do Vovô King, que dizia: "Segure a língua quando puder e, quando não conseguir, diga a verdade".

Cecily acha que não leu todos os bons livros que poderia ter lido porque alguns que tentou ler eram sem graça demais e declarou que os livros Pansy[5] são muito mais interessantes. Ela também decidiu que de nada adianta tentar não se sentir mal porque seus cabelos não são encaracolados, então desmarcou essa resolução.

A Menina das Histórias chegou bem perto de manter sua resolução de aproveitar todos os bons momentos que pudesse, mas alegou que faltaram dois ou três que poderia ter aproveitado.

Dan se recusa a falar sobre suas resoluções, como também faz este editor.

Anúncios pessoais

Sentimos pela senhorita Cecily que, no momento, está sofrendo de um grave resfriado.

O senhor Alexander Marr, de Markdale, faleceu subitamente na semana passada. Não ficamos sabendo de sua morte até o momento em que ela ocorreu.

A senhorita Cecily King gostaria de salientar que não fez aquela pergunta sobre usar o nome de Deus, bem como aquela outra palavra,

---

[5] Série de livros da autora norte-americana Isabella Macdonald Alden (1842-1930), de grande influência sobre toda uma geração de jovens. Seus romances, de teor cristão, foram publicados no mundo inteiro em inúmeras edições. (N.T.)

como foi publicado no número de janeiro deste jornal. Dan inventou essas dúvidas falsas que ela teria tido apenas para fazer uma brincadeira de mau gosto.

O clima está frio, mas bonito. Tivemos apenas uma nevasca. Escorregar colina abaixo na propriedade do tio Roger continua sendo uma ótima diversão.

A tia Eliza não nos dignou com uma visita, afinal. Pegou um resfriado e teve que voltar para casa. Sentimos por ela ter se resfriado, mas ficamos felizes por ter ido embora. Cecily declarou que achou ser maldade da nossa parte ficarmos felizes, mas quando lhe pedimos para jurar de dedos cruzados que ela mesma não estava feliz, se recusou e teve de confessar que estava.

A senhorita Cecily King conseguiu três nomes muito distintos para o seu quadrado da colcha das missões: os do governador e da esposa dele e o de uma bruxa.

A família King teve a honra de receber a esposa do governador para o chá no dia dezessete de fevereiro. Fomos todos convidados a visitar a Casa do Governo, mas alguns de nós acham que não iremos.

Um trágico evento ocorreu na terça-feira passada. A senhora James Frewen veio para o chá e não havia nenhuma torta em casa. Felicity ainda não conseguiu se recuperar do fato.

Um menino novo entrou para a nossa escola. Chama-se Cyrus Brisk e a família dele se mudou de Markdale para cá. Ele declarou que vai esmurrar Willy Fraser se Willy continuar a se achar o novo pretendente da senhorita Cecily King.

– Não tenho pretendente nenhum! – exclamou Cecily. – Nem quero pensar nesse tipo de coisa por, pelo menos, uns oito anos ainda!

A senhorita Alice Reade, pertencente à fina flor da sociedade de Charlottetown, veio para Carlisle a fim de lecionar música. Está hospedada na casa do senhor Peter Armstrong. As meninas vão, todas, fazer aula de música com ela. Duas descrições da senhorita Reade poderão ser encontradas em outra coluna deste periódico. Felix escreveu uma delas, mas as meninas acharam que ele não lhe fez justiça, então Cecily escreveu outra. Ela admitiu ter copiado a maior parte da descrição da história "O primeiro, último e único amor de Lorde Marmaduke", *de autoria de Valeria H. Montague; ou talvez tenha sido do livro* "A noiva do castelo junto ao mar", *ela não tem certeza; mas disse que ambas descrevem a senhorita Reade bem melhor do que qualquer coisa que ela própria pudesse ter escrito.*

Assuntos Domésticos

Mantenha as crianças sempre arrumadas para não precisar se preocupar caso receba visitas inesperadas.

Caro "Questionador Ansioso", não conhecemos nada que tire manchas de ovo cozido mole de vestidos de seda. Talvez fosse melhor não usar o vestido de seda com tanta frequência, em especial quando estiver esquentando ovos.

Chá de gengibre é bom para curar resfriados.

Cara "Dona de casa às antigas", sim, quando o fermento acabar, você poderá substituí-lo por pó dental.

– Eu *nunca* escrevi isso! – Felicity reclamou, ultrajada. – E querem saber do que mais? Não acho justo outras pessoas escreverem na *minha* coluna!

Nossas maçãs não estão durando muito este ano. Estão apodrecendo mais rapidamente; além disso, papai afirmou que estamos comendo boa parte delas.

Cara "Perseverança", vou lhe passar a receita de pasteizinhos que me pediu, mas saiba que nem todo mundo consegue fazê-los, mesmo seguindo a receita. Há um segredinho nela.

Se o sabão cair dentro do mingau, não conte para seus hóspedes até que terminem de comê-lo porque poderá tirar o apetite deles.

Felicity King

A ESTRADA DOURADA

Etiquette

P-r-C-g: Não critique o nariz das pessoas a menos que tenha certeza de que elas não poderão ouvi-lo. E, de qualquer maneira, não critique o nariz da tia-avó da sua namorada.

– Meu Deus! – Felicity jogou os cabelos para trás, cheia de si. – Aposto que Dan deve ter achado isso muito engraçado...

C-c-l-y-K-n-g: Quando minha melhor amiga anda com outra garota e troca modelos de renda com ela, o que eu deveria fazer?
Resposta: Adotar uma atitude digna e não me importar.
F-l-c-t-y-K-n-g: É melhor não usar seu segundo melhor chapéu para ir à igreja, mas, se a sua mãe diz que deve fazê-lo, não a questione.

– Dan copiou esses conselhos, palavra por palavra, do *Guia da Família*, com exceção da parte sobre o chapéu.

P-t-r-C-r-g: Sim, seria apropriado dar boa-noite ao Fantasma da Família se o encontrasse.
F-l-x-K-n-g: Não, não é educado dormir de boca aberta. E o que é pior: não é seguro. Coisas poderiam cair dentro dela.

Dan King

Coluna de moda

Bolsos de crochê para carregar relógios estão na última moda. Se você não tiver um relógio, eles também servem para carregar lápis ou uma guloseima.
É elegante usar fitas nos cabelos que combinem com o vestido, mas é difícil combinar com lã cinza. Gosto de usar fitas vermelhas para combinar com essa cor de tecido.
Também é elegante colocar um pedacinho de fita na lapela do casaco, desde que seja da mesma cor da que sua melhor amiga esteja

usando nos cabelos. Mary Martha Cowan viu as meninas fazerem isso na cidade e trouxe o costume para nós, aqui em Carlisle. Sempre uso a fita de Kitty e ela usa a minha, mas a Menina das Histórias acha que isso é bobagem.

Cecily King

Um relato da visita que fizemos à prima Mattie

Fomos a pé à casa da prima Mattie na semana passada. Ela e suas cunhadas estavam bem e o almoço foi muito bom. Na volta, uma tempestade nos surpreendeu e nos perdemos no bosque. Não sabíamos nem onde estávamos. Se não tivéssemos visto uma luz, teríamos congelado e sido cobertos pela neve e não nos encontrariam até a primavera e isso seria muito, muito triste. Mas vimos uma luz e fomos na direção dela. Ela vinha da casa de Peg Bowen. Algumas pessoas acham que ela é uma bruxa e é difícil dizer se é ou não, mas foi muito hospitaleira e nos acolheu. A casa estava muito desarrumada, mas estava quentinha. Ela tem uma caveira. Quero dizer, uma caveira solta, não a dela mesma. Peg acredita que a caveira lhe conta coisas, mas o tio Alec disse que não acredita porque é a caveira de um índio que o dr. Beecham tinha e que Peg roubou quando ele morreu, mas o tio Roger afirmou que não confiava muito nisso e tinha medo dela. Peg nos serviu um jantar. Foi uma refeição horrível. A Menina das Histórias me avisou para não contar o que encontrei no pão com manteiga porque seria nojento demais de se ler no Nosso Periódico, mas não ligo porque estávamos todos lá, exceto Sara Ray e sabemos o que era. Passamos a noite lá; os meninos dormiram na palha. Nenhum de nós tinha dormido na palha antes. Chegamos em casa pela manhã. Isto é tudo que posso escrever sobre a visita que fizemos à prima Mattie.

Felix King

A ESTRADA DOURADA

Minha pior aventura

É minha vez de escrever, então é o que vou fazer. Acho que minha pior aventura foi há dois anos quando estávamos escorregando em uma colina nas terras do tio Roger. Charlie Cowan e Fred Marr começaram, mas, no meio da descida, o trenó deles ficou preso e eu corri para empurrá-los de novo. Então fiquei ali parado por um momento para observar a descida, com as costas viradas para o topo da colina. Enquanto isso, Rob Marr empurrou Kitty e Em Frewen no trenó dele, que tinha uma placa de madeira inclinada acima das cabeças das meninas. Eu estava bem no meio do caminho e elas gritaram para que eu saísse, mas assim que ouvi, o trenó já tinha me acertado. Ele me atingiu no meio das pernas e me levantou por cima da placa. Caí logo atrás, em cima de um monte de neve, sem saber o que estava acontecendo. Achei que um tornado havia me acertado. As meninas não podiam parar e acharam que eu tinha morrido, então Rob desceu correndo para me ajudar; estava apavorado, mas eu estava vivo e não quebrei nada; meu nariz, porém, sangrava muito e ficou sangrando por três dias, não o tempo todo, mas várias vezes ao dia.

Dan King

A História de como Carlisle ganhou esse nome

Esta é uma história verdadeira também. Faz muito tempo, uma moça vivia em Charlottetown. Não sei o nome dela, então não posso escrever aqui e talvez seja melhor assim porque Felicity poderia achar que não é romântico como a senhorita Jemima Parr. Era uma moça linda por demais e um moço inglês, que tinha vindo fazer fortuna se apaixonou por ela, ficaram noivos e iam se casar na primavera seguinte. O nome dele era senhor Carlisle. No inverno, ele saiu para caçar renas por esporte. Naquela época, as renas viviam na Ilha, mas agora elas desapareceram. Ele chegou ao lugar onde agora fica Carlisle. Antes era, só um punhado de bosques habitados por índios.

Ele ficou muito doente e por tanto tempo, que teve que ficar em uma aldeia de índios, só com uma velha miquemaque[6] para cuidar dele. Na cidade, todo mundo achou que o senhor Carlisle tinha morrido e sua noiva ficou triste durante um tempo, mas depois superou a tristeza e arrumou outro namorado. As meninas disseram que isso não foi nada romântico da parte dela. Penso que foi até bem sensato; mas se fosse eu que tivesse morrido, teria ficado zangado por ela ter me esquecido tão depressa. Ele não tinha morrido e quando voltou para a cidade, foi direto à casa dela. Quando entrou, lá estava ela se casando com outro sujeito. O coitado do senhor Carlisle se sentiu péssimo, estava doente e fraco, a doença subiu para a sua cabeça e ele saiu correndo, sem parar até chegar de volta à aldeia dos miquemaques, e ali ele caiu. Os índios tinham ido embora porque era primavera. Mas isso não fez diferença porque desta vez ele morreu. As pessoas da cidade começaram a procurar e encontraram o corpo dele. E o enterraram lá mesmo e deram o nome dele ao lugar. Dizem que a moça nunca mais foi feliz e que falaram muito mal dela; mas acho que, talvez, ela mereceu.

Peter Craig

Senhorita Alice Reade

A senhorita Alice Reade é uma jovem muito bonita. Tem cabelos encaracolados e um pouco escuros, grandes olhos cinzentos e o rosto pálido. É alta e magra, mas é elegante e tem a boca bem feita, além de ter um jeito doce de falar. As meninas estão alucinadas com ela e falam a respeito dela o tempo todo.

Felix King

A Bela Alice

É assim que nós, meninas, nos referimos à senhorita Reade em nossas conversas. Ela é divinamente linda. Tem magníficos cachos

---

[6] Os miquemaques são um grupo étnico indígena do leste do Canadá. (N.T.)

escuros como a noite, que lhe caem pelas costas em ondas brilhantes
e enfeitam a testa beijada pelo sol.

– Se Felix tivesse escrito no texto dele que ela é queimada de sol, vocês teriam avançado contra o pobre coitado – Dan comentou.

– "Beijada pelo sol" não significa "queimada de sol" – Cecily explicou friamente.

– O que significa, então?

– Eu... não sei – ela confessou, envergonhada –, mas a senhorita Montague escreveu que a testa de Lady Geraldine era beijada pelo sol e é claro que a filha de um conde como ela não poderia ser queimada de sol.

– Por favor, não interrompam desse jeito! – protestou a Menina das Histórias. – Essas interrupções estragam o fluxo da leitura.

Assim, continuei lendo.

É dona de olhos gloriosamente escuros e profundos, como lagos à meia-noite espelhando as estrelas que enfeitam o céu; tem traços que parecem terem sido esculpidos em mármore da melhor qualidade e uma boca que lembra o trêmulo arco de Cupido.

– Que diabo de coisa é essa? – Peter estranhou, mas sua pergunta ficou no ar.

A pele de pêssego é clara e sem máculas como as pétalas de um lírio branco. A voz nos faz pensar no som murmurante de um riacho em meio a um bosque, e o corpo delgado não tem comparação no que tange a simetria e formato, já que é perfeito.

– Essa é a descrição que Valeria faz, mas o tio Roger comentou, outro dia, que a senhorita Reade é meio magricela – lembrou Dan.

– Se o tio Roger é vulgar, Dan, você não precisa ser também! – Felicity advertiu seriamente.

As mãos são tudo que um poeta poderia imaginar no mais íntimo sonho. E ela se veste muito bem, se esmera na elegância. Sua cor favorita é azul. Certas pessoas a consideram um tanto quanto rígida e outras chegaram a comentar que é arrogante, mas não é nem uma coisa, nem outra. O fato é que a senhorita Reade é diferente dessas pessoas e elas se ressentem disso. Ela é simplesmente adorável e nós a amamos!

Cecily King

O DESAPARECIMENTO DE PADDY

Pelo que me lembro, a primavera atrasou naquele ano em Carlisle. O tempo só começou a ficar bom, na opinião dos adultos, em maio. Mas nós, crianças, nos satisfazíamos com mais facilidade e consideramos abril um mês esplêndido porque a neve derreteu cedo e deixou o chão cinzento, firme e gelado, ideal para jogos e brincadeiras. Os dias iam passando, cada vez mais bonitos; as encostas das colinas começaram a parecer ansiosas por exibirem flores de maio. O velho pomar banhava-se em intensos raios de sol e a seiva se movia nas árvores grandes, renovando a vida dentro delas. Durante o dia, o céu se cobria de um tênue véu de nuvens, fino e delicado com um intrincado bordado; ao anoitecer, a lua cheia bem baixa pairava acima dos vales, pálida e sagrada como uma santa aureolada. O vento trazia um som agradável de sonhos, como uma risada suave; e o mundo se rejuvenescia com a alegria das brisas de abril.

– É tão bom estar viva quando é primavera! – exclamou a Menina das Histórias durante um crepúsculo em que nos balançávamos nos galhos das árvores que formavam o passeio do tio Stephen.

– É bom estar viva em qualquer estação – Felicity salientou, complacente.

– Mas é melhor na primavera – ela insistiu. – Quando morrer, acho que vou me sentir morta por todo o resto do ano, mas, quando vier a primavera, tenho certeza de que vou querer me levantar e estar viva de novo.

– Nossa! Você realmente diz coisas esquisitas! Nunca estará morta de fato. Estará no outro mundo. E, de qualquer maneira, acho horrível falarmos de gente morta.

– Vamos todos morrer – Sara Ray enfatizou solenemente, mas com certa satisfação. Era como se gostasse de ansiar por algo no qual nada, nem a mãe insensível, nem o destino cruel que a tornara um pequeno ser sem graça, pudesse evitar que fosse a artista principal.

– Às vezes, acho que não é tão terrível morrer ainda jovem, como costumava pensar – Cecily observou. Uma tosse breve precedeu seu comentário, como vinha acontecendo nos últimos tempos, pois os remanescentes do terrível resfriado que a acometera debilitavam-na mais e mais desde a noite em que a tempestade de neve nos surpreendera.

– Não diga bobagens – a Menina das Histórias a censurou, com uma intensidade incomum, mas que todos nós compreendemos. Achávamos, bem no fundo do coração, que Cecily não estava tão bem quanto deveria, embora nunca falássemos a respeito uns com os outros. E detestávamos quando se dizia alguma coisa que pudesse reconhecer ou confirmar a minúscula sombra que de vez em quando aparecia para perturbar a luz da nossa alegria.

– Foi você que começou com esse assunto mórbido – Felicity acusou, zangada. – Não acho certo falar sobre essas coisas. Cecily, tem certeza de que seus pés não estão úmidos? Acho melhor entrarmos. Está frio demais para você aqui fora.

– Vão vocês, meninas – Dan sugeriu. – Eu só vou depois que Isaac Frewen for embora. Não gosto desse velho.

A ESTRADA DOURADA

– Também o detesto – Felicity concordou, pela primeira vez na vida, com o irmão. – Ele mastiga fumo o tempo todo e cospe no chão, aquele porco horroroso.

– E, ainda assim, o irmão dele é um dos anciãos da igreja – Sara Ray comentou, em mais uma de suas divagações, que não diziam nada que prestasse.

– Conheço uma história sobre ele – lembrou a Menina das Histórias. E logo passou a contá-la: – Quando jovem, era conhecido como "Frewen Mingau-de-aveia". E foi assim que ganhou esse apelido: Isaac costumava fazer coisas esquisitas. Vivia em Markdale na época e era um sujeito grandalhão, desajeitado, muito estranho, com mais de um metro e oitenta de altura. Certo sábado, foi de carroça a Baywater a fim de visitar um tio que morava lá. Voltou na tarde seguinte e, embora fosse domingo e, consequentemente, não devesse trabalhar, trouxe consigo um saco enorme de aveia. Ao passar pela igreja em Carlisle, viu que o culto estava acontecendo e decidiu parar e entrar. Mas não quis deixar o saco de aveia do lado de fora por receio de que algo pudesse acontecer, já que sempre havia meninos travessos por ali. Então colocou o saco sobre os ombros e entrou na igreja com ele, seguindo direto para o corredor onde ficava o banco do Vovô King. O vovô costumava dizer que jamais se esqueceria daquele domingo. O pastor estava fazendo o sermão e todos estavam em um silêncio solene. O vovô ouviu uma risadinha no banco de trás; se virou, já fazendo uma carranca, disposto a dar uma bronca no culpado, porque, naqueles dias, rir na igreja era considerado quase um pecado. Mas o que viu foi o grandalhão do Isaac no corredor do meio, inclinado sob o peso do imenso saco de aveia. Ficou tão surpreso, que nem conseguiu rir, mas praticamente a igreja inteira estava rindo e ele contou que não poderia ser diferente, pois a situação era, de fato, muito engraçada. Isaac chegou ao banco do vovô e largou o saco sobre o assento, o que provocou um baque seco e um estalo na madeira do banco. Sentou-se ao lado da preciosa aveia, tirou o chapéu, passou a mão pelo rosto suado e se aquietou para ouvir o resto do sermão, como se nada tivesse acontecido. Quando o culto terminou, tornou a colocar o saco sobre os ombros, saiu da igreja e voltou para casa. Isaac nunca entendeu por que houve tanto falatório depois a respeito do episódio, mas passou a ser conhecido, durante muitos anos, como "Frewen Mingau-de aveia".

As meninas voltaram para casa enquanto todos ainda ríamos da história. E nossa risada ecoou pelo pomar e pelos campos distantes. Felicity e Cecily logo entraram. Sara Ray e a Menina das Histórias seguiram para as casas delas, e Peter me chamou para a tulha para me me pedir um conselho.

– Sabe que o aniversário de Felicity é na semana que vem, não? – indagou. – Quero escrever uma ode para ela.

– Uma o quê? – estranhei.

– Ode. Uma ode. Poesia, sabe? Vou escrever e colocar no *Nosso Periódico*.

– Mas você não sabe escrever poesia, Peter!

– Vou tentar. Isto é, se você achar que ela não vai se ofender.

– Acho que vai ficar lisonjeada.

– É que nunca se sabe como ela vai reagir – ele analisou, melancólico, mas coberto de razão. – Claro que não vou assinar com o meu nome e, se ela não gostar, não vou dizer que fui eu que escrevi. E você também não!

Prometi que não diria e ele se foi, aliviado. Afirmou que pretendia escrever dois versos por dia porque era difícil demais.

Naquela primavera, o cupido andava ocupado fazendo travessuras, mas não apenas com Peter. Nestas crônicas, já fiz alusão a uma de suas vítimas, Cyrus Brisk, bem como ao fato da nossa querida moreninha, Cecily, ter chamado a sua atenção logo no primeiro dia em que a viu. Cecily não se envaidecia da conquista que havia feito, porém. Ao contrário, ficava muito irritada quando a provocavam citando o nome dele, e afirmava detestar tanto o nome quanto a pessoa. Não vamos nos esquecer que estamos falando sobre a meiga e doce Cecily, muito embora ela pretendesse tratar o menino com toda a falta de cortesia de que era capaz. Cyrus, no entanto, não se intimidou. E foi fechando o cerco ao coraçãozinho dela, através de todos os métodos conhecidos pelos apaixonados. Na escola, deixava presentinhos delicados sobre a carteira de Cecily; coisas como goma de abeto, caramelos, docinhos e pedaços de giz colorido. Escolhia-a sempre nos jogos e exercícios de classe em que era necessário formar pares, implorava para que o deixasse carregar suas coisas na volta da escola, ofereceu-se para resolver exercícios de aritmética para ela e diziam que chegou a afirmar abertamente que pretendia pedir-lhe permissão para acompanhá-la até a casa após as reuniões de oração. Cecily tinha receio de que ele o fizesse. Confessou-me que preferia morrer a voltar para casa com ele, mas que, se Cyrus lhe pedisse, ficaria envergonhada demais em recusar. Por enquanto, todavia, ele não a tinha incomodado fora da escola, da mesma forma que não havia esmurrado Willy Fraser, o qual, ao que parecia, andava bem mal-humorado com a história toda.

E agora Cyrus havia escrito uma carta para Cecily; uma carta de amor, vejam só! E a tinha enviado pelo correio com selo de verdade. A chegada da carta causou comoção entre nós. Dan a trouxe da agência e, por ter reconhecido a caligrafia, não deu sossego a Cecily até que ela nos mostrasse o que dizia. Era uma carta muito sentimental e bem mal escrita; nela, o inflamado Cyrus repreendia Cecily, com palavras de cortar o coração, pela frieza que demonstrava, suplicava-lhe que respondesse e afirmava que, se ela o fizesse, manteria o segredo "envioletado". Provavelmente quis dizer "inviolado", mas Cecily achou que, talvez, ele quisesse apenas dar um toque mais poético à escrita. Ele assinou "Seu apaixonado de verdade, Cyrus Brisk" e acrescentou um pós-escrito em que declarava não conseguir mais comer nem dormir por pensar tanto nela.

– Vai responder? – Dan quis saber.

– Mas é claro que não! – Cecily exclamou, quase ofendida.

– Esse sujeito está querendo levar uns chutes – Felix rosnou, embora também não fosse amigo de Willy Fraser. – Por que não vai aprender a soletrar antes de se arriscar a escrever cartas de amor?

– Cyrus poderá morrer de fome se você não responder – Sara Ray alertou.

– Pois que morra – Cecily respondeu, cruel. Estava realmente muito contrariada por causa da carta.

Ainda assim, como a alma feminina é contraditória, não!? Mesmo aos doze anos de idade, acho que estava lisonjeada... Era a primeira carta de amor que recebia na vida e me confidenciou que receber algo assim provocou-lhe uma sensação estranha. De qualquer modo, a carta, mesmo não tendo sido respondida, também não foi rasgada. Tenho certeza de que Cecily a guardou. No entanto, na manhã seguinte, na escola, passou por Cyrus de cara fechada, sem demonstrar a menor compaixão pela dor que o amor não correspondido causava a ele.

Cecily normalmente se retraía, compadecida e horrorizada, quando via Paddy com um camundongo na boca; saía para visitar uma amiguinha da escola no dia em que se matavam porcos na fazenda só para não os ouvir gritar; e jamais, *jamais* seria capaz de pisar em uma lagarta. Mesmo assim, não se importava com o sofrimento pelo qual Cyrus estava passando por causa dela.

Os dias que se seguiram após esse episódio, deveriam ser alegres e cheios de esperança, como devem ser todos os dias de primavera. Mas, de repente, a sensação de leveza que nos invadia foi destruída como se uma terrível nevasca se abatesse sobre nós. Os dias se encheram de tristeza e ansiedade e as noites permearam-se de sonhos amargos. Nas duas semanas que se seguiram, a vida nos pareceu estar dominada por uma sensação inevitável de tragédia. Isso tudo porque Paddy desapareceu.

Na última noite em que foi visto, tomou o leite fresco que sempre era oferecido a ele na leiteria da fazenda do tio Roger, depois se sentou na pedra plana que havia à porta para fazer sua caprichada higiene, alheio ao mundo que o rodeava, lindo e lustroso como sempre. Ficou ali um tempinho, com o rabo graciosamente enrolado em torno das patas, observando o movimento dos galhos desfolhados tocados pela brisa naquele fim de crepúsculo sereno. E então ninguém mais o viu. Pela manhã, já não estava em parte alguma.

A ESTRADA DOURADA

No início, não ficamos muito alarmados. Paddy não era um grande aventureiro, mas, às vezes, sumia por um ou dois dias. Quando dois dias inteiros se passaram, porém, e ele não voltou, começamos a nos inquietar. No terceiro dia já estávamos preocupados de verdade e, no quarto, essa preocupação já beirava o desespero.

– Alguma coisa aconteceu a ele! – a Menina das Histórias afirmou, aflita. – Paddy nunca ficou fora de casa por mais de dois dias.

– O que pode ter acontecido? – Felix ponderou.

– Talvez tenha sido envenenado ou morto por um cachorro – ela aventou, em tom trágico.

Ao ouvir isso, Cecily começou a chorar. Lágrimas, no entanto, eram inúteis como, aparentemente, qualquer outra coisa. Procuramos por todos os cantos do celeiro, da tulha e de todas as construções nas duas fazendas dos King; vasculhamos os bosques, arbustos e moitas; saímos perguntando por ele nas propriedades vizinhas; percorremos os campos de Carlisle chamando por ele sem parar até que a tia Janet se irritou e mandou que parássemos de nos exibir daquele modo. Não o encontramos e nem obtivemos informação nenhuma que nos levasse a achar nosso querido peludinho. A Menina das Histórias ficou deprimida e se recusou a receber qualquer tipo de conforto. Cecily confessou que não conseguia dormir, pensando que Paddy poderia ter morrido sozinho, sofrendo, em algum lugar para onde mal conseguira se arrastar por causa do veneno, ou então ferido, mutilado por um cão feroz.

Passamos a olhar com ódio contido para todo e qualquer cachorro que víamos, imaginando que poderia ser o responsável por tamanha barbaridade.

– É o *não saber* que me mata! – a Menina das Histórias desabafou. – Se, ao menos, soubesse o que aconteceu, não seria tão terrível. Mas não sei se Paddy está vivo ou morto. Pode estar vivo, mas sofrendo! E todas as noites sonho que ele voltou e então acordo e vejo que não passou de um sonho... Oh! É desesperador!

– É muito pior do que quando ele ficou doente no outono – Cecily apoiou. – Sabíamos, então, que tínhamos feito o possível para que melhorasse.

Desta vez, não podíamos apelar a Peg Bowen. Até o faríamos, movidos pelo desespero, mas ela estava muito longe. Aos primeiros sinais da primavera, saía sem rumo, respondendo a um chamado incontrolável. Há vários dias já não era vista nos locais em que costumava frequentar. Os animais dela cuidavam da própria vida no bosque e a casa estava trancada.

O OSSINHO DA SORTE DA BRUXA

Depois de suas semanas, desistimos.

– Paddy morreu – a Menina das Histórias atestou, já sem esperanças, ao voltarmos de uma busca infrutífera na casa de Andrew Cowan, onde se dizia que um gato cinzento tinha sido visto. O tal gato nem era cinza, mas amarelo, de um tom praticamente indescritível e, ainda por cima, sem rabo.

– Infelizmente, acho que sim – tive de concordar.

– Se, ao menos, Peg Bowen estivesse em casa, poderia encontrar Paddy para nós – Peter refletiu. – A caveira saberia onde achá-lo.

– Será que o ossinho da sorte que ela me deu pode fazer isso? – Cecily se animou de repente. – Tinha me esquecido dele completamente! Acham que é tarde demais?

– Isso é bobagem. Não há nada de especial em um osso de galinha – Dan refutou.

– Nunca se sabe. Peg garantiu que eu conseguiria o que desejasse. Vou tentar assim que chegar em casa.

– Mal não vai fazer – Peter concordou –, mas acho que pode ser tarde demais. Se Paddy morreu, nem mesmo um osso de bruxa vai conseguir trazê-lo de volta.

– Oh, jamais vou me perdoar por ter demorado a pensar nisso – lamentou Cecily.

Assim que chegamos, ela correu ao quarto, abriu a caixinha onde guardava seus tesouros de menina e voltou com o ossinho frágil e ressequido.

– Peg me explicou como fazer. Tenho de segurá-lo com ambas as mãos, deste jeito. – Ela mostrou como. – Aí tenho de andar para trás enquanto repito o desejo nove vezes. Depois da nona vez, tenho que dar nove rodopios, da direita para a esquerda, e então meu desejo será concedido imediatamente.

– Acha que Paddy vai aparecer quando parar de rodopiar? – Dan perguntou, cético.

Nenhum de nós acreditava nesse encantamento, a não ser Peter e, por contágio, Cecily. Não se podia imaginar o que, de fato, aconteceria. Ela pegou o ossinho com dedos trêmulos e começou a andar para trás enquanto repetia solenemente:

– Desejo encontrar Paddy vivo, ou então seu corpinho, para podermos enterrá-lo de forma decente.

Quando repetiu essas palavras pela nona vez, já nos encontrávamos todos contagiados pela esperança de uma solução, fosse ela qual fosse. E, quando terminou seu nono giro, olhamos, ansiosos, para a estrada de terra, iluminada pela luz do crepúsculo, esperando ver nosso bichano aparecer. O que vimos, no entanto, foi o Homem Esquisito, que acabava de passar pelo portão, o que era quase tão surpreendente quanto ver o próprio Paddy.

Não havia sinal do gato, porém, o que fez esvanecer a esperança em nosso coração; menos no de Peter, diga-se de passagem.

– Temos que dar tempo para o encantamento funcionar – ele explicou. – Se Paddy estivesse a quilômetros daqui quando Cecily fez o desejo, não seria razoável esperar que aparecesse de pronto.

A ESTRADA DOURADA

Entretanto, nós, "crianças de pouca fé", já tínhamos perdido até esse pouco dela quando o Homem Esquisito se aproximou. E veio com aquele sorriso tão reservado e raro, dirigido apenas às crianças. Ergueu o chapéu em direção às meninas, sem demonstrar o menor sinal da timidez ou da esquisitice que o tinham tornado tão conhecido.

– Boa tarde! – saudou. – Perderam um gatinho recentemente, pessoal? Arregalamos os olhos.

– Eu sabia! – Peter exclamou, em um sussurro alto.

A Menina das Histórias se adiantou alguns passos.

– Senhor Dale, sabe alguma coisa sobre Paddy?

– Um gato cinza rajado com patas pretas?

– Sim, sim!

– Vivo?

– Oh, sim!

– Ora, ora. Mas não é inacreditável!? – Dan se espantou.

Nesse momento, já estávamos em volta do Homem Esquisito indagando onde e quando tinha encontrado Paddy.

– Acho melhor irem à minha casa para se certificarem de que é, mesmo, o gato de vocês – ele sugeriu. – No caminho eu conto como o encontrei. Devo avisar que está bem magrinho, embora acredite que vai ficar bem.

Não foi difícil conseguirmos permissão da tia Janet para irmos com o senhor Dale, apesar de já estar anoitecendo. Ela alegou que estava nos deixando ir porque sabia que não dormiríamos à noite se não víssemos o gatinho. E assim, seguimos, felizes, atrás do Homem Esquisito e da Menina das Histórias, pelos campos cinzentos, clareados apenas pela luz das estrelas, até chegarmos ao portão ladeado de pinheiros que dava acesso ao Marco Dourado.

– Sabem o celeiro antigo que tenho lá no bosque? – ele explicou. – Vou até lá muito raramente. Tenho um barril velho lá, que sempre deixo virado com a boca para baixo, encostado em um bloco de madeira. Esta manhã, fui buscar um pouco de feno e vi que o barril estava em pé, em uma posição bem diferente da que o deixei na última vez que estive lá. Achei estranho e resolvi arrumá-lo como antes. Quando o inclinei contra a madeira, vi o gato deitado embaixo dele. Como tinha ouvido dizer que vocês andavam procurando o de vocês, imaginei que poderia ser ele. A princípio, achei que estava morto porque não se movia e tinha os olhos fechados. Mas quando me inclinei para ver melhor, ele os abriu e miou bem baixinho. Quase não ouvi porque foi um barulhinho muito suave, sabem?

– Oh, coitadinho do Paddy! – Cecily murmurou, com os olhos cheios de lágrimas.

– Como não conseguiu ficar em pé, levei-o para casa e dei-lhe um pouco de leite – continuou o senhor Dale. – Ele não conseguiu beber muito, então esperei um pouco e dei um pouco mais; e assim fui fazendo o dia inteiro. Quando saí hoje, ele já conseguia se arrastar pela casa. Acho que vai se curar, mas vocês vão ter que prestar muita atenção a como vão alimentá-lo durante alguns dias. Não se deixem levar pela alegria porque poderão exagerar e acabar por matar o pobre bicho.

– O senhor acha que alguém o prendeu embaixo do barril? – perguntou a Menina das Histórias.

– Não, acho que não. O celeiro estava trancado. Ninguém, a não ser um gato, conseguiria entrar. Talvez ele estivesse atrás de algum camundongo e acabou por derrubar o barril em cima de si mesmo. E ficou preso. Como o barril estava apenas encostado na madeira, pode ter acontecido.

Paddy estava sentado diante do fogo na cozinha simples e quase vazia do Homem Esquisito. Estava tão magro! Praticamente pele e osso. O pelo estava feio, sem brilho. Partiu-nos o coração ver o antes tão lindo Paddy assim, tão abatido.

– Oh, deve ter sofrido tanto! Pobrezinho! – Cecily lamentou.

– Mas vai se recuperar completamente em uma ou duas semanas – o Homem Esquisito a confortou, gentil.

A Menina das Histórias pegou o gatinho nos braços e, assim que nos juntamos para acariciá-lo e dizer a ele palavras de conforto, o suave ronronar dele pareceu ser ligado como um motorzinho movido a carinho. Passou a lamber nossas mãos, subitamente revigorado. Paddy era um gato muito

A ESTRADA DOURADA

agradecido e se sentia imensamente feliz; já não estava perdido, com fome, preso, desesperado, mas sim, com seus amiguinhos humanos e ia voltar para casa, para os locais que conhecia tão bem: o pomar, a leiteria, a tulha; e para as porções diárias de leite fresquinho e o lugar aconchegante junto à lareira.

Voltamos felizes para casa, rodeando a Menina das Histórias, que caminhava abraçada ao nosso bichano querido.

As estrelas que cintilavam nas noites de abril jamais viram um grupo de crianças mais alegres andando pela estrada dourada naquela noite. Um vento leve passava por nós, parecendo dançar com pés de fada invisíveis, enquanto cantava uma melodia delicada sobre tempos futuros para alegrar a noite. E ela erguia, alternadamente, as lindas e suaves mãos para uma vez mais abençoar o mundo com a escuridão do descanso.

– Viram o que o ossinho da sorte de Peg Bowen fez? – Peter observou, em tom de triunfo.

– Ora, Peter, largue de bobagens – Dan desdenhou. – O Homem Esquisito encontrou Paddy pela manhã e já estava a caminho para nos avisar antes que Cecily se lembrasse do osso. Vai me dizer que acredita que ele não viria se ela não tivesse se lembrado?

– O que digo, Dan, é que eu bem que gostaria de ter vários ossinhos iguais àquele – ele rebateu, teimoso.

– É claro que o ossinho não deve ter nada a ver com o fato de Paddy estar conosco novamente – Cecily admitiu. Sua voz traía a satisfação que sentia –, mas estou feliz por ter tentado.

– O que importa é que Paddy está de volta – atestou Felix.

– E espero que o que passou lhe sirva de lição – Felicity arrematou.

– Ouvi dizer que a tundra[7] está cheia de flores de maio – lembrou a Menina das Histórias. – Vamos fazer um piquenique de flores de maio lá amanhã para comemorarmos a volta de Paddy?

---

[7] Bioma no qual a baixa temperatura e as estações de crescimento curtas impedem o desenvolvimento de árvores e onde o solo não é propício à agricultura. A vegetação é marcada pela presença de pequenos vegetais espaçados entre si, com predominância de arbustos, ervas, liquens e musgos. (N.T.)

FLORES DE MAIO

A ideia não poderia ter sido melhor e concordamos de imediato. No dia seguinte, lá estávamos nós, seguindo em direção à tundra, de cestas nas mãos, sentindo no rosto o vento que parecia dançar por toda parte até a encosta da colina, sob o azul etéreo do céu de primavera. Brotos de pinheiro e abeto despontavam aqui e ali, aconchegando os raios de sol para que permanecessem e fizessem crescer e florescer as plantinhas delgadas antes mesmo que elas próprias sequer pensassem em despertar em um outro lugar.

Foi ali que encontramos as flores de maio após algum tempo de procura. Essas flores, como talvez saibam, nunca se exibem; precisam ser buscadas para poderem oferecer toda a beleza que possuem a quem as encontrar. São aglomerados de florezinhas brancas e cor de rosa que trazem em si a essência de todas as primaveras que já existiram, reencarnadas com um aroma tão delicado e celestial, que pareceria grosseiro chamá-lo de perfume.

A ESTRADA DOURADA

Vagamos alegremente pela colina, chamando uns aos outros e rindo por pura brincadeira, separando-nos e nos perdendo por diversão naquele território um tanto quanto selvagem só para depois nos reencontrarmos inesperadamente em recantos e declives surpreendentes e então apenas desfrutarmos do silêncio banhado de sol e tocado pelo gentil vento sussurrante que passava com suavidade.

Quando o sol começou a baixar no horizonte, lançando leques feitos de luz até o ponto mais alto do céu, nos reunimos em um valezinho afastado coberto por samambaias ainda jovens sobre o qual incidia a sombra de uma colina forrada de vegetação. Havia ali um lago bem raso, um espelho d'água em cujas margens as ninfas talvez dançassem como faziam na antiguidade, nos montes de Argos ou nos vales de Creta. Foi onde nos sentamos para arrancar folhas secas e ramos murchos das flores que tínhamos colhido para depois fazer pequenos ramalhetes e encher de suavidade as cestas que tínhamos trazido. A Menina das Histórias colocou um ramo de flores cor-de-rosa nos cabelos e nos contou uma lenda sobre uma bela jovem índia que morreu com o coração partido quando as primeiras neves do inverno caíram porque acreditava que o amor dela, que partira havia muito tempo, não a amava de fato. Mas ele, que fora mantido prisioneiro, retornou na primavera e, ao saber da morte da amada, procurou pelo túmulo dela a fim de poder chorar sua dor; e ali encontrou, embaixo das flores mortas do ano anterior, florezinhas nunca antes vistas e soube que eram uma mensagem de amor e lembrança enviada por sua doce apaixonada de olhos escuros como a noite.

– As garotas índias são chamadas de "*squaws*", sabiam? A não ser nas histórias, claro – Dan comentou, um tanto quanto alheio, enquanto amarrava as flores de maio dele em um ramalhete enorme. Não fazia como nós, que, seguindo o exemplo da Menina das Histórias, enchíamos as cestas com ramos soltos, begônias de inverno e pedaços de folhas de abetos; e jamais admitiria que nossos arranjos estivessem mais bonitos do que o dele.

– Gosto de separar as coisas que são diferentes – alegou. – Misturas não ficam bonitas.

– Você não tem gosto nenhum – Felicity criticou.

– A não ser na boca, não é, amada? – ele rebateu, usando seu tom de voz mais suave.

Felicity enrubesceu de raiva e rebateu:

– Você, realmente, se acha muito esperto, não?

– Não briguem – Cecily aconselhou. – O dia está tão bonito!

– E quem está brigando, irmãzinha? Não estou nem um pouco irritado. Felicity é que está. Ei, o que é isso no fundo da sua cesta?

– É um livro. Chama-se *História da Reforma na França*. – Havia certo embaraço na resposta de Cecily. – É de um autor chamado... – Ela soletrou: – D-A-U-B-I-G-N-Y. Não sei pronunciar. Ouvi o Reverendo Marwood dizer que todo mundo deveria lê-lo, então comecei no domingo passado. E o trouxe hoje para ler quando me cansar de colher flores. Preferia ter trazido *Ester Reid*. Há muitas coisas neste livro que não entendo e é tão ruim ler sobre as pessoas que foram queimadas nas fogueiras! Mas achei que era minha obrigação ler.

– E acha que essa leitura melhorou sua maneira de pensar? – Sara Ray perguntou, muito séria, enquanto enrolava um ramo de abeto rasteiro na alça da cesta.

– Acho que não. E sinto que não consegui manter minhas resoluções de Ano-Novo como deveria.

– Eu mantive a minha – Felicity observou, cortez.

– Claro. Foi uma só – replicou Cecily, com certo ressentimento.

– Ah, é? Pois saiba que não é fácil ter bons pensamentos.

– É a coisa mais fácil do mundo – interferiu a Menina das Histórias. Andava nas pontas dos pés e foi até a beira da lagoa, a fim de se inclinar e ver o próprio reflexo, como faria uma ninfa da Era de Ouro. – Às vezes, os pensamentos mais lindos se amontoam na nossa mente.

– É. *Às vezes* – Felicity enfatizou e esclareceu: – mas isso é diferente de ser obrigada a ter um pensamento bom em um momento específico. E a mamãe está sempre me chamando lá de baixo e me apressando para me vestir e descer. Em certas manhãs, é muito difícil, sabia?

– Entendi. É, eu mesma, às vezes, só consigo ter pensamentos sombrios. Mas, em outros dias, eles são tão lindos! Não há sombra nenhuma neles, apenas cores. Um arco-íris delas. Rosa, azul, dourado, roxo...

Felicity riu.

– Mas que ideia! Como se os pensamentos tivessem cores...

– E têm! Sempre consigo ver a cor do que penso. Você não?

– Nunca ouvi falar uma coisa dessas. Nem acredito que seja possível. Acho que está inventando.

– Não estou, não. Sempre achei que as pessoas pensassem colorido. Deve ser muito melancólico não pensar assim.

– De que cor é o seu pensamento quando pensa em mim? – Peter se interessou.

– Amarelo – a Menina das Histórias respondeu sem vacilar. – E com Cecily, é rosa como aquelas flores de maio. Com Sara Ray é azul pálido, com Dan é vermelho, com Felix é amarelo também e, com Bev, é listrado.

– E eu? De que cor sou eu em seus pensamentos? – Felicity quis saber, ainda rindo, mas agora à minha custa por causa do padrão que "eu" era na mente da Menina das Histórias.

– Você? É como um arco-íris – ela admitiu, embora relutante. Precisava ser honesta, mas não queria que Felicity se sentisse lisonjeada. – E não ria de Bev. As listras dele no meu pensamento são sempre lindas. Não é *ele* que é listrado, mas o que penso. Já quando penso em Peg Bowen, é com uma mistura de verde amarelado; e, com o Homem Esquisito, é lilás. A tia Olivia é roxo amor-perfeito misturado com dourado e o tio Roger é azul-marinho.

– Gente! Nunca ouvi tanta bobagem! – Felicity declarou, insensível.

A princípio, todos nos sentimos inclinados a concordar com ela. Achamos que a Menina das Histórias estava de brincadeira conosco, mas acredito que ela realmente tivesse um estranho dom de pensar em cores. Anos depois, quando já éramos adultos, ela tornou a me falar sobre isso. Afirmou que, em sua mente, tudo tinha cor: os meses do ano seguiam todas as tonalidades do espectro de cores; os dias da semana eram dourados pela manhã, alaranjados no meio do dia, azul cristal ao anoitecer e violeta noite adentro. As ideias vinham-lhe revestidas em seus próprios tons. Talvez esse seja o motivo de sua voz e suas palavras terem tamanho encanto e transmitirem matizes de significado, variação e melodia tão incrivelmente distintas aos ouvintes dela.

– E então? Vamos comer alguma coisa? – Dan sugeriu. – De que cor é a comida, Sara?

– Marrom dourado. A cor de um biscoito de açúcar mascavo – ela respondeu de pronto, rindo.

Nós nos sentamos à margem da lagoa, toda forrada de samambaias rasteiras e comemos com vontade a merenda farta que a tia Janet tinha preparado para o piquenique; estávamos motivados pela alegria que pairava no ar da primavera e pelo gasto de energia que a caminhada até ali tinha provocado. Felicity havia feito caprichados sanduiches de presunto picado que todos nós, menos Dan, adoramos. Ele alegou não gostar de coisas cortadas em pedaços muito pequenos e vasculhou na cesta, de onde tirou um pedaço grande de carne assada, o qual passou a fatiar e comer com gosto.

– Avisei à mamãe para separar esta carne – comentou, entre um pedaço e outro. – Aqui, sim, há o que mastigar.

– Você não é nem um pouco refinado – criticou Felicity.

– Nem um pingo, querida – ele concordou.

A Menina das Histórias sorriu e observou:

– Vocês me fazem lembrar de uma história que ouvi o tio Roger contar sobre a prima Annetta King. O tio-avô Jeremiah King morava onde o tio Roger mora agora, quando o Vovô King era vivo e o tio Roger era ainda menino. Naqueles tempos, não era visto com bons olhos que uma jovem tivesse muito apetite. Elas eram mais admiradas se fossem delicadas em relação à comida. A prima Annetta queria muito ser refinada e fingia não ter apetite nenhum. Certa tarde, foi convidada para tomar chá na casa do Vovô King, que estava recebendo algumas pessoas de Charlottetown. Ela alegou que mal conseguia comer. "Sabe, tio Abraham, como menos do

A ESTRADA DOURADA

que um passarinho. A mamãe diz que nem sabe como continuo viva", explicou, toda fingida, com voz de mocinha delicada. E fez tanto doce, que o Vovô King chegou a dizer que sentia vontade de jogar alguma coisa nela. Depois do chá, Annetta voltou para casa e, quando escureceu, o vovô passou pela casa do tio Jeremiah para levar umas cadeiras que tinha tomado emprestado. Ao passar pela janela aberta da despensa, olhou para dentro e o que acham que viu? A *delicada* prima Annetta estava ali, com um pão inteiro e uma pratada de carne de porco, os quais misturava e enfiava na boca sem delicadeza nenhuma, como fez Dan, e engolia como se estivesse morrendo de fome. O vovô não aguentou. Chegou mais perto da janela e exclamou: "Que bom que seu apetite voltou, não, Annetta!? A mamãe já não precisa mais se preocupar se você vai ou não continuar viva, não é mesmo? Desde que tenha sempre em casa um bom pedaço de carne com pão para você devorar". Ela nunca o perdoou, mas também nunca mais fingiu ser a jovenzinha delicada que mal come.

– Os judeus não comem carne de porco – Peter informou, do nada.

– Que bom que não sou judeu – observou Dan, mastigando. – Aposto que a prima Annetta pensava assim também.

– Gosto de bacon, mas não consigo encarar um porquinho sem pensar que ele jamais achou que seria comido – Cecily comentou, em sua inocência adorável.

Quando acabamos de comer, as sombras que anunciavam a noite já começavam a avançar sobre o vale e a lagoa. No entanto, mais adiante, em campo aberto, a luz ainda persistia, verde amarelada, e fomos acompanhados pelo canto dos sabiás, que pareciam nos chamar no caminho de volta para casa. "As trombetas da terra dos elfos[8]" jamais soaram tão doces ao redor de castelos antigos e santuários em ruínas, acompanhadas pelo chamado vespertino dos pássaros nos galhos altos dos abetos e nas

---

[8] A autora faz referência a "the horns of elfland" (em tradução livre, "as trombetas da terra dos elfos"), citadas no poema *The Splendor Falls*, de Tennyson (1809-1892). O poema fala do mundo mágico habitado por elfos, fadas e seres fantásticos da floresta que o poeta imaginou, inspirado pelos bosques e antigas construções rurais da Inglaterra. (N.T.)

pastagens verdejantes que a lua recém-surgida presenteava com raios pálidos.

Ao chegarmos, encontramos a senhorita Reade em casa; ela tinha vindo com algum tipo de missão, mas já estava indo embora. A Menina das Histórias a acompanhou e, ao voltar, trazia uma expressão diferente no rosto.

– Você está com cara de que vai contar uma história – Felix notou.

– É verdade. Estou com uma bem bonita crescendo aqui dentro. – Ela apontou para a própria cabeça e arrematou, em tom de mistério –, mas não está terminada.

– Ah, conte! – pediu Cecily.

– Não posso. Precisa estar completa. Mas vou contar uma bem curtinha que o Homem Esquisito nos contou, quero dizer, *me* contou há pouco. Ele estava no jardim de casa, perto dos canteiros de tulipas, quando passamos. As tulipas lá estão tão mais altas do que as daqui! Perguntei o que faz para que cresçam tão rápido e ele respondeu que não faz nada, que o crescimento delas é resultado do trabalho das fadas que vivem no bosque do outro lado do riacho. Como iam nascer mais bebês fadas nesta primavera, as mães estavam com pressa para fazerem bercinhos para eles. As tulipas são os bercinhos, ao que parece. As mamães fadas saem do bosque ao pôr do sol e embalam os bebezinhos dentro das flores. Esse é o motivo pelo qual as tulipas duram mais tempo do que as outras flores. Os bebezinhos das fadas precisam ter berços até crescerem. E crescem depressa, sabem? O Homem Esquisito garantiu que, nas noites de primavera, quando as tulipas já floresceram, se pode ouvir uma música muito suave e muito delicada no jardim. São as fadas cantando para ninar os filhinhos.

Felicity torceu os lábios e decretou apenas:

– Então, o Homem Esquisito garantiu uma coisa que, simplesmente, não pode ser verdade.

UM ANÚNCIO SURPREENDENTE

Em um princípio de noite, em maio, a Menina das Histórias se queixou:
– Nada emocionante tem acontecido.
Estávamos reunidos embaixo das espetaculares cerejeiras em flor. Havia uma longa fileira delas no pomar, com um álamo negro em cada extremidade e uma cerca viva de lavanda logo atrás. Quando o vento soprava ali, o ar se enchia de fragrâncias incríveis.
Era um tempo de maravilhas, aquele: o toque suave da chuva cristalina sobre os campos, a delicadeza extraordinária das folhas jovens por toda a parte, o florescer dos prados, jardins e bosques. O mundo todo parecia estar em flor, em um tremor delicado de suavidade salteado do encanto sutil e passageiro da primavera, das manhãs crianças, da inocência intocada. Podíamos sentir e apreciar essa leveza no ar sem a necessidade de a compreender. Bastava-nos ser felizes e jovens com a renovação da natureza na estrada dourada da vida.

– Não gosto de emoções muito fortes – Cecily refletiu. – Emoções assim nos deixam cansados. Como quando Paddy desapareceu. Foi emocionante demais, mas não foi agradável.

– Não, não foi, mas foi interessante – a Menina das Histórias analisou, pensativa. – Em minha opinião, é melhor ficar triste do que ficar entediada.

– Eu já penso diferente – Felicity contrapôs. – Quando temos trabalho a fazer, não nos entediamos. – E citou, com ares de sabedoria: – "Em mãos desocupadas, Satã põe maldades dobradas".

– Maldades podem ser interessantes – riu a Menina das Histórias, travessa. – Achei que não gostasse de citar o nome *dessa criatura*.

– Não faz mal citar se você dá o nome apropriado a ele. – Felicity nunca se deixava abater.

– Por que o álamo negro tem os galhos voltados para cima desse jeito enquanto os outros tipos de álamo os têm para os lados ou para baixo? – Peter indagou. Estava divagando já há um bom tempo, com os olhos presos à árvore alta, elegante, que constratava contra o fundo azul intenso do céu.

– Porque é assim que ele cresce, ora – Felicity respondeu, de modo prático.

– Sei uma história sobre isso! – exclamou a Menina das Histórias. E logo começou a contar – Era uma vez um homem muito velho que encontrou um pote de ouro no final do arco-íris. Dizem que há um pote de ouro lá, mas que é muito difícil encontrá-lo, porque as pessoas nunca conseguem chegar ao lugar onde ele acaba, já que ele desaparece enquanto estão tentando. Mas esse homem conseguiu, ao pôr do sol, quando Íris, guardiã do ouro estava ausente. Como se encontrava muito longe de casa e o pote era grande e pesado, o velho decidiu escondê-lo até a manhã seguinte e então chamar um dos filhos para ajudá-lo a carregar o ouro. Assim, escondeu o pote embaixo dos galhos de um álamo. Quando voltou, Íris deu por falta do pote e, como era de se esperar, ficou muito triste; então enviou Mercúrio, que era o mensageiro dos deuses, à procura do ouro porque não mais ousava deixar o arco-íris com medo de que alguém

A ESTRADA DOURADA

o roubasse também. Mercúrio perguntou a todas as árvores se tinham visto o pote de ouro e o olmo, o carvalho e o pinheiro apontaram para o álamo. "Ele pode dizer a você onde está", revelaram. O álamo, porém, perguntou: "Como posso fazer isso"? e ergueu os ramos, surpreso. O pote, então, caiu. Atônito e indignado, já que era uma árvore muito honesta, ele ergueu os ramos bem alto e declarou que ficaria eternamente assim para que nunca mais pudessem esconder ouro roubado embaixo deles. E ensinou a todos os álamos jovens que conhecia a fazer a mesma coisa. Por isso os álamos negros são assim. Mas os álamos-trêmulos têm folhas que estão sempre tremendo, mesmo nos dias em que não há vento algum. Sabem por quê?

Ela, então, nos contou a lenda que diz que a cruz na qual Jesus sofreu era feita de madeira de álamo-trêmulo e que, por isso, suas pobres folhas nunca mais puderam ficar em paz. Havia um deles no pomar, que era a verdadeira encarnação da juventude e da primavera em termos de elegância e simetria. As folhas pequenas já estremeciam, mesmo sendo ainda uma árvore tão jovem. Era lindo como uma pintura bem feita e o movimento dos seus galhos parecia escrever um poema contra o céu amarelado daquele crepúsculo primaveril.

– É uma história triste – Peter comentou –, mas a árvore é linda e nem foi culpa dela servir como parte da cruz.

– O orvalho começou a cair mais forte – Felicity se preocupou. – É melhor pararmos de falar bobagens e entrarmos, ou vamos pegar um resfriado. Aí seremos nós a ficar tristes, o que não vai ser nem um pouco emocionante.

– Ainda assim, eu gostaria que algo emocionante acontecesse – teimou a Menina das Histórias quando já caminhávamos de volta à casa pelo pomar recheado de sombras.

– Hoje é noite de lua nova, então, talvez, seu desejo se concretize – Peter sugeriu. – Minha tia Jane não acreditava nessas histórias que envolvem a lua, mas nunca se sabe...

A Menina das Histórias teve, sim, o desejo concretizado. No dia seguinte, algo bem emocionante aconteceu. Ela veio se juntar a nós, à tarde, com uma expressão indescritível no rosto: uma mistura de triunfo, expectativa e pesar. Dava para ver que havia chorado, embora também demonstrassem um entusiasmo reprimido. Fosse o que fosse que a preocupava, era evidente que ainda mantinha a esperança.

– Tenho uma novidade para contar – alertou, com ar solene. – Conseguem imaginar o que é?

É claro que não conseguíamos nem quisemos tentar.

– Conte logo – Felix instigou. – Pelo jeito, parece ser algo excepcional.

– E é: a tia Olivia vai se casar.

Arregalamos os olhos, surpresos e mudos. Tínhamos esquecido por completo do aviso de Peg Bowen, mesmo porque nunca tínhamos acreditado muito nele.

– A tia Olivia!? Não acredito! – Felicity se pronunciou categoricamente. – Quem foi que contou para você?

– Ela mesma. Portanto, é a mais pura verdade. Por um lado, estou muito triste, mas, por outro, não vai ser ótimo termos um casamento na família!? Vai ser uma cerimônia maravilhosa e serei dama de honra!

– Você não tem idade para isso – Felicity desdenhou.

– Tenho quase quinze anos! Seja como for, a tia Olivia prometeu que vou ser.

– Com quem ela vai se casar? – Cecily perguntou depois de se refazer do choque e ver que, afinal, o mundo continuava girando.

– Ele se chama dr. Seton e é de Halifax. A tia Olivia o conheceu quando esteve na casa do tio Edward no verão passado. Estão noivos desde então. O casamento será na terceira semana de junho.

– Ah, não! A apresentação na escola é na semana seguinte! – Felicity reclamou. – Por que as coisas têm que acontecer todas juntas desse jeito!? E o que você vai fazer já que a tia Olivia não vai mais morar aqui?

– Vou morar na sua casa – a Menina das Histórias respondeu, com um toque de timidez. Não sabia como Felicity reagiria a isso. No entanto, ela aceitou bem a ideia.

A ESTRADA DOURADA

– Você vive aqui a maior parte do tempo, mesmo – constatou. – A única coisa que vai mudar é que vai comer e dormir também. E o que vai ser do tio Roger?

– A tia Olivia acha que vai ter que se casar também, mas ele avisou que prefere contratar uma governanta a se casar porque assim poderá dispensá-la se não gostar do serviço, o que não poderia fazer com uma esposa.

– Vamos ter que cozinhar muito para o casamento – Felicity refletiu, com satisfação.

– Imagino que a tia Olivia queira que façam massinhas assadas, além de outros salgados – Dan alfinetou. – Espero que ela tenha um bom estoque de pó dental em casa.

– Pena que você não use esse pó dental de que tanto gosta de falar em seus próprios dentes – Felicity rebateu. – Com uma boca desse tamanho, eles aparecem mais, sabia?

Dan riu e não deixou por menos:

– Eu os escovo todos os domingos.

– Todos os *domingos*!? Deveria os escovar *todos os dias*!

Ele fingiu seriedade.

– Todos os dias? Alguém já ouviu uma bobagem maior do que essa?

– É o que o *Guia da Família* recomenda – Cecily viu-se obrigada a apoiar a irmã. Em sua inocência, não percebeu que Dan continuava a provocá-la.

– Ah, é? – ele continuou a brincar. – Então, o pessoal do *Guia da Família* tem mais tempo sobrando do que eu.

Sara Ray, ainda maravilhada com a novidade, exclamou, alheia à discussão que ocorria:

– Já pensaram? O nome da Menina das Histórias vai estar nos papéis do casamento se for dama de honra!

– E nos papéis em Halifax também – Felix apoiou –, já que o dr. Seton é de lá. – Voltou-se para a Menina das Histórias para indagar: – Qual é o primeiro nome dele?

– Robert.

– E vamos ter de chamá-lo de *tio Robert*? – ele frisou as duas últimas palavras com certa reserva.

– Não até que se casem. Depois, sim, claro.

– Espero que sua tia Olivia não desapareça antes da cerimônia – aventou Sara Ray, que estava lendo *A Noiva Vencida*, de Valeria H. Montague, no *Guia da Família*, novela na qual a heroína fugia antes do casamento.

– Pois eu espero que o dr. Seton não deixe de aparecer, como fez o noivo da sua prima Rachel Ward – Peter observou, com raiva contida; para ele, Will Montague não passava de um malandro.

– Isso me fez lembrar de outra história! – animou-se a Menina das Histórias, com um sorriso. – Eu a li outro dia e é sobre o tio-avô Andrew King e a tia Georgina. Aconteceu há oitenta anos. O inverno foi muito rigoroso naquele ano e as estradas estavam em péssimas condições. O tio Andrew morava em Carlisle e a tia Georgina, que na época era a senhorita Georgina Matheson, morava bem mais para oeste, então ele não a via com muita frequência. Eles estavam para se casar, mas Georgina não conseguiu marcar uma data porque tinha um irmão que vivia em Ontario, mas que ia voltar para fazer uma breve visita à família. Ela queria se casar enquanto o irmão estivesse em casa. Assim, ficou acertado que escreveria ao tio Andrew, avisando quando ele deveria ir para se casarem. E assim foi. Georgina escreveu uma carta a ele, dizendo que tinha marcado o casamento para a quarta-feira seguinte, mas, como sua caligrafia era muito feia, praticamente ilegível, o tio Andrew entendeu que deveria ir na quinta-feira. Então, na quinta-feira pela manhã, ele pegou a charrete e foi para a casa da noiva. Foi uma jornada de cinquenta e seis quilômetros, em um frio de rachar. Não foi mais fria, porém, do que o modo como Georgina o recebeu. Ela estava na varanda, com os cabelos enrolados em uma toalha, depenando um ganso. No dia anterior, tinha se arrumado, suas amigas e o pastor tinham vindo, e o almoço de casamento havia sido preparado com dedicação. O noivo, no entanto, não tinha aparecido, o que a deixara furiosa. Não houve nada que o tio Andrew pudesse dizer ou fazer para acalmá-la. Ela simplesmente não quis ouvir explicação nenhuma e mandou-o embora, afirmando que nunca mais queria vê-lo. O tio Andrew teve que voltar para casa, triste, mas ainda tinha esperança de que ela cedesse mais cedo ou mais tarde porque a amava de verdade.

– E ela cedeu? – Felicity quis saber.

– Sim. Eles se casaram treze anos depois, naquela mesma data. Georgina levou *apenas* esse tempo para perdoá-lo.

– Porque só levou esse tempo para descobrir que não conseguiria outro trouxa – comentou Dan, com cinismo.

UM FILHO PRÓDIGO RETORNA

A tia Olivia e a Menina das Histórias passaram a viver em um vendaval de escolhas, costuras e arremates. E adoraram cada minuto dele. Cecily e Felicity também precisaram de vestidos novos para o grande acontecimento e mal falaram sobre qualquer outro assunto durante duas semanas. Cecily chegou a afirmar que detestava ir dormir porque tinha certeza de que ia sonhar de novo que estava no casamento usando um vestido velho de lã e um avental rasgado.

– Eu não tinha meias, nem sapatos! – acrescentou, horrorizada, ao nos relatar o sonho trágico. – E não conseguia me mexer porque todos os convidados passavam por mim e olhavam para os meus pés!

– Foi só um sonho – Sara Ray a consolou, ela própria mortificada. – E eu, que talvez tenha de usar o vestido branco que ganhei no ano passado? Já está curto, mas a mamãe disse que está perfeitamente bom para ser usado. Vou ficar tão triste se tiver que ir com ele ao casamento!...

– Se fosse eu, nem iria. Imagine! Com um vestido velho... – opinou Felicity, com certa satisfação.

A ESTRADA DOURADA

– Ah, mas eu não perderia o casamento nem se tivesse que usar o vestido da escola. Nunca fui a festa nenhuma! Não perderia esta por nada no mundo!

– Minha tia Jane sempre dizia que se você está limpo e arrumado, não importa se as roupas são refinadas ou não – Peter se lembrou.

Felicity o encarou, com irritação.

– Quer saber? Estou cansada de ouvir você falar dessa sua tia Jane – declarou.

Ele pareceu se ofender, mas não contestou. Felicity vinha o tratando mal desde o começo da primavera, mas a lealdade de Peter para com o que sentia por ela era intocável. Aceitava qualquer coisa que fizesse ou dissesse.

– É bom estar limpa e arrumada, não há dúvida, mas gosto de usar coisas novas e bonitas também – Sara Ray insistiu.

– Sua mãe vai lhe dar um vestido novo, tenho certeza – Cecily a confortou. – De qualquer maneira, ninguém vai notar porque a atenção de todos estará na noiva. E a tia Olivia será uma noiva linda! Imaginem como vai ficar bonita em um vestido de seda branco e com um véu delicado nos cabelos.

– Ela quer que a cerimônia seja no pomar, embaixo da Árvore do Nascimento que leva o nome dela – informou a Menina das Histórias. – Vai ser tão romântico, não acham? Quase sinto vontade de me casar também!

– Isso é jeito de falar? – retrucou Felicity. – Você tem só quinze anos!

– Muitas mulheres se casaram aos quinze anos – ela rebateu, rindo. – Lady Jane Gray[9], por exemplo.

– Mas você vive dizendo que as histórias de Valeria H. Montague são bobas e não têm nada a ver com a realidade, então isso não serve como argumento – Felicity insistiu. Infelizmente, ela sabia mais sobre culinária

---

[9] Lady Jane Gray (1537-1554) foi uma nobre inglesa declarada Rainha da Inglaterra e Irlanda em 10 de julho de 1553, após a morte do primo, o Rei Eduardo VI, mas que acabou sendo executada por alta traição, junto ao marido, após uma súbita mudança no cenário político, em 19 de julho do mesmo ano. Ficou conhecida como "A Rainha dos Nove Dias". (N.T.)

do que sobre História e, evidentemente, imaginou que Lady Gray fosse uma das heroínas da tal autora.

O casamento se transformou em uma fonte inesgotável de assunto para as conversas que tivemos durante aqueles dias, mas logo o interesse foi se dissipando e sumiu por completo quando outro grande acontecimento surgiu.

Em um sábado à noite, a mãe de Peter veio buscá-lo para que passasse o domingo na companhia dela. Ela estava trabalhando na casa do senhor James Frewen e ele ia levá-los de charrete. Nunca a tínhamos visto de perto antes e a curiosidade nos fez observá-la com atenção, porém discretamente. Era uma mulher baixa e gordinha, de expressivos olhos negros, extremamente limpa, mas com semblante cansado e precocemente envelhecido, que se não fosse pela vida difícil que levava, poderia ser alegre e jovial. Era uma batalhadora e tenho para mim que o filho era seu grande motivo para enfrentar a vida sozinha com tanta coragem.

Peter foi para a casa com ela e voltou no começo da noite de domingo. Estávamos no pomar, sentados em torno da Pedra do Púlpito, onde, como era tradição na família King, estudávamos os textos sagrados e fazíamos nossas lições para a próxima aula na Escola Dominical. Paddy, já completamente recuperado, estava sentado na pedra, se lavando com capricho.

Peter se juntou a nós assim que chegou. Trazia uma expressão esquisita no rosto. Era como se tivesse uma novidade a contar, mas não se sentisse bem para fazê-lo.

– Por que essa cara de mistério, Peter? – a Menina das Histórias o abordou.

Ele respondeu com outra pergunta:

– O que acha que aconteceu?

– Não sei. Diga você.

– Meu pai voltou.

A notícia teve um impacto imediato. Nós o rodeamos, curiosos e empolgados. E a Menina das Histórias continuou a perguntar:

– Quando ele voltou?

A ESTRADA DOURADA

– Sábado à noite. Já estava em casa quando a mamãe e eu chegamos. Ela ficou chocada. Eu não o reconheci na hora, claro.

– Peter, acho que você está contente por ele ter voltado – ela arriscou.

– É, estou.

– Mas tinha dito que nunca mais queria vê-lo – Felicity ressalvou com severidade.

– Espere até eu contar a história toda – ele reagiu. – Eu não teria ficado contente se ele tivesse voltado do mesmo jeito que foi embora. Mas meu pai mudou. Ele nos contou que foi a uma Reunião de Avivamento[10] uma noite dessas e acabou por se converter. E voltou para ficar. Prometeu que não vai colocar nem mais uma gota de álcool na boca e que vai cuidar de nós. E afirmou que, de agora em diante, a mamãe não vai mais lavar as roupas dos outros, mas só as nossas e que não vou mais ser ajudante de fazenda. Vou continuar a trabalhar para o senhor Roger até o outono porque prometi que ia, mas depois vou ficar em casa e frequentar a escola para aprender a ser o que quiser. Confesso que me senti esquisito. Foi tudo muto inesperado! Mas ele deu quarenta dólares à mamãe, que é todo o dinheiro que tinha, então acho que se converteu, mesmo.

– Espero que seja verdade – comentou Felicity, desta vez, sem maldade.

Estávamos todos felizes por Peter, embora surpresos porque tal novidade era, no mínimo, inesperada.

– Eu só queria saber uma coisa – Peter ponderou. – Como Peg Bowen sabia que ele ia voltar? Depois disso, não há como negar que ela *é* uma bruxa.

– Peg também sabia sobre o casamento da tia Olivia – Sara Ray acrescentou.

– Deve ter ouvido alguém comentar – Cecily avaliou. – Os adultos costumam discutir os assuntos muito antes de contarem às crianças.

Peter balançou a cabeça e analisou:

---

[10] Serviço religioso cristão realizado para inspirar membros ativos da igreja a obter novos rumos. (N.T.)

– Ela não ouviu falar sobre a volta do meu pai. Ele se converteu lá no Maine, onde ninguém o conhecia e não contou a ninguém que ia voltar. Olhem, vocês podem acreditar no que quiserem, mas, para mim, Peg é uma bruxa e aquela caveira a avisa sobre o que vai acontecer. Ela previu que o meu pai ia voltar. E voltou!

Sara Ray uniu as mãos em um gesto maravilhado e suspirou:

– Ah, você deve estar tão feliz! Até parece aquela história do *Guia da Família* bem no momento que a condessa e Lady Violetta vão ser expulsas de casa por um herdeiro sem coração!

Felicity torceu a cara.

– A diferença é que o conde não foi embora porque quis, mas ficou aprisionado durante anos em um calabouço horrível – observou.

Talvez a mesma coisa tivesse acontecido com o pai de Peter, afinal: aprisionado no calabouço dos próprios vícios e gostos reprováveis; e nenhuma prisão poderia ser pior do que essa. No entanto, um poder maior do que as forças do mal o tinha feito despertar e apontado o caminho da liberdade e da luz, do qual ele se desviara tanto tempo antes. Além do mais, nenhuma condessa ou dama de alta linhagem poderia receber de volta um conde há muito desaparecido com mais alegria e emoção do que a cansada lavadeira que abrira novamente os braços piedosos ao marido desajuizado que tanto tinha amado na juventude.

Na aura de alegria que cobria Peter, havia, entretanto, uma falha. Afinal, são pouquíssimas as coisas sem imperfeições neste mundo, até mesmo na estrada dourada da infância.

– É claro que estou feliz porque meu pai está de volta e a mamãe não vai mais ter que trabalhar para os outros – confessou ele, com um suspiro –, mas duas coisas me preocupam. Minha tia Jane sempre dizia que não adianta se preocupar, e suponho que não, mesmo, então... bem, talvez seja melhor nem pensar mais nisso.

– O que está preocupando você? – Felix quis saber.

– É que... não vou gostar de ficar longe de vocês. Vou sentir uma saudade enorme de todos e não vou poder ir à mesma escola que vão porque vou frequentar a escola de Markdale.

A ESTRADA DOURADA

– Mas vai voltar e nos visitar com frequência, não vai? – Felicity indagou, com um sorriso gentil. – Markdale nem é tão longe e você poderá vir a cada duas semanas, no sábado à tarde.

Os olhos de Peter brilharam, cheios de gratidão.

– É muita gentileza sua, Felicity. Vou vir quando puder, claro, mas não será igual a estar com vocês o tempo todo. E... a outra coisa que me preocupa é ainda pior: meu pai se converteu em um culto metodista, então, é lógico, está frequentando essa igreja. Antes, não ia a igreja nenhuma; costumava dizer que era um "nadista" e vivia de acordo com o que tinha escolhido; até se gabava de ser assim. Agora, porém, é um metodista fervoroso e vai frequentar os cultos em Markdale. Vai até contribuir com a igreja de lá. Então, como vai reagir quando eu revelar que sou presbiteriano?

– Ainda não contou a ele... – murmurou a Menina das Histórias.

– Não. Não tive coragem. Fiquei com medo de que me obrigasse a ser metodista.

– Bem, os metodistas são tão bons quanto os presbiterianos – opinou Felicity, com ares de quem está fazendo uma grande concessão.

– Tenho certeza de que uns são tão bons quanto os outros – Peter enfatizou –, mas não é esse o problema. Tenho que ser presbiteriano porque, quando decido fazer uma coisa, eu faço e pronto! E acho que o meu pai vai ficar furioso quando descobrir.

– Se ele se converteu, não deveria ficar – Dan observou, com a costumeira franqueza dele.

– Também penso assim, mas, se não ficar furioso, vai ficar triste e isso vai ser ainda pior porque vou continuar a ser presbiteriano e acho que a situação não vai ficar muito agradável.

– Então não conte nada para ele – Felicity aconselhou. – E vá à igreja metodista até ficar adulto, quando poderá frequentar a igreja que quiser.

– Isso não seria honesto! Minha tia Jane dizia que é sempre melhor ser honesto e agir às claras em qualquer assunto, especialmente religião. Vou ter que contar ao meu pai, sim, mas vou esperar algumas semanas para não estragar a alegria da mamãe caso ele reaja mal.

Peter não era o único a enfrentar problemas, porém. Sara Ray estava começando a se preocupar com a própria aparência. Eu estava tirando o mato dos canteiros de cebola, certa tarde, quando a ouvi conversando com Cecily. As duas estavam sentadas atrás da cerca, fazendo tricô de renda. Não foi minha intenção bisbilhotar; até achei que sabiam da minha presença, embora, mais tarde, Cecily tivesse se mostrado indignada ao saber que eu estava ali, o que me surpreendeu muito.

– Sabe, tenho tanto medo de ser simplória pelo resto da vida! – confessou Sara Ray, com voz trêmula, provavelmente querendo chorar. – Ser feia é até suportável quando se é criança porque sempre há a esperança de se tornar bonita com o passar do tempo. Mas estou ficando cada vez pior! A tia Mary disse, outro dia, que vou ficar igualzinha à tia Matilda. E a tia Matilda é completamente simplória e sem graça. Portanto, essa não foi uma previsão muito agradável. – Ela suspirou profundamente e continuou: – Se eu for feia quando crescer, ninguém vai querer se casar comigo e não quero ficar solteira para sempre.

– Muitas jovens que não são bonitas se casam, Sara – Cecily tentou consolá-la. – E você, às vezes, é muito engraçadinha. Acho que, quando crescer, vai ser bonita, sim.

– Mas olhe para as minhas mãos! Estão cheias de verrugas!

– Elas vão desaparecer antes de você ficar adulta.

– Mas não antes da apresentação na escola. Como vou subir ao tablado e recitar com estas mãos!? A poesia que escolhi tem um verso que diz: "Acenou com mão suave e branca como um lírio". E vou ter que representar, acenando. Consegue imaginar minha mão suave e branca como um lírio, mas coberta de verrugas? Já usei todos os remédios que me ensinaram, mas nenhum fez efeito. Judy Pineau disse que preciso esfregar saliva de sapo nelas para que caiam, mas como vou conseguir saliva de sapo!?

– É... E nem parece um remédio muito... bom. – Cecily estremeceu de nojo. – Se fosse eu, ficaria com as verrugas. Sabe de uma coisa? Acho que se você não chorasse por qualquer motivo, teria uma aparência bem melhor! Porque o choro estraga os olhos e deixa o nariz vermelho.

– Não consigo... – Sara gemeu, quase chorando. – Sou sensível demais. Desisti de manter essa resolução de Ano-Novo.

– Bem, os homens não gostam de mulheres choronas – Cecily declarou. Quanta sabedoria havia em sua linda cabecinha!

Sara Ray pareceu pensar um pouco e então indagou:

– Você pretende se casar um dia?

– Meu Deus, Sara! Vai demorar muito tempo para eu começar a pensar nisso, mesmo depois de crescer.

– Acho que deveria começar a pensar desde já porque Cyrus Brisk está louco por você.

– Pois, por mim, ele poderia estar no fundo do Mar Vermelho! – Cecily detestava até mesmo uma simples menção ao nome do menino.

– Ouvi alguém falar o nome "Cyrus" neste exato momento? – Felicity acabava de chegar, por trás da cerca.

– Neste exato momento e a todo instante! Tenho de ouvir esse nome irritante o tempo todo! Morro de raiva dessa criatura porque ele continua a me escrever cartas e as coloca na minha carteira ou dentro do meu livro de leitura! Nunca respondi nenhuma delas, mas o infeliz não desiste! E sabem do que mais? Na última que escreveu, afirmou que ia tomar uma atitude desesperada se eu não prometesse me casar com ele quando crescermos.

– Olhe só, Cecily! Você já recebeu um pedido de casamento! – Sara Ray se admirou.

Felicity jogou os cabelos para trás e observou, com desdém:

– Bem, ele ainda não tomou a tal atitude desesperada e a carta foi escrita na semana passada, não?

– Ele me enviou uma mecha de cabelos e pediu outra em troca, acreditam? – Cecily continuou, indignada. – Sabem o que fiz? Mandei a dele de volta na mesma hora!

– Mas você nunca respondeu às cartas? Nem umazinha só?

– Não! Claro que não!

– Sabe de uma coisa? Acho que se você escrevesse somente uma, dizendo o que realmente pensa e sente em relação a ele, Cyrus não continuaria a incomodá-la com essas bobagens – Felicity analisou.

– Não consigo. Não tenho coragem. Mas vou lhes dizer o que já fiz. Ele me escreveu outra carta, bem comprida, na semana passada, e tão doce, que chegou a ser patética. Muitas das palavras estavam escritas de modo errado. Por exemplo: em vez de escrever "fermento", escreveu "vermento". Olhem só!

– Mas por que, em nome de Deus, ele falou sobre *fermento* em uma carta de amor? – Felicity estranhou.

– Ah, ele disse que a mãe o mandou à loja para comprar uma coisa que acabou esquecendo porque estava pensando em mim. E essa coisa era fermento. Mas, continuando: peguei a carta e escrevi as palavras que ele tinha errado com tinta vermelha, logo acima delas, como o senhor Perkins nos manda fazer quando corrige os ditados em aula. E então mandei a carta de volta. Imaginei que, assim, ele se ofenderia e pararia de escrever para mim.

– E...?

– Ele não parou! Parece que é impossível ofender Cyrus Brisk! Tem o couro duro, sabem? Insensível demais! E, além disso, me escreveu outra carta, agradecendo pelas correções! Alegou que se sentia feliz porque elas mostravam que eu estava começando a me interessar por ele, já que queria que escrevesse melhor. É insuportável! A senhorita Marwood sempre ensina que não devemos ter ódio no coração, mas não me importa. Odeio Cyrus Brisk!

Felicity riu e a provocou:

– Senhora Cyrus Brisk... É, acho que não soa muito bem.

– A irmã dele, Flossie, me contou que Cyrus está estragando todas as árvores do pai porque vive entalhando seu nome nelas – Sara Ray revelou. – Imaginem! O senhor Brisk até ameaçou bater nele se continuasse, mas Cyrus não parou e confessou a Flossie que isso ajuda a aliviar a paixão que sente. Ela também disse que Cyrus entalhou seu nome e o dele em uma bétula que fica diante da janela da sala de jantar e depois fez vários coraçõezinhos em volta.

Cecily arregalou os olhos e lamentou:

– Bem onde as visitas vão ver! Não aguento mais! E o que é pior: na escola, ele fica me olhando com tamanha tristeza, com olhos tão... tão...

repreensivos! Deveria estudar e não me olhar! Não olho para ele, mas posso *sentir* que está me olhando e isso me deixa muito nervosa.

– Dizem que a mãe dele teve um surto certa vez e perdeu o juízo – Felicity informou.

Acho que Felicity não gostou muito do fato de Cyrus ignorar sua beleza expressiva e voltar as atenções para aquele anjo de modéstia que era Cecily. Aposto que não queria ter o menino aos seus pés, mas sentia um certo despeito por ele sequer pensar que ela pudesse querer.

Cecily, porém, precisava externar o tanto que se sentia incomodada com as atenções de Cyrus:

– Vive me mandando versos e poemas que recorta do jornal, e marca certos trechos com tinta vermelha, para dar ênfase. Ontem mesmo, colocou mais um na carta. Está bem aqui, na minha cesta de costura. Vou ler para vocês. – Ela pegou o recorte, que dizia: – "Se o teu amor eu não tiver, saberei então: enquanto eu viver, só haverá escuridão".

E aquelas três meninas sem coração leram os versinhos diversas vezes e riram; riram muito. Pobre Cyrus! Dedicou sua afeição à pessoa errada. Embora jamais tivesse o amor de Cecily, ele não se condenou à escuridão pelo resto da vida. Casou-se bem cedo na verdade, com uma jovem robusta, corada e rechonchuda, o total oposto do seu primeiro amor. Prosperou na vida, formou uma família numerosa e respeitável e, com o tempo, se tornou juiz de paz. Tudo muito coerente e objetivo.

O ROUBO DA MECHA DE CABELO

Junho chegou, naquele ano, trazendo muitas coisas interessantes. E nós, vivendo uma infância repleta de encantos, nos juntamos a ele e ao buquê de dias perfumados com o qual nos presenteou. Uma sucessão de eventos se seguiu nesse período e Cecily até declarou que detestava ter que dormir, por medo de perder alguma novidade. Havia tantas coisas boas para desfrutarmos na estrada dourada pela qual seguíamos! Flores apareceram por toda a parte, os campos se encheram de sombras flutuantes, os bosques, com folhas molhadas pela chuva, murmuraram em um tom diferente, os caminhos através dos prados se tomaram de fragrâncias delicadas, os pássaros começaram a cantar com alegria e as abelhas, a zumbir, atarefadas, entre as árvores do pomar. O vento espalhou assovios sobre as colinas, o sol se pôs por trás dos pinheiros, o orvalho encheu de gotas cristalinas as pequenas taças das prímulas, a lua cresceu entremeando raios prateados nos galhos mais altos das árvores, e noites suaves se iluminaram com o brilho cintilante de inúmeras estrelas.

A ESTRADA DOURADA

Desfrutamos todas as bênçãos da natureza sem preocupações, com o coração leve e feliz, como toda criança. E, além de todas as maravilhas naturais, havia o agitado cotidiano da vida humana, intensificado naquele mês, que parecia se desenrolar em torno de nós como uma representação teatral na qual nos tinha sido destinado um papel: os preparativos para o casamento da tia Olivia, que aconteceria na metade de junho. Havia também a empolgação dos ensaios para a apresentação de encerramento do ano letivo, idealizada pelo nosso professor, o senhor Perkins; e o problema enfrentado por Cecily, que respondia pelo nome de Cyrus Brisk, o qual nos proporcionou muitas risadas, ainda que um tanto quanto censuráveis já que a querida Cecily não via graça nenhuma no inconveniente o que sofria.

A situação, entretanto, passou de mal a pior. Cyrus continuou a escrever dezenas de cartas; todas com uma ortografia sofrível, diga-se de passagem. Nelas, ameaçou brigar com Willy Fraser, o que deixou Cecily muito preocupada, já que era uma menina que prezava muito a paz. No entanto, como Felicity bem salientou, embora com sarcasmo, Cyrus jamais se atreveu a, de fato, enfrentar o suposto rival.

– Tenho um medo constante de que briguem – Cecily se queixou certo dia. – Seria horrível ver dois meninos se batendo na escola por minha causa.

– Você deve, de algum modo, ter encorajado Cyrus no começo dessa história, ou ele não insistiria tanto – Felicity injustamente acusou.

– Jamais! Todos sabem que desde que vi a cara gorda e vermelha de Cyrus Brisk pela primeira vez, passei a detestá-lo com todas as forças.

Dan, que ouvia a conversa, interferiu, com um sorriso maroto:

– Felicity está com inveja porque Cyrus não tem olhos para ela e prefere você.

– Por que não diz algo que faça sentido para variar? – Felicity reagiu.

– Porque, minha doce irmã, se eu o fizesse, você não entenderia.

Ela jogou os cabelos para trás e as provocações pararam por aí.

A enorme lista de aborrecimentos que Cyrus infligia a Cecily teve seu ápice quando roubou a mecha de cabelos que fora negada a ele. Em uma tarde ensolarada e particularmente quente, na escola, Cecily e Kitty Marr pediram e receberam permissão para se sentarem no banco lateral, junto à janela, por onde uma brisa fresca e agradável entrava, vinda dos campos. Sentar-se naquele banco era considerado um privilégio somente concedido a alunos que o merecessem por sua dedicação aos estudos. Cecily e Kitty, no entanto, tinham outro motivo para querer se sentar ali. Kitty havia lido, em uma revista, que era bom para os cabelos deixá-los ao sol, então as duas lançaram as tranças longas para fora do peitoril da janela a fim de que recebessem os raios quentes e supostamente saudáveis. E enquanto Cecily, sentada assim, resolvia uma soma de frações em sua lousa de ardósia, o mal-intencionado Cyrus pediu para ir ao banheiro, passou pela sala onde as meninas maiores faziam aula de artesanato, pediu uma tesoura emprestada a uma delas e se esgueirou por baixo da janela até onde Cecily e Kitty se encontravam. Ali, cortou uma mecha dos cabelos que tanto amava e voltou para a aula.

O roubo dessa mecha não teve consequências tão terríveis quanto as narradas no famoso poema de Pope[11], mas Cecily ficou tão perturbada quanto a Belinda da poesia. Chorou o caminho todo de volta para casa, triste e indignada, e só parou quando Dan declarou que enfrentaria Cyrus Brisk e o faria devolver a mecha.

– Não. Não faça isso – ela pediu, lutando por controlar os soluços. – Não quero que se envolva em uma briga por minha causa. Além do mais, ele acabaria batendo em você porque é tão grande e bruto! E não quero que o papai, a mamãe ou os tios fiquem sabendo do que aconteceu. O tio Roger nunca mais me deixaria em paz. Você sabe como ele é. E a mamãe ficaria brava porque não iria acreditar que não foi culpa minha. Sabe, não seria tão ruim se ele tivesse cortado só uma pontinha, mas cortou um pedaço enorme da ponta de uma das tranças. Olhem só! – Mostrou o

---

[11] "O roubo da mecha de cabelos" é um poema escrito por Alexander Pope (1688-1744) e publicado em 1712. Trata-se de um poema que satiriza a alta classe londrina da época, falando sobre uma mecha de cabelos da jovem Belinda, que foi cortada sem a permissão dela por um admirador em um evento social, o que gerou uma série de consequências desagradáveis. (N.T.)

estrago a todos nós. – Agora vou ter que cortar a outra também para que fiquem iguais. Vão ficar tão curtas e gordas!

O roubo da mecha foi, no entanto, o último triunfo de Cyrus. A ruína dele se aproximava e, apesar de envolver Cecily em uma experiência humilhante que a fez chorar praticamente uma noite inteira, valeu a pena, como ela mesma admitiu, já que a fez se livrar de vez do incômodo menino.

O senhor Perkins era um professor extremamente severo e disciplinador. Não permitia que os alunos trocassem uma só palavra durante as aulas. Os que desobedeciam tal norma eram punidos de imediato com um dos muitos castigos esquisitos e inusitados que haviam tornado o senhor Perkins famoso e que costumavam ser bem piores do que a costumeira palmatória.

Durante uma aula, pouco depois do incidente com a mecha de cabelos, Cyrus fez passar uma carta para Cecily através dos colegas de classe. Ele normalmente as deixava sobre a carteira da amada, ou entre as páginas dos livros dela, mas, dessa vez, foi passada de mão em mão, por baixo da carteira de dois ou três alunos, até chegar à destinatária.

Quando Em Frewen estava estendendo o braço para passá-la ao colega do outro lado do corredor entre as carteiras, o senhor Perkins girou nos calcanhares, diante do quadro negro, e a flagrou.

– Traga isso aqui, Emmeline – ordenou.

Cyrus empalideceu. Em levou a carta ao professor, que a pegou e leu a quem se endereçava.

– Foi você quem escreveu isto a Cecily, Emmeline? – perguntou.

– Não, senhor.

– Quem foi, então?

Embaraçada, Em respondeu que não sabia, que a carta fora passada a ela, vinda da fileira anterior.

– Imagino que não faça ideia de quem a enviou – o senhor Perkins meio que perguntou, usando aquele seu sorriso forçado que nos enchia de medo. – Bem, talvez Cecily saiba e possa nos contar quem foi. Pode voltar ao seu lugar, Emmeline. Saiba que vou rebaixar sua posição para o último lugar na lista de soletração como castigo por ter tentado passar a carta adiante. Cecily, venha cá.

Em obedeceu, apesar de estar indignada; e a pobre, inocente Cecily se levantou para ser exposta à vergonha pública. Seguiu até a frente da sala, tendo o rosto, que era normalmente pálido, tomado por um rubor intenso.

– Cecily, sabe quem lhe escreveu esta carta? – interpelou o professor torturador.

Ela, como um famoso personagem histórico[12], não sabia mentir. E murmurou:

– Eu... acho que sei, sim, senhor.

– Quem foi?

– Não posso dizer – gaguejou, já à beira das lágrimas.

– Entendo... – O senhor Perkins assentiu educadamente. – Acredito que eu possa facilmente descobrir quem foi. Bastaria abrir a carta. No entanto, é muito indelicado abrir a correspondência alheia. Acho que tenho uma ideia melhor. Já que se recusa a revelar quem escreveu a carta, abra-a você mesma, pegue este pedaço de giz e copie o que está escrito nela no quadro negro para que todos possamos compartilhar e apreciar o conteúdo. Ah! E coloque o nome do remetente no final.

Cecily arregalou os olhos, surpresa, mas acabou por escolher o menor dos dois males:

– Vou revelar quem escreveu: foi...

– *Shhh!* – o senhor Perkins a interrompeu e, muito delicadamente, tocou o ombro dela, a conduzindo em direção ao quadro. Era sempre extremamente gentil quando tomava uma atitude rigorosa. – Você não me obedeceu quando ordenei que me dissesse o nome do autor da carta, então perdeu o privilégio de o fazer agora. Abra a carta, pegue o giz e faça o que mandei.

---

[12] Uma famosa história contada por Parson Weems narra que George Washington, primeiro presidente dos EUA, quando menino, cortou uma cerejeira com uma machadinha. O pai perguntou a ele quem havia feito aquilo e ele confessou, alegando: "Sinto muito, pai, mas não sei mentir". (N.T.)

Até mesmo criaturas humildes e obedientes como a querida Cecily podem ser levadas às raias da rebeldia quando pressionadas. E, assim, ela se rebelou:

– Não. Não vou fazer isso!

O senhor Perkins podia ser um déspota, mas acredito que jamais teria, de fato, imposto tal punição a Cecily (que era uma das alunas favoritas dele), se soubesse o que aquela cartinha infeliz continha. No entanto, como mais tarde admitiu, achou que se tratava de um bilhete comum entre meninas, de conteúdo inocente, como tantos trocados entre coleguinhas de sala. Além do mais, já estava envolvido na situação e não podia voltar atrás em sua autoridade. Estaria estabelecendo um precedente perigoso se deixasse a resposta rebelde de Cecily passar sem uma repreensão à altura.

– Tem certeza de que não vai? – indagou, sempre sorrindo. – Bem, pensando melhor, vou lhe dar duas opções: ou faz o que mandei ou vai se sentar durante três dias inteiros com... – Ele passou os olhos pela classe para encontrar um menino que estivesse sentado sozinho. – Com Cyrus Brisk.

A escolha do professor, que nada sabia sobre o drama que vinha se passando durante suas aulas e exercícios, foi completamente acidental, mas, naquele momento, nós a vimos como uma jogada de genialidade diabólica. Cecily ficou sem alternativas. Faria qualquer coisa para não ter que se sentar com Cyrus Brisk. Com olhos flamejantes, abriu a carta, agarrou o pedaço de giz e foi para o quadro negro.

Em alguns minutos, o conteúdo da carta estava exposto no respeitado espaço em geral reservado a assuntos mais usuais. Não vou conseguir reproduzir textualmente as palavras, já que não tive uma oportunidade posterior para gravá-las em parte alguma. Lembro-me, porém, que era algo excessivamente sentimental e mal-escrito, cheio de erros de ortografia, pois Cecily transcreveu tudo com precisão cruel. Uma das coisas que Cyrus tinha escrito foi: "Eu *traigo* seus *caxos* junto ao meu coração".

– Cachos que ele roubou, ouviu, senhor Perkins!? – ela fez questão de salientar enquanto escrevia.

E o texto seguiu com "Seus *óleos* são tão doces e lindos, que não tenho palavras suficientes para dizer quanto me *encantão*. Não consigo esquecer como você estava *encantadoura* na Escola Dominical ontem de noite. Nem consigo mais comer pensando em você de tanto que estou *apaichonado*".

Conforme ela escrevia, nós nos matávamos de rir, esquecendo o medo que tínhamos do senhor Perkins. Ele mesmo não conseguiu ficar sério. Virou-se abruptamente para a janela e ali ficou por alguns instantes, de costas, mas pudemos ver seus ombros se moverem enquanto ria. Só se voltou quando Cecily terminou de copiar: "Seu, até que a morte nos *cepare*, Cyrus Brisk" e largou o resto do giz no aparador do quadro, com certa firmeza.

– Muito bem, pode se sentar – determinou. Tinha ainda o rosto vermelho, pelo tanto que rira. Voltou-se para Cyrus, já bem sério, e ordenou:

– Já que você parece ser o culpado, Cyrus, pegue o apagador e limpe o quadro. Depois vá para o canto e fique em pé, de costas para a parede, com os braços esticados para cima até que eu mande baixá-los.

Cyrus obedeceu e Cecily voltou correndo para sua carteira, onde começou a chorar. O senhor Perkins não mais a perturbou naquele dia. Ela amargou a humilhação pela qual tinha passado durante alguns dias, até chegar a uma constatação repentina: Cyrus havia parado de incomodá-la com seus avanços indesejados. Não houve mais cartas, nem olhares longos de adoração, nem presentinhos, gomas, lápis e afins. A princípio, achamos que ele tinha desistido por causa das caçoadas impiedosas dos colegas, mas Flossie Brisk acabou por revelar a Cecily qual era o verdadeiro motivo: ele havia, por fim, se convencido de que a aversão que ela tinha por ele era real e não apenas provocada pela timidez e inocência. E, se ela o detestava tanto a ponto de preferir colocar a carta no quadro negro a se sentar ao lado dele nas aulas, de que adiantava viver suspirando e desejando ardentemente o amor dela? O senhor Perkins tinha arruinado de vez o sonho romântico de Cyrus. E a doce Cecily pôde, daquele momento em diante, se ver livre das atenções desagradáveis de um pretendente inconveniente.

A HISTÓRIA DA TIA UNA

Felicity, Cecily, Dan, Felix, Sara Ray e eu estávamos sentados nas pedras cobertas de musgo na colina de pastagem do tio Roger, certo fim de tarde, no mesmo lugar em que havíamos estado quando a Menina das Histórias nos contou sobre o véu da Princesa Presunçosa. Como a noite já se aproximava, o vale lá embaixo estava tomado pela luz serena do crepúsculo. Atrás de nós, dois abetos muito altos se erguiam contra o pôr do sol e se podia ver, através dos galhos elegantes, que o céu noturno começava a se preencher de estrelas curiosas. Estávamos em uma faixa de terra coberta pelo verde esmeralda da relva e, logo adiante, o terreno se inclinava, em uma encosta forrada de margaridas.

Esperávamos por Peter e pela Menina das Histórias. Ele havia ido a Markdale após o almoço para passar a tarde com os pais porque era seu aniversário. Tinha partido um tanto quanto preocupado porque estava determinado a revelar ao pai que se tornara presbiteriano e nos deixara ansiosos para saber o resultado da revelação. Sabíamos que logo avistaríamos a Menina das Histórias, vindo, alegre, pelos campos; ela havia acompanhado a senhorita Reade, pela manhã, até a casa em que vivia, próximo a Charlottetown; afinal, ela estava hospedada apenas temporariamente com os Armstrong, por causa das aulas de música.

Peter não demorou a aparecer no caminho de terra que subia para a colina.

– Ele está ficando tão alto, não? – observou Cecily.

– Peter vai se tornar um rapaz muito bonito – Felicity comentou, com certo orgulho.

– Parece que ficou mais bem-apessoado depois da volta do pai – Dan analisou, com um sarcasmo especificamente direcionado à irmã mais velha.

Ela, no entanto, se limitou à responder, que talvez isso fosse verdade, mesmo porque agora Peter se sentia mais livre e sem o peso da responsabilidade sobre os ombros.

– Ei, Peter, como foi? – Dan gritou assim que percebeu que podia ser ouvido.

– Tudo certo! – foi a resposta feliz. – Contei tudo a ele logo que cheguei em casa. – Peter continuou a falar até estar junto de nós: – Estava ansioso para acabar de uma vez com o problema. Eu falei assim, bem sério: "Pai, tenho que contar uma coisa para o senhor e não sei como vai reagir, mas vai ter que ser agora". Ele ficou na defensiva e perguntou: "O que foi que andou aprontando, Peter? Não tenha medo de me contar. Fui perdoado por tantas coisas ruins que fiz, então acho que posso perdoar um pouco também, não"? E então eu confessei, acho que meio desesperado: "A verdade, pai, é que sou presbiteriano. Tomei essa decisão no verão passado, no domingo que achei que seria o dia do Juízo Final, e vou manter a minha escolha. Sinto muito se não posso ser metodista como o senhor, a mamãe e a tia Jane, mas não posso; e isso é definitivo para mim". Aí esperei, com medo, sabe? Mas ele me pareceu aliviado e disse apenas: "Meu Deus, menino! Você pode ser o que quiser, desde que seja protestante. Não faz diferença para mim. O que importa é que seja bom e faça sempre o que é certo". – Peter sorriu e completou: – Olhem, vou dizer a vocês uma coisa: meu pai se tornou um cristão de verdade!

– Imagino que agora você sossegue então, e pare de pensar nisso – Felicity constatou e logo mudou de assunto: – O que é isso na sua lapela?

– Ah, é um trevo de quatro folhas. É para dar boa sorte no verão. Eu o encontrei em Markdale. Não nasceram muitos trevos em Carlisle este ano, nem mesmo os de três folhas. Seu tio Roger me explicou que é porque não existem senhoras idosas aqui, mas há muitas delas em Markdale e é por isso que existem tantos trevos por lá.

– E o que as senhoras idosas têm a ver com isso? – Cecily, como todos nós, estranhou.

– Acho que nada, mas o senhor Roger garantiu que têm e que um homem chamado Darwin provou que isso é um fato. A história que ele me contou é a seguinte: a quantidade de trevos depende das abelhas; tem que haver muitas delas porque são os únicos insetos que têm língua comprida o bastante para fer... fertizar... Não! Fertilizar, eu acho, as flores. Mas os camundongos comem as abelhas e os gatos comem os camundongos. E as senhoras de idade têm gatos. Então, o senhor Roger disse que quanto mais senhoras idosas houver, mais gatos; e quanto mais gatos, menos camundongos; e quanto menos camundongos, mais abelhas; e quanto mais abelhas, mais trevos.

– Estão vendo? Não precisam se preocupar em ficar idosas, meninas – observou Dan. – Lembrem-se que os trevos agradecerão por salvá-los.

Felicity não se conteve:

– Vocês, meninos, falam tantas bobagens! E o tio Roger não fica atrás.

– Olhem! A Menina das Histórias! – Cecily anunciou, empolgada. – Agora vamos saber tudo sobre a casa da Bela Alice!

Assim que se aproximou, a Menina das Histórias foi bombardeada com perguntas. E a descrição dela mostrou que a casa da senhorita Reade era um verdadeiro sonho. Estava praticamente coberta de heras e tinha um jardim antigo muito agradável.

LUCY MAUD MONTGOMERY

– E tem uma historiazinha maravilhosa ligada a ela – acrescentou, com a alegria de um perito que encontrou uma joia rara. – Além do mais, pude ver o herói dessa história pessoalmente!

– E a heroína? – Cecily se interessou.

– Ah, ela já morreu.

– Claro! Alguém tinha que estar morto – Dan se queixou. – Eu gostaria de ouvir uma história de vez em quando em que houvesse sobreviventes.

– Já contei inúmeras histórias nas quais as pessoas não morreram, Dan! Aliás, se esta heroína não tivesse morrido, a história nem existiria. Ela era tia da senhorita Reade e se chamava Una. E tenho para mim que a senhorita Reade se parece muito com ela. Quando fomos ao jardim, vi que havia um banco de pedra bem antigo em um canto, meio coberto por violetas e pela grama. Duas pereiras, que ficam uma em cada extremidade dele, acabaram por unir os galhos e formaram uma espécie de arco por cima. É muito lindo e romântico. Havia um senhor sentado nele, bem velhinho mesmo, de cabelos completamente brancos e olhos azuis muito tristes, todo curvado devido à idade. Ele me pareceu tão sozinho, tão melancólico! A senhorita Reade não falou com ele. Achei estranho, mas ela fez de conta que não o viu e me levou para outra parte do jardim. Depois de um tempo, ele se levantou e foi embora. Só então ela convidou: "Venha. Vamos até o banco da tia Una. Vou lhe contar sobre ela e o seu grande amor: aquele homem que acabou de se afastar". Perguntei se ele não estava velho demais para ser o grande amor de alguém. A Bela Alice riu e me explicou que a história dos dois tinha se passado fazia quarenta anos. Naquela época, ele era um rapaz alto, bonito, e a tia Una era uma bela jovem de dezenove anos. Então nos sentamos no banco e a senhorita Reade me contou que, quando era menina, ouviu falarem muito sobre a tia Una porque ela era do tipo de pessoa que não se esquece com facilidade e cuja personalidade permanece viva muito além da morte.

– O que é personalidade? É outra palavra para *personagem*? – Peter quis saber.

A ESTRADA DOURADA

– Não. Olhe, Peter, não posso ficar parando a história para explicar as palavras.

– Acho que é porque você também não sabe o que significa – Felicity desdenhou.

A Menina das Histórias pegou o chapéu, que tinha deixado sobre a grama, e tornou a colocá-lo, com expressão desafiadora.

– Vou entrar – anunciou. – Tenho que ajudar a tia Olivia com um bolo para esta noite e vocês me parecem estar mais interessados em um dicionário do que em uma boa história.

– Não é justo! – reclamei. – Dan, Felix, Sara Ray, Cecily e eu não dissemos nada! É maldade sua nos castigar por causa de Peter e Felicity. Queremos ouvir o resto da história. Não interessa o que significa "personalidade". Continue! E você, Peter, fique quieto no seu canto!

– Eu só queria aprender – resmungou ele, amuado.

A Menina das Histórias respirou fundo e, por fim, cedeu:

– Sei o que é personalidade, mas é difícil de explicar. É o que torna você diferente de Dan, Peter; e o que me faz diferente de Felicity ou de Cecily. E a tia da senhorita Reade tinha uma personalidade muito incomum. Era, também, muito bonita. A senhorita Reade a chamou de "uma beleza enluarada" porque tinha a pele muito clara, mas olhos e cabelos muito escuros. A tia Una tinha um diário, que a mãe da senhorita Reade costumava ler para ela. Havia versos lindos nele, além de descrições do jardim, que era o local preferido dela. A senhorita Reade me explicou que tudo ali: árvores, arbustos, vasos, flores, a fazem lembrar de alguma frase ou poema que a tia Una escreveu, de modo que o jardim parece ainda manter a presença dela viva, como se fosse um perfume que permanece no ar depois que uma pessoa passa. Como eu dizia antes, Una tinha um amor; eles iam se casar no dia em que ela completasse vinte anos. O vestido de noiva seria de brocado branco, bordado com violetas roxas. No entanto, pouco tempo antes do aniversário, ela ficou muito doente, com uma febre muito alta e morreu. E o dia do casamento acabou sendo o do funeral. Isso aconteceu bem na época do ano em que as rosas desabrocham. O noivo de Una continua fiel à sua memória até hoje; nunca se casou e todo mês de junho, no aniversário dela, vai até o jardim, do qual ela tanto gostava, e fica ali sentado em silêncio por muito tempo, no mesmo banco de pedra em que namoravam há tantos anos em tardes quentes e noites de luar. A senhorita Reade me contou que gosta quando ele está ali porque tem a sensação de que um amor pode ser forte, profundo e duradouro a ponto de superar a distância que o tempo e a morte impõem. Ela também confessou que, às vezes, tem a impressão esquisita de que a tia está ali, sentada junto ao seu grande amor, em mais um dos encontros apaixonados que tanto os uniram, e não na sepultura em que descansa há quarenta anos.

– Ah... seria tão romântico se eu morresse jovem e o meu namorado continuasse apaixonado vindo todos os anos ao jardim onde nos encontrávamos! – Sara Ray suspirou, encantada.

– Eu já acho que seria muito melhor continuar viva e me casar com ele – Felicity contrapôs. – A mamãe sempre diz que essas ideias sentimentais são bobagens e acho que são, mesmo. Admira-me a Bela Alice não ter um namorado, sabiam? É tão linda e elegante!

– Os rapazes de Carlisle dizem que ela é muito arrogante – Dan comentou.

– Ninguém em Carlisle está à altura dela! – a Menina das Histórias exclamou. – A não ser...

– Quem? – Felix indagou, curioso.

– Ah, esqueçam – ela respondeu e o mistério permaneceu no ar.

O CASAMENTO DA TIA OLIVIA

O casamento da tia Olivia nos trouxe uma empolgação saudável, prazerosa, embora, devo confessar, um tanto quanto antiquada. Não fomos à escola na segunda e na terça-feira anteriores; ficamos em casa para ajudar no que fosse necessário. A decoração, a agitação na cozinha com a preparação dos pratos e os arranjos finais feitos naqueles dois dias foram incríveis. Felicity estava tão animada e feliz, que não brigou com Dan uma só vez, embora isso quase tenha acontecido quando ele a lembrou de que a esposa do governador viria para a festa.

– Acho que deve preparar as massinhas de que ela gostou tanto – ele provocou.

Felicity, porém, não se deixou irritar:

– O jantar de casamento da tia Olivia vai estar à altura de qualquer autoridade, até mesmo da esposa do governador.

– Aposto que nenhum de nós vai ter lugar na mesa principal, com exceção da Menina das Histórias – Felix observou, contrariado.

– Não faz mal – Felicity o consolou. – Teremos um peru inteiro na nossa. E sorvete também. Cecily e eu vamos servir e prometo separar um pouco de tudo que é gostoso só para nós.

– Eu gostaria de ficar com vocês à mesa, mas acho que a mamãe vai me arrastar com ela para lá e para cá – Sara Ray queixou-se. – Não vai querer me perder de vista nem por um instante na festa. Eu a conheço.

Cecily, generosa como sempre, interferiu para acalmá-la:

– Vou falar com a tia Olivia para que peça a ela que deixe você ficar conosco. Sua mãe não vai recusar a um pedido da noiva.

– Você não sabe do que a mamãe é capaz. Sei que vou ter que ficar à mesa com ela. Mas acho que devo me dar por satisfeita só de estar na festa, além do vestido novo que ela, afinal, me deu. Mal posso acreditar. Tenho até receio de que alguma coisa aconteça e eu não possa vir.

A noite da segunda-feira chegou trazendo chuva e vento, que ficaram conversando entre si durante a madrugada toda. A terça-feira amanheceu chuvosa, o que nos deixou extremamente preocupados. E se continuasse a chover na quarta-feira!? A tia Olivia não poderia se casar no pomar! Seria péssimo, em especial porque a árvore do nascimento dela, uma macieira, estava atrasada na floração em relação às outras e parecia ter florido agora exatamente para deixar a cerimônia do casamento ainda mais linda. Era uma árvore que costumava atrasar a florada, mas, naquele ano, estava uma semana mais lenta do que de costume e se tornara um espetáculo! Os galhos largos estavam cobertos de flores nas quais se misturavam tons de rosa e branco; era como se uma neve muito fina tivesse caído sobre as florezinhas em pleno mês de junho! Nenhuma noiva jamais se casou sob uma cobertura mais bela!

Para a felicidade geral, o tempo clareou no final da tarde da terça-feira e o sol se abriu, radiante, por algumas horas até formar um crepúsculo magnífico em que tons de rosa, roxo e amarelo prenunciaram um dia seguinte espetacular. O tio Alec foi com a charrete até a estação para buscar o noivo e seu padrinho. Dan veio com a ideia de que deveríamos todos receber eles no portão, munidos de chocalhos e panelas para "os escoltar"

A ESTRADA DOURADA

até a casa fazendo muito barulho. Peter gostou da ideia, mas o resto de nós, claro, votou contra.

– Quer que o dr. Seton pense que somos um bando de selvagens? – Felicity o repreendeu. – Que bela opinião nós o faríamos ter sobre nossos modos!

– Achei que não teríamos outra oportunidade de fazer uma brincadeira com eles – Dan se justificou. – A tia Olivia não iria se importar. Ela aceita brincadeiras.

– A mamãe mataria você se fizesse isso. O dr. Seton vive em Halifax e esse tipo de brincadeira não é bem visto lá. Ele acharia vulgar.

– Então deveria ter ficado em Halifax e se casado por lá mesmo, porque aqui gostamos de um barulho – ele teimou.

Estávamos muito curiosos para conhecer nosso novo tio. Quando, por fim, ele chegou e o tio Alex o trouxe para a sala de estar, nos reunimos no vão embaixo da escada, que era o local mais escuro do cômodo, para dali o observarmos bem. Depois saímos correndo para o quintal banhado de luar a fim de trocarmos impressões na leiteria.

– Ele é careca – Cecily constatou, em uma mistura de decepção e crítica.

– E baixo – Felicity acrescentou. – E levemente gorducho.

Dan, também contrariado, arrematou:

– E deve ter uns quarenta anos.

– E daí? – a Menina das Histórias reagiu. – A tia Olivia está apaixonada por ele e isso é o que importa.

– É... – Felicity pareceu concordar. – Além disso, ele tem muito dinheiro.

– Ele me pareceu bom – Peter opinou –, mas a sua tia poderia ter escolhido alguém aqui da ilha.

Felicity olhou pra ele com impaciência e logo rebateu:

– Sua opinião não interessa muito à família.

Apesar das opiniões não muito animadas, no dia seguinte, quando o conhecemos de fato, gostamos muito do dr. Seton. Era um bom sujeito, afinal. Até mesmo Peter me chamou de lado para dizer que a tia Olivia não tinha feito um mau negócio ao escolhê-lo, embora mantivesse a opinião de que ela estava se arriscando por não permanecer na ilha. As meninas não tiveram muito tempo para analisá-lo conosco. Estavam extremamente ocupadas, andando de lá para cá nos afazeres delas e com tamanha agilidade, que pareciam ter o dom de estar em mais de um lugar ao mesmo tempo. Felicity desempenhou um papel fundamental naquela agitação toda. Depois do almoço, no entanto, ocorreu uma calmaria.

– Graças a Deus, está tudo pronto! – exclamou ela, quando nos reunimos, ainda que por pouco tempo, no bosque de abetos. – Não temos mais nada a fazer a não ser nos vestirmos. Um casamento é, realmente, um evento e tanto!

– Recebi um recado de Sara Ray – Cecily anunciou de repente. – Judy Pineau o trouxe quando veio com as colheres que a senhora Ray emprestou para o jantar. Vou ler para vocês:

"Cecily querida,

Uma tragédia terrível aconteceu! Ontem à noite, fui dar água às vacas com Judy Pineau e encontramos um ninho de marimbondos em um arbusto. Ela achou que estivesse abandonado e o cutucou com um graveto, mas era um ninho novo, cheio de marimbondos, e eles saíram voando e nos picaram muito, no rosto e nas mãos. Meu rosto está todo inchado e quase não consigo enxergar de um olho. A dor foi horrível, mas nem foi tão ruim quanto o medo que tive de que a mamãe não me levasse ao casamento, mas ela disse que posso ir, então eu vou. Sei que estou com uma aparência horrorosa, mas o que tenho não pega, viu? Estou mandando este recado para que vocês não levem um choque ao me virem. Não é estranho pensar que a tia de vocês Olivia vai embora? Vão sentir tanta saudade dela! Mas sua perda será um ganho para ela.

Au revoir

Sua amiguinha de sempre,
Sara Ray"

A ESTRADA DOURADA

– Coitadinha! – compadeceu-se a Menina das Histórias.

Felicity, no entanto, torceu os lábios e observou, contrariada:

– Só espero que as pessoas de fora não achem que ela pertence à família.

A tia Olivia se casou às cinco horas no pomar, sob a copa da linda macieira temporã que levava o nome dela. Foi uma bela cerimônia. O ar estava perfumado pelas flores, e as abelhas faziam uma dança animada, indo de uma a outra delas, meio bêbadas com o aroma que rescendia. O velho pomar estava cheio de convidados sorridentes, vestidos em trajes especiais. A tia Olivia estava deslumbrante, com um lindo véu de noiva e a Menina das Histórias, usando um longo vestido branco, com os cabelos presos ao alto da cabeça, parecia tão alta e adulta, que mal a reconhecemos. Depois da cerimônia, durante a qual Sara Ray chorou sem parar, houve um farto jantar de comemoração, no qual ela conseguiu permissão para se sentar e comer conosco.

– Foi bom ser picada pelos marimbondos, afinal – comentou, com satisfação. – Se não tivesse sido picada, a mamãe não teria deixado que eu me sentasse aqui com vocês. Cansou-se de explicar às pessoas o que tinha acontecido com o meu rosto, então ficou feliz por se ver livre de mim. Sei que estou horrível, mas... não faz mal. A noiva está tão linda, não acham?

Sentimos falta da Menina das Histórias, mas ela, claro, teve de se sentar à mesa com os noivos. Nosso grupo continuou animado como sempre, e as meninas mantiveram a promessa de nos trazer petiscos a todo momento.

Quando o jantar terminou e a última mesa foi tirada, a tia Olivia e o nosso novo tio se prepararam para partir. Começou, então, uma choradeira, e uma confusão de gente se formou para as despedidas. Pouco depois, o casal se foi, de charrete, sob a luz da lua. Dan e Peter os perseguiram até o portão, batendo panelas e gritando, para desgosto de Felicity. A tia Olivia e o tio Robert, porém, aceitaram a brincadeira com boas risadas e acenaram para nós até desaparecerem na estrada.

– Estão tão felizes, que não se importariam nem com um terremoto – Felix comentou, rindo.

– Foi tão lindo! E deu tudo certo! – Cecily suspirou. – Mas vai ser tão estranho e tão triste sem a tia Olivia aqui!... Acho que vou chorar a noite toda.

Dan, já de volta da corrida atrás dos noivos, ouviu as últimas palavras da irmã e opinou:

– Está exausta, isso sim. Vocês, meninas, trabalharam feito escravas hoje.

– E amanhã vai ser ainda pior – Felicity avaliou. – Vamos ter que limpar e guardar tudo.

Peg Bowen apareceu na fazenda no dia seguinte e ganhou um monte de coisas gostosas que haviam sobrado do jantar.

– Comi até não poder mais – comentou e tirou o cachimbo do bolso. – E posso lhes garantir que isso não me acontece todos os dias. Não, mesmo. Não há mais tantos casamentos quanto antes. Na maioria das vezes, o casal sai de fininho e procura um pastor, como se sentissem vergonha de se casar. Não fazem uma festa, não dão um jantar... Mas não os King! Não, senhor. Então, Olivia finalmente se casou. Não teve pressa nenhuma, mas ouvi dizer que escolheu bem. Vamos ver. O tempo dirá.

– Por que *você* não se casa, Peg? – o tio Roger perguntou, em tom de brincadeira, fazendo com que todos prendessem a respiração diante de tal temeridade.

– Porque não me satisfaço tão facilmente quanto a mulher que se casar com você – foi a resposta imediata.

Peg se levantou para ir embora, satisfeita com o que acabara de dizer. Encontrou Sara Ray à porta e parou a fim de perguntar o que tinha acontecido para estar com o rosto daquele jeito.

Petrificada de medo, Sara Ray gaguejou, monossilábica:

– Ma... marimbondos.

– E isso que tem nas mãos?

– Verru... verrugas.

– Vou ensinar como se livrar delas: em uma noite de lua cheia, pegue uma batata e saia para o quintal. Corte a batata em duas, bem embaixo

A ESTRADA DOURADA

da lua; esfregue as verrugas com uma das metades e diga: "Um, dois, três, quatro! Verrugas, fiquem longe de mim"! Depois esfregue a outra metade nelas e diga: "Um, dois, três, quatro! Verrugas, este é o seu fim"! Então enterre a batata e nunca conte a ninguém onde a enterrou. Não vai mais ter verrugas, eu garanto. Mas não deixe de enterrar a batata! Se não enterrar e alguém a pegar, essa pessoa vai ficar com as verrugas.

A "AJUDA" DE SARA RAY

Sentimos muita saudade da tia Olivia. Todos nós. Ela era uma pessoa sempre tão alegre, tão companheira, e tinha um jeito tão especial de entender as crianças! A infância se ajusta facilmente às mudanças, porém, algumas semanas depois, era como se a Menina das Histórias sempre tivesse vivido na casa do tio Alec, e o tio Roger sempre tivesse tido uma governanta gorducha e jovial, de queixo duplo e olhos azuis muito pequenos e espertos. Tenho a impressão de que a tia Janet foi quem mais teve dificuldade em lidar com a ausência da tia Olivia e sempre viu a gorducha senhora Hawkins como nada mais do que um mal necessário. A vida retomou seu curso sereno na estância King, agitado apenas pelos preparativos para a apresentação na escola e pelas cartas enviadas pela tia Olivia, que descreviam a viagem de lua de mel pelos Estados Unidos. Incorporamos as cartas ao *Nosso Periódico* sob o título "De nossa correspondente especial" e ficamos muito satisfeitos e orgulhosos com o resultado.

No fim de junho, a apresentação de fim do ano letivo finalmente se realizou na escola e foi um grande acontecimento na vida de cada um.

A ESTRADA DOURADA

A maioria dos alunos nunca tinha subido a um "palco" e alguns ficaram muito nervosos. Todos participaram, menos Dan, que se recusou categoricamente e, por isso, não passou por preocupação alguma.

– Tenho certeza de que vou morrer quando subir naquele tablado e encarar tantas pessoas – Sara Ray exagerou, como de hábito, na noite anterior à apresentação, quando nos reunimos no passeio do tio Stephen para trocarmos ideias sobre como estávamos nos sentindo.

– Acho que vou desmaiar quando tiver que recitar – Cecily confessou, mais delicada.

Satisfeita consigo mesma por ter todo o poema decorado, Felicity declarou apenas:

– Eu não estou nem um pouco nervosa.

– Desta vez, estou tranquila, mas, na primeira vez que recitei, fiquei tensa. E muito! – a Menina das Histórias revelou.

Peter, com a simplicidade típica dele, se lembrou:

– Minha tia Jane costumava dizer que um antigo professor deu a ela um bom conselho para quando tivesse que recitar ou falar em público: "Pense que são apenas repolhos que estão ali, na sua frente; assim, não vai ficar nervosa."

– É, talvez funcione, mas não vejo muita graça em recitar para um monte de repolhos. Quero recitar para *pessoas* e fazer com que se interessem e se emocionem.

– Para mim, basta chegar ao fim da poesia sem morrer – Sara Ray voltou a falar. – Não me importa se vão ou não se emocionar com ela.

– Tenho medo de esquecer uma parte e ficar mudo – Felix admitiu. – Se isso acontecer, fiquem atentos para me dar uma deixa, e depressa, para a situação não ficar ainda pior.

– De uma coisa tenho certeza – Cecily exclamou, mudando o rumo da conversa: – vou enrolar os cabelos para amanhã à noite. Nunca mais enrolei desde que Peter quase morreu, mas vou ter que fazer agora porque todas as meninas vão estar lindas com os cabelos cacheados e não serei a única diferente.

– O orvalho e o calor vão desfazer todo o seu trabalho e você vai acabar parecendo um espantalho – Felicity agourou.

– Não vou, não! Vou enrolar papelotes esta noite e depois molhar com um líquido para ondular que Judy Pineau usa. Sara me trouxe um frasco. Judy garantiu que é ótimo e que deixa os cabelos cacheados durante vários dias, mesmo que o tempo esteja úmido. Vou deixar os papelotes até amanhã à noite e então, pronto! Meus cabelos estarão lindamente cacheados!

– Deveria deixar os cabelos em paz – Dan aconselhou. – Ficam bem melhores assim, lisos, do que cheios de cachos.

Cecily, entretanto, não lhe deu ouvidos a ele. Queria ter cachos e os teria de um modo ou de outro.

– Estou feliz porque minhas verrugas caíram – anunciou Sara Ray.

Felicity arregalou os olhos.

– É, mesmo! – constatou, admirada. – Fez o que Peg ensinou?

– Sim. Não acreditei, mas decidi tentar. Nos primeiros dias, olhava para elas a todo momento, mas não notei mudança nenhuma; então desisti e acabei me esquecendo. Mas, na semana passada, tornei a me lembrar e vi que tinham sumido. Todas! Foi incrível!

Peter ergueu as sobrancelhas e comentou, com ares de sabedoria:

– E vocês ainda acham que Peg Bowen não é uma bruxa...

– Foi o suco da batata – Dan explicou, pragmático.

– Usei uma batata velha e seca – Sara Ray esclareceu. – Ela nem tinha suco. A gente nem sabe mais no que acreditar, não é mesmo? Mas uma coisa é certa: as verrugas caíram.

Cecily enrolou os cabelos em papelotes naquela noite, devidamente umedecidos com o líquido que Judy Pineau enviou a ela. Foi um trabalho e tanto, já que o tal líquido era pegajoso, mas Cecily insistiu e foi em frente. Depois enrolou a cabeça em uma toalha, para proteger o travesseiro, e foi para a cama. Não conseguiu dormir direito e teve sonhos estranhos, mas desceu para o café da manhã com ar de triunfo no rostinho miúdo. A Menina das Histórias examinou seus cabelos com atenção e aconselhou:

A ESTRADA DOURADA

– Se eu fosse você, tiraria os papelotes ainda pela manhã.

– Não, não. Se eu tirar, os fios estarão lisos à noite. Eu sei. Conheço os cabelos que tenho. Vou deixá-los enrolados até o último instante.

– Eu não faria isso. Não, mesmo. Podem ficar crespos demais e armados.

Cecily acabou por ceder e voltou ao quarto, acompanhada pela Menina das Histórias e Felicity. Minutos depois ouvimos um grito; e, logo em seguida, dois. E então três, bem altos. Em segundos, Felicity estava de volta à cozinha, à procura da mãe. A tia Janet a acompanhou ao quarto e, ao descer, trazia nos lábios uma expressão severa. Encheu uma panela grande com água quente e a levou para cima. Não ousamos fazer uma pergunta sequer, mas, quando Felicity voltou para lavar a louça, foi bombardeada com nossa curiosidade.

– O que aconteceu? – Dan foi o primeiro a indagar. – Cecily está doente?

– Não. Eu bem que avisei para não enrolar os cabelos, mas ela me ouviu? Não. Aposto que agora gostaria de ter ouvido. Quando não se tem cachos naturais, não se deve forçar os fios a ficarem cacheados. Não é óbvio!? Cecily tentou mudar a natureza e foi castigada.

– Pare com essa ladainha e diga logo o que houve – Dan insistiu.

Ela respirou fundo e passou a explicar, como se estivesse nos fazendo um enorme favor:

– O que aconteceu foi o seguinte: aquela inútil da Sara Ray trouxe um frasco de goma arábica, em vez de trazer o líquido que Judy Pineau indicou. E Cecily enrolou os cabelos na cola. Ficou horroroso, claro!

– Meu Deus! E a mamãe vai conseguir tirar?

– Só Deus sabe. Cecily está com os cabelos de molho na água quente agora porque os fios estão grudados e duros como uma tábua. É nisso que dá ser vaidosa.

Trocamos um olhar em silêncio. Jamais ousaríamos observar que Felicity, a presunção em pessoa, não tinha moral alguma para criticar a irmã daquela forma.

A pobre, doce Cecily pagou caro por aquele único ato de vaidade. A tarde que passou não poderia ter sido pior, além de ter de suportar as reprimendas da tia Janet. Teve que deixar os cabelos na água quente por uma hora, com o corpo inclinado para a frente e a cabeça praticamente mergulhada nela. Por fim, quando os cabelos ficaram moles o suficiente para serem desembaraçados dos papelotes, a tia Janet os lavou um sem--número de vezes com sabonete. A goma arábica foi, por fim, eliminada e Cecily passou o restinho da tarde quente em frente ao forno aberto para secar as mechas novamente lisas. Estava devastada. Além de não ter os tão desejados cachos, os cabelos dela ficaram opacos e ásperos durante dias, por efeito da cola e do excesso de sabão.

– Vou parecer um monstrengo naquele palco – se queixou, quando me aproximei, compadecido. – As pontas estão todas quebradas e vão aparecer mesmo que eu faça uma trança.

– Sara Ray é uma completa idiota – comentei, cheio de raiva.

– Ah, não fale assim dela, coitada! Sara não fez de propósito. Achou que estava trazendo o líquido certo. A culpa foi minha. Fiz uma promessa quando Peter estava para morrer e deveria mantê-la. Nunca mais deveria enrolar os cabelos. Não é correto quebrar promessas assim. – Ela respirou fundo. – Meus cabelos vão parecer feno seco esta noite.

As lágrimas rolaram por seu rostinho, deixando meu coração em pedaços.

Sara Ray ficou horrorizada quando chegou e viu o que tinha feito. Felicity foi bem dura com ela e a tia Janet se mostrou fria e repreensiva. Cecily, porém, a perdoou incondicionalmente e ambas caminharam até a escola naquela noite de braços dados como de costume.

A sala de aula estava lotada de amigos e vizinhos. O senhor Perkins andava para lá e para cá, cuidando dos últimos detalhes, e a senhorita Reade, que ia tocar órgão, estava sentada no palco, mais doce e mais linda do que nunca. Usava um lindo chapéu de renda branca ornamentado por um arranjo de miosótis, um vestido de musseline também branco bordado com violetazinhas azuis e uma echarpe preta de renda.

A ESTRADA DOURADA

– Parece um anjo! – Cecily suspirou quando a viu.

– Olhem! O Homem Esquisito está aqui! – Sara Ray se admirou. – Lá no canto, atrás da porta! Nunca o vi em uma apresentação!

Felicity deu um sorrisinho e observou, com uma ponta de maldade:

– Deve ter vindo para ouvir a Menina das Histórias recitar. São tão amigos agora...

A apresentação transcorreu muito bem. Diálogos, coros, jograis e recitações se seguiram sem problemas. Felix se apresentou sem vacilar uma vez sequer. Peter também, embora o tenha feito com as mãos enfiadas nos bolsos o tempo todo, um hábito que o senhor Perkins fez de tudo para que perdesse, mas em vão. O poema que Peter recitou estava muito na moda na época e começava assim:

"Eu sou Norval, das colinas Grampian[13]
Meu pai cuida dos rebanhos de lá"

Tínhamos feito o primeiro ensaio muito tempo antes e, nele, Peter começou alegre, mas falou muito rapidamente o primeiro verso, sem atenção nenhuma à pontuação, e o senhor Perkins logo o interrompeu, dizendo: "Pare, pare! Desse jeito, vão achar que *Norval* é o nome e *das colinas Grampian* é o sobrenome. Há uma vírgula nessa frase. Quero que se lembre bem disso".

E Peter se lembrou! Recitou à perfeição. Cecily não desmaiou e não se abalou quando chegou sua vez de subir ao palco. Recitou a poesia dela sem cometer erros, embora um tanto mecanicamente. Acredito que se saiu melhor do que se estivesse com os desejados cachos. A certeza de que os cabelos, diferentemente dos de todas as meninas presentes, estavam opacos e sem graça, acabou por desviar a atenção dela e bloquear o nervosismo de estar diante de tanta gente. Não fosse pelos cabelos, Cecily seria a imagem viva da graciosidade. O susto que tinha passado à tarde, a

---

[13] As colinas e montanhas Grampian se estendem do sudoeste da Escócia até a parte central do país e dali se ramificam, principalmente na direção nordeste. (N.T.)

deixara com olhos brilhantes e rosto corado. Ouvi uma mulher atrás de mim segredar a alguém: "Cecily King me parece estar tísica. Como a tia, Felicity". Odiei tanto essa insensível por ter dito isso!

Sara Ray também não se saiu mal, embora estivesse bastante nervosa. Quando começou, em vez de de fazer uma saudação graciosa, apenas inclinou a cabeça.

– Parece uma marionete presa com arame – Felicity criticou, impiedosa, em voz baixa.

E, ao mover a mão, como pedia o poema, seu gesto saiu mais engraçado do que suave. Quando terminou, foi um alívio para nós. Ela era, afinal, membro do nosso grupinho e tínhamos receio de que acabasse por nos envergonhar com uma performance catastrófica.

Felicity se apresentou depois dela e o fez com tranquilidade, sem pressa, sem exageros, sem graça e sem expressão nenhuma no rosto. Mas, afinal, não importava a maneira como recitava. Bastava olhar para ela, para a beleza dos olhos azuis, dos cabelos dourados, da pele impecável, das mãos e braços perfeitos. Aposto que cada um dos presente naquela sala deve ter achado que valeu a pena pagar dez centavos para estar ali e poder ver tanta formosura.

A Menina das Histórias foi a próxima. Um silêncio estranho, ansioso, caiu sobre a sala e a expressão tensa, preocupada, que estivera no rosto do senhor Perkins até aquele momento, desapareceu como por encanto. No palco, estava uma artista de verdade, que não temia esquecer a fala ou ter os sentidos bloqueados pelo nervosismo. Naquela noite, porém, a Menina das Histórias não se apresentou no auge da beleza. Estava pálida, apesar de ter um brilho magnífico no olhar. No entanto, ninguém sequer pensou em notar fosse o que fosse quando o poder mágico, avassalador da sua voz prendeu a atenção de todos para, simplesmente, fascinar.

O poema que recitou foi um dos que apareciam no livro de leituras que usávamos na escola e todos nós o conhecíamos de cor. Somente Sara Ray nunca a tinha ouvido recitá-lo. A Menina das Histórias não havia ensaiado durante as aulas tanto quanto os demais alunos. O senhor Perkins tinha

A ESTRADA DOURADA

decidido não perder tempo em ensinar o que ela já sabia fazer até melhor do que ele. A única vez que ela o tinha recitado fora no ensaio de duas noites antes, ao qual Sara Ray havia faltado.

No poema, uma dama da antiga cidade de Florença, casada com um homem frio e cruel, havia morrido ou, melhor dizendo, parecia ter morrido e tinha sido carregada ao "opulento, belo e terrível sepulcro" da rica família à qual pertencia. À noite, despertou de seu transe e fugiu da tumba. Apavorada e cheia de medo, bateu à porta da própria casa, mas os familiares, horrorizados, a tomaram por um fantasma e a escorraçaram. Ela, então, seguiu, desesperada, à casa dos pais, onde obteve a mesma recepção. Assim, exausta, passou a vagar pelas ruas da cidade até desfalecer e cair diante da porta do seu amor de infância, o qual, sem medo algum, a acolheu e cuidou dela até que se restabelecesse. Na manhã seguinte, tanto o pai quanto o marido, ao saberem que a tumba estava vazia, foram à casa do rapaz para buscá-la. Ela se recusou a acompanhá-los e o caso foi parar na corte de justiça. O veredito dado foi que uma mulher que havia sido sepultada e considerada morta e, além disso, escorraçada da casa do esposo e do pai, seria considerada falecida de fato e, dessa forma, não mais seria esposa e filha dos ditos cavalheiros; passaria a ser livre para criar novos laços familiares com quem a quisesse. O ponto alto da história surgia no seguinte verso:

"A corte, portanto, declara a ré... falecida"!

A Menina das Histórias pretendia pronunciar o verso com tamanha intensidade dramática, que até mesmo a pessoa mais tola ali presente não poderia deixar de ser atingida pelo impacto da sua força.

Seguiu interpretando muito mais do que recitando, brincando com as emoções da plateia como tantas vezes fizera conosco no pomar, provocando em cada um dos que a ouviam sensações que se sucediam inexoravelmente: compaixão, terror, indignação, suspense. Superou-se na parte do julgamento. Incorporou o juiz florentino em toda a impassibilidade, rigidez e imponência. Imitou a solenidade da sua voz ao pronunciar a sentença, mas se interrompeu para criar uma expectativa quase insuportável antes da palavra decisiva:

– *A corte, portanto, declara a ré...*

Nos instantes de trágica dramaticidade que se seguiram, a voz de Sara Ray se ergueu, estridente e queixosa:

– Falecida!

Prefiro não descrever o efeito dessa interferência, pois acho que ele pode ser imaginado de forma bem expressiva.

Em vez do suspiro de alívio que deveria transpassar a plateia no final da frase, um sonoro coro de gargalhadas se seguiu. A bela atuação da Menina das Histórias tinha acabado de ser destruída.

Ela baixou os olhos para Sara Ray, em um silêncio espantoso. Se um olhar fosse capaz de matar, nossa amiguinha chorona estaria morta, de imediato. Mesmo assim, retomou os últimos versos do poema, embora já não com tanta força de interpretação. Ao terminar, saiu, apressada, para o canto do tablado que estava separado do resto por uma cortina, fazendo as vezes de coxia. O senhor Perkins achou melhor não comentar o assunto para não piorar ainda mais a situação e as apresentações continuaram, com as pessoas tecendo pequenos comentários entre uma e outra até o final. Somente Sara Ray permaneceu serena e satisfeita até o fim da última apresentação, momento no qual a rodeamos e despejamos sobre ela uma lista infindável de repreensões.

– Mas... o que foi que eu fiz!? – gaguejou, absolutamente surpresa. – Achei que a Menina das Histórias tivesse esquecido o texto e quis ajudar o mais depressa possível!

– Sua tonta! Ela só parou para causar mais efeito! – Felicity explicou, com raiva. Podia até ter uma certa inveja do dom de interpretar que a Menina das Histórias dominava, mas não suportava que "um dos nossos" fizesse papel ridículo em público. – Você é a pessoa mais tola que conheço!

Sara Ray caiu em prantos.

– Eu não sabia... – justificou-se, entre soluços. –Achei que ela tinha esquecido a fala...

A ESTRADA DOURADA

E voltou para casa chorando sem parar. Nenhum de nós tentou consolá-la, nem mesmo Cecily, que estava muito aborrecida. Nossa paciência tinha se esgotado. Era a segunda grande tolice que Sara fazia em um espaço de tempo muito curto e isso era demais até para a lealdade compadecida de Cecily. Quando passamos diante da casa dela, ela se afastou, rumo ao portão, e depois seguiu pelo caminho que levava à porta. Não dissemos palavra alguma. Simplesmente a ignoramos.

A Menina das Histórias chegou em casa antes de nós porque deixou a escola às pressas logo após a última apresentação. Tentamos nos solidarizar, mas ela não quis.

– Por favor, nunca mais toquem nesse assunto – pediu, visivelmente irritada. – Nunca mais! Não quero nem me lembrar! Oh, aquela idiotazinha!...

– Estragou o sermão de Peter no verão passado e agora estragou sua apresentação – apoiou Felicity. – Acho que está mais do que na hora de nos afastarmos dela.

– Não seja tão dura – Cecily pediu. – Pense na vida infeliz que ela tem. Aposto que vai chorar a noite inteira.

– Bem, vamos para a cama – sugeriu Dan. – Estou cansado e com sono; e farto dessa história de apresentação escolar também.

À LUZ DAS ESTRELAS

Para dois de nós, as aventuras daquela noite ainda não tinham terminado. O silêncio caiu sobre a casa; o estranho e sussurrante silêncio da noite. Felix e Dan dormiram logo e profundamente. Eu estava quase adormecendo quando fui despertado por uma batida leve à porta.

– Bev, você já dormiu? – Era a voz da Menina das Histórias, em um murmúrio.

– Não. O que foi?

– *Shhh*! Levante-se, coloque uma roupa e venha comigo. Preciso de você.

Obedeci, cheio de curiosidade, ansioso (por que não?) por uma travessura. O que seria?

Ela me esperava no corredor, com uma vela na mão. Tinha colocado o casaco e o chapéu.

Surpreso, indaguei:

– Aonde vai?

A ESTRADA DOURADA

– Silêncio! – ela falava aos sussurros. – Vou voltar à escola e você tem que vir comigo. Esqueci meu colar de coral lá. O fecho estava frouxo e fiquei com tanto medo de perdê-lo, que o tirei e deixei na estante, com os livros. Estava me sentindo tão mal no fim das apresentações, que nem me lembrei de pegá-lo.

O colar de coral era uma peça muito bonita e havia pertencido à mãe da Menina das Histórias. Não tinham permitido que o usasse antes e foi somente através de muita insistência que ela conseguiu convencer a tia Janet a deixar que o usasse na noite da apresentação.

– Mas não faz sentido ir buscá-lo no meio da noite – argumentei. – Ele está seguro na escola. Podemos pegá-lo pela manhã.

– Lizzie Paxton e a filha vão limpar a escola amanhã. Ouvi Lizzie dizer que pretende chegar às cinco horas para poder terminar o serviço antes que o dia esquente muito. Você conhece muito bem a reputação que ela tem. Se Lizzie encontrar o colar, jamais o verei novamente. Além do mais, se esperar até amanhã, a tia Janet poderá descobrir que o esqueci lá e nunca mais vai me deixar usá-lo. Não. Tenho que buscá-lo agora. Se estiver com medo, não precisa me acompanhar.

Senti um leve tom de ironia naquela última sentença. Medo? Eu? Claro que não.

– Está bem. Vamos! – concordei sem pestanejar.

Saímos de casa sem fazer barulho e, de imediato, nos vimos envolvidos pela sobriedade e estranheza de uma noite muito escura. Era uma experiência nova para nós, que acelerava o coração e deixava os nervos tensos, apesar da beleza que havia na escuridão. Nunca havíamos estado fora de casa tão tarde da noite, e o mundo que nos rodeava parecia ser totalmente diferente do que víamos à luz do sol. Era como se estivéssemos em uma realidade paralela, cheia de encantos estranhos e mágicos.

Somente no campo pode-se, de fato, entrar em contato com a noite, pois ela se revela infinitamente calma. Os prados silenciosos se envolvem com o mistério das trevas. O vento que vem de lugares selvagens e muito distantes sopra suave sobre as superfícies molhadas de orvalho e as colinas eternas iluminadas apenas pela tênue luz das estrelas. O ar nas pastagens é doce e parece estar infiltrado pela quietude dos sonhos; pode-se fechar os olhos e descansar ali com a tranquilidade de uma criança que adormece no colo da mãe.

– É lindo, não? – deslumbrou-se a Menina das Histórias quando descíamos pela estradinha da colina. – Sabe, acho que já consigo perdoar Sara Ray. Cheguei a pensar que jamais conseguiria, mas agora já não importa tanto. Consigo até ver que foi engraçado. Foi, não foi? – Ela riu. – *Falecida*, dito naquela voz fininha... Vou agir com ela como se nada tivesse acontecido. Agora que estamos aqui no meio da noite, parece que aconteceu há tanto tempo!...

Nunca mais esquecemos o prazer suave que desfrutamos durante aquela caminhada sorrateira. Uma aura de magnetismo nos envolvia e era como se a brisa nos trouxesse os sussurros secretos dos elfos, bem como o mistério e o romance que habitavam os ermos nos quais cresciam as samambaias. Aromas chegavam até nós, vindos dos prados e dos bosques e pareciam ganhar a forma de fantasmas benfazejos; no bosque de abetos, ao largo do qual passamos antes de chegar à igreja, sentimos o perfume suave e adocicado das centenas de sininhos-de-junho espalhados pelo terreno.

Sininhos-de-junho têm outro nome, claro. São as campânulas. Mas acho que não há nome melhor para essas flores do que "sininhos-de--junho". São tão perfeitas, que parecem resumir em si todo o perfume e o encanto da floresta, como se as velhas árvores tivessem pensamentos e eles tivessem se convertido em uma flor. Nem mesmo as rosas mais perfumadas têm o doce aroma dos sininhos-de-junho esparramados sob a proteção dos galhos dos abetos.

Havia vagalumes naquela noite também, o que contribuía para aumentar a magia que nos cercava. Há, certamente, algo de sobrenatural nos vagalumes. Ninguém consegue entender por que eles são como são, mas devem ser parentes das fadas, sobreviventes de um tempo imemorial, no qual os bosques, as colinas e os campos eram habitados por essas doces criaturinhas verdes. Ainda é muito fácil acreditar em fadas quando se vê as minúsculas lanternas vivas espalhando luminescências entre as folhas das árvores e arbustos.

– É maravilhoso! – a Menina das Histórias exclamou ao ver os vagalumes. – Não perderia este espetáculo por nada na vida! Estou até feliz por ter esquecido o colar na escola. E estou feliz também por você estar comigo, Bev. Os outros não compreenderiam. Gosto de você porque não temos que ficar falando o tempo todo. É tão agradável caminhar com alguém e não ter a obrigação de conversar! Veja! O cemitério é logo ali. Tem medo de atravessá-lo?

– Não. Acho que não. O que sinto não é medo, mas uma impressão estranha.

– É, eu também. Não sei o que é, mas, com certeza, não é medo. Sinto como se alguma coisa fosse se levantar e me segurar, mas é uma coisa que quer ganhar vida, e não assustar. Não estou gostando... Vamos andar mais depressa. Não é estranho pensar que todas as pessoas que estão mortas e enterradas ali já estiveram vivas como você e eu? Não consigo sentir que vou morrer um dia. Você consegue?

– Não, mas é o fim de todo mundo. É claro que vamos continuar vivendo de outra maneira, mas... Olhe, não vamos mais falar sobre esse assunto aqui, está bem? – Eu queria apenas sair dali o quanto antes.

Quando chegamos à escola, dei um jeito de abrir uma janela. Pulamos para dentro, acendemos um lampião e encontramos o colar. A Menina das Histórias subiu para o palco e fez uma imitação do desastre que tinha sido o final da apresentação dela. E o fez com tamanha naturalidade e humor, que me matei de rir. Ficamos por ali mais um pouco apenas para desfrutar a sensação de estar fazendo aquilo em uma hora imprópria, quando todos supunham que estivéssemos na cama profundamente adormecidos. Relutamos em ir embora e caminhamos o mais devagar possível de volta para casa, a fim de prolongar a aventura.

– Vamos guardar segredo absoluto sobre esta noite – ela propôs ao chegarmos. – Ficará somente entre nós dois para todo o sempre. Será o *nosso* segredo.

– Bem, com certeza, jamais poderemos deixar que a tia Janet descubra – sussurrei, rindo. – Ela acharia que somos dois malucos.

A Menina das Histórias abriu um sorriso e comentou:

– É ótimo ser maluco de vez em quando.

E fomos nos deitar.

EXTRATOS DO
NOSSO PERIÓDICO

Como sempre, procedi à leitura do que tínhamos produzido naquele mês. E aqui seguem os melhores trechos.

Editorial

Como poderão ver, não há uma Lista de Menções Honrosas neste número do Nosso Periódico. *Felicity já teve todos os belos pensamentos que poderia imaginar e não consegue ter mais nenhum. Peter nunca se embebedou, mas, dadas as circunstâncias, isso não confere a ele grande mérito. Quanto às resoluções que foram escritas, o que se pode dizer é que sumiram misteriosamente das paredes dos quartos, que eram o único espaço em que podiam ser vistas. Portanto, já não podem mais e jamais poderão.*

– Acho que já ouvi algo parecido antes – Peter comentou, um tanto quanto perplexo.

É muito triste, mas teremos de fazer novas resoluções, que sejam mais fáceis de manter, para o ano que vem na véspera do Ano-Novo.

A história do pingente que foi assado

Esta é uma história que a minha tia Jane me contou. É sobre a avó dela, mas quando era menina. É engraçado pensar que um pingente possa ser assado, mas este da história não foi assado para ser comido. Ela era minha bisavó, mas vou chamá-la de vovó para ficar mais fácil. Aconteceu quando ela tinha dez anos. É claro que não era avó de ninguém naquela época. Ela morava com os pais em um povoado novo chamado Brinsley. O vizinho mais próximo ficava a um quilômetro e meio de distância. Vovó tinha uma tia chamada Hannah. Um dia, essa tia, que era de Charlottetown, veio visitá-la e pediu para a mãe da vovó que a acompanhasse em algumas visitas. A mãe da vovó achou que não podia ir porque era dia de assar pães e tortas e seu marido não estava em casa. Mas a vovó não tinha medo de ficar em casa sozinha e sabia como assar os pães e tortas, então falou para a mãe dela ir. A tia Hannah, então, tirou o cordão com um pingente de ouro que estava usando e colocou no pescoço da vovó para agradecer a gentileza e disse que podia ficar o dia todo com a joia, até que elas voltassem. A vovó ficou muito feliz porque nunca tinha usado joia nenhuma. Quando ficou sozinha, começou a fazer todo o serviço de casa. Estava ocupada em sovar o pão quando viu que um mendigo se aproximava da casa. Conhecia esse sujeito e sabia que era um vagabundo que não gostava de trabalhar e tinha uma cara de mau. A vovó ficou muito assustada e se virou de costas para ele, mas continuou a fazer o pão, tremendo. Quem estava tremendo era ela e não o pão. Ficou preocupada com o cordão e o pingente porque eram de ouro. Como não sabia onde esconder a joia, porque teria de passar pelo mendigo para escondê-la onde quer que fosse, teve a ideia de colocá-la dentro do pão. Puxou o cordão com força, para ele sair logo e o mendigo não ver. O fecho quebrou, mas ela nem se importou e misturou a joia na massa. Então enrolou os pães, colocou em uma assadeira e pôs no forno. O mendigo não viu o que ela fez e perguntou se tinha alguma coisa em casa para ele comer. A vovó fez um prato para ele. Quando terminou de comer, o homem começou a andar pela cozinha e vasculhar nas gavetas, nos potes e nos armários. Depois foi para o quarto da mãe da vovó e vasculhou lá também e jogou no chão e na cama tudo que estava nas gavetas e no baú. Tudo que achou foi um porta-níqueis com um dólar dentro. Xingou muito, mas acabou pegando o dólar e indo embora. Quando teve certeza de que ele tinha ido mesmo e não ia voltar, a vovó se pôs a chorar. Esqueceu dos pães e eles queimaram todos. Então ela sentiu o cheiro de queimado e correu para a cozinha e tirou tudo do forno. Estava morrendo de medo de ter estragado o cordão com o pingente, mas cortou o pão com uma faca e ele estava lá dentro, são e salvo. Quando a mãe da vovó e a tia Hannah voltaram, ela contou toda a história e a tia Hannah disse que podia ficar com a joia porque a tinha protegido de um jeito muito esperto. Assim, a vovó ganhou o cordão com o pingente e sempre o usou. E tinha muito orgulho dele. E costumava dizer que aquela foi a única fornada de pães que deixou estragar na vida.

Peter Craig

Quando terminei de ler a história não tão bem contada de Peter, Felicity logo criticou:

– Essas histórias são boas, mas são todas verdadeiras. É fácil escrever sobre o que aconteceu de verdade. Achei que Peter fosse o editor de ficção e poesia, mas não escreveu nenhuma história de ficção desde que o jornal começou. A meu ver, o que ele faz não é o que um editor de ficção deve fazer. Deveria escrever histórias que ele mesmo inventasse.

– Posso fazer isso também e vou fazer no próximo número – Peter reagiu, incomodado com a crítica. – E pode ficar sabendo que *não é* mais fácil escrever histórias verdadeiras. É *mais difícil,* porque você tem que se ater aos fatos. Eu vi essa expressão em um livro outro dia e achei bonita: "se ater aos fatos". Mas é isso. Você tem que *se ater aos fatos* nas histórias que aconteceram de verdade. E isso quer dizer que não pode mudar nada.

– Sei muito bem o que quer dizer e não acredito que você consiga inventar uma história.

– Pois vai ver só!

Continuei a ler, para não nos desviarmos ainda mais do jornal.

Minha aventura mais emocionante

É minha vez de escrever a aventura mais emocionante que já tive, mas estou tão nervosa! Foi a pior experiência que já vivi e aconteceu dois anos atrás. Foi horrível. Eu tinha uma fita listrada de marrom e amarelo e eu a perdi! Fiquei muito triste porque era uma fita muito bonita e todas as meninas da escola tinham inveja de mim por causa dela.

– Eu não tinha – Felicity interrompeu. – Não a achava nem um pouco bonita.

– *Shhh!* – Cecily a repreendeu e pude continuar a ler.

Procurei em toda a parte, mas não a encontrei. O dia seguinte era domingo. Entrei correndo em casa pela porta da frente e vi uma coisa no chão. Achei que fosse minha fita. Baixei a mão para pegá-la, mas era uma cobra! Nem consigo descrever o que senti quando aquela coisa se enrolou no meu pulso. Larguei imediatamente e gritei, gritei muito! Mamãe ficou brava comigo porque não se deve gritar aos domingos e me fez ler sete capítulos da Bíblia, mas nem me importei muito depois do que tinha acontecido. Prefiro morrer a passar por outra experiência igual.

Sara Ray

A ESTRADA DOURADA

Para Felicity no seu aniversário

Oh, linda fada de cabelos dourados
E rosto mais branco do que as nuvens distantes
Eu lutaria e morreria por seu amor
Deixe-me ser seu cavaleiro em armadura brilhante

Seu aniversário é um dia de bênçãos
São treze anos hoje e muitos mais por vir
Que você seja feliz para sempre
Até a neve do tempo seus cabelos cobrir

Olho para seus divinos olhos,
Eles são de um lindo azul radiante
Eu lutaria e morreria por seu amor
Deixe-me ser seu cavaleiro em armadura brilhante

Um amigo

– Meu Deus do céu! Quem escreveu *isso*!? – Dan exclamou, dando ênfase à última palavra. – Só pode ter sido Peter!

– É muito melhor do que qualquer coisa que *você* pudesse escrever, ouviu, *senhor Crítico Literário*!? – Felicity rebateu de pronto. – Não conseguiria escrever um poema nem que sua vida dependesse disso!

Peter se voltou para mim e segredou, contente:

– Parece que ela gostou. Foi muito bom ter escrito apesar do trabalho que deu.

Passei para os anúncios pessoais sem me abalar.

O senhor Patrick Pelo-Cinzento causou grande apreensão aos amigos recentemente por ter desaparecido de casa durante um bom tempo. Ao ser encontrado, se apresentava em um estado lastimável de magreza, mas agora já voltou a ser gordo e convencido como sempre foi.

Na quarta-feira, dia vinte de junho, a senhorita Olivia King se uniu, pelos sagrados laços do matrimônio, ao doutor Robert Seton, de Halifax. A senhorita Sara Stanley foi dama de honra na cerimônia do enlace e o senhor Andrew Seton, irmão do noivo, foi o padrinho. O jovem casal recebeu inúmeros presentes. O Reverendo Marwood oficializou a união. Após a cerimônia, um farto jantar foi servido, seguindo os conhecidos padrões de excelência culinária da senhora Alex King e, logo após este, o casal partiu rumo ao seu novo lar na Nova Escócia. Os convidados se juntaram para desejar a eles uma jornada próspera e feliz ao longo da vida.

Uma de nós se foi, tão preciosa,
Uma voz que amamos soou em despedida
Há uma vaga em nossa vida harmoniosa
Que jamais poderá ser preenchida

– Meu Deus! Esses versos parecem falar de alguém que morreu! – A Menina das Histórias protestou. – Acho que até já os vi em uma lápide! Quem colocou isso na minha parte do jornal?

Felicity, a autora, ressalvou:

– Na minha opinião, são versos que caem bem tanto para um funeral quanto para um casamento.

Segui adiante, para que uma discussão não se iniciasse.

A apresentação da escola, programada para a noite de vinte e nove de junho, foi um grande sucesso. Conseguimos dez dólares para a biblioteca.

Lamentamos informar que a senhorita Sara Ray passou por uma experiência trágica ao se confrontar com um ninho de marimbondos. A lição que tiramos disso é que jamais se deve mexer em um desses ninhos, sejam eles novos ou velhos.

A senhora C. B. Hawkins, de Baywater, está cuidando dos serviços domésticos para o tio Roger. É uma mulher avantajada. O tio Roger disse que perde muito tempo andando em torno dela, mas que, fora esse desconforto, ela é uma excelente governanta.

Há boatos circulando sobre a possibilidade de a escola estar mal-assombrada. Uma luz misteriosa foi vista dentro dela às duas horas da madrugada seguinte à apresentação de final do ano letivo.

A Menina das Histórias e eu trocamos um rápido olhar carregado de cumplicidade e um leve, quase imperceptível sorriso.

Dan e Felicity brigaram na terça-feira passada. Não foi uma briga com os punhos, mas sim com a língua. Dan deu a última palavra, como de costume.

Felicity soltou uma risada sarcástica e eu fui em frente com a leitura.

O senhor Newton Craig, de Markdale, voltou para a casa recentemente após o que teria sido uma visita prolongada a lugares distantes. Estamos todos felizes em dar a ele as boas-vindas de volta à nossa comunidade.

Billy Robinson se feriu na semana passada. Uma vaca lhe deu um coice. Acredito que seja maldade nossa sentirmos certa satisfação com o fato, mas achamos que foi bem feito para ele, já que nos enganou com aquela história das sementes mágicas no ano passado.

No dia 1.º de abril, o tio Roger mandou o senhor Peter Craig ao presbitério para pegar emprestado um livro com a biografia do avô de Adão. O pastor, senhor Marwood, informou a Peter que Adão não teve avô, já que foi o primeiro homem, e o aconselhou a voltar para casa e consultar o almanaque.

– Seu tio Roger achou muito engraçado me pregar essa peça só porque era 1.º de abril... – Peter se queixou.

– E foi – Felicity observou. – Você é que é tolo demais e sempre deixa que o enganem.

Continuei lendo, apesar de sentir uma vontade enorme de rir.

Um casal de passarinhos fez ninho em um buraco na parede do poço, bem embaixo das samambaias. Pode-se ver os ovos quando se olha lá para baixo. São bichinhos bem espertos.

Felix se sentou em uma tachinha um dia de maio. Ele acha que fazer faxina é tolice.

Anúncios

Coração perdido, roubado ou abandonado: quem o encontrar será recompensado ao devolvê-lo a Cyrus Brisk, carteira número sete, Escola de Carlisle.

Perdida ou roubada: mecha de cabelos castanhos com aproximadamente sete centímetros e meio de comprimento e dois centímetros e meio de espessura. Quem a encontrar, queira, por favor, entregar à senhorita Cecily King, carteira número quinze, Escola de Carlisle.

– Cyrus está usando minha mecha como marcador na Bíblia. Pelo menos, foi o que Flossie me contou – Cecily comentou, não muito contente. – Ele afirmou que vai guardá-la para sempre como lembrança, apesar de ter perdido a esperança.

– Vou pegar a mecha de volta na Escola Dominical – Dan prometeu, mas ela protestou, enrubescendo:

– Ah, deixe que fique com ela se serve de consolo a ele. Além do mais, seria roubo, Dan; e roubar é pecado.

– Ora, mas ele a roubou primeiro!

– Sim, mas o senhor Marwood ensinou que um erro não justifica o outro.

Depois dessa breve intromissão, passei à coluna de assuntos domésticos.

O bolo de casamento da tia Olivia fez tanto sucesso, que o consideraram o melhor já feito em Carlisle. Mamãe e eu o fizemos.

Caro "Questionador Ansioso", não é aconselhável enrolar os cabelos com goma arábica se dispuser de qualquer outro produto para fazê-lo, como suco de marmelo, por exemplo, que é muito melhor para fixar os cachos.

– Acho que nunca mais vão parar de falar na goma arábica... – Cecily lamentou, entristecida.

E Dan logo veio em seu socorro:

– Por que não pergunta a ela quem usou pó dental para fazer massinhas assadas?

Felicity jogou os cabelos para trás, mas preferiu ficar calada.

Fizemos tortas de ruibarbo pela primeira vez neste verão. Foi na semana passada e elas ficaram boas, apesar de o recheio ter ficado um pouco mais firme do que deveria.

Felicity King

Etiquette

Sofredora paciente: O que devo fazer quando um jovem rouba uma mecha dos meus cabelos?

Resposta: Deixe que cresçam novamente.

F-L-x: Não, Felix, uma lagarta pequena não é uma lagartixa, mas uma lagartinha.

– Nunca perguntei nada disso! – ele protestou de imediato. – Dan inventa essa coluna do jornal do começo ao fim!

Felicity aproveitou para acrescentar, com descaso:

– Nem sei o que esse tipo de pergunta tem a ver com *etiquette*, mas, afinal...

P-t-r-C-r-g: Sim, Peter, é de bom tom convidar uma moça para tomar sorvete pela segunda vez, desde que você tenha dinheiro para pagar.

F-l-c-t-y-K-n-g: Não, minha querida irmã mais velha, não é elegante para uma dama mascar fumo. É melhor ficar com a goma de abeto, mesmo.

Dan King

Coluna de moda

Aventais de musseline com babados serão muito usados neste verão, porém não se usa mais ornamentá-los com renda de tricô. Como detalhe, deve-se colocar apenas um bolso.

Conchas são excelentes e elegantes porta-lembranças. Escreva seu nome e a data desejada na parte interna da concha e troque com uma amiga que tenha feito a mesma coisa.

Cecily King

Humor

O senhor Perkins perguntou: "Peter, quais são as grandes ilhas do mundo"?

E Peter respondeu: "A Ilha do Príncipe Edward, as Ilhas Britânicas e a Austrália".

Todos rimos e ele se defendeu:

– Ora, o senhor Perkins disse que eu talvez estivesse certo, então podem parar de rir!

Controlei o riso e fui adiante com a leitura do jornal.

Esta história é engraçada, mas aconteceu de fato. É novamente sobre o senhor Samuel Clask. Certa vez, ele estava conduzindo as orações em uma reunião religiosa e olhou pela janela. Viu que o chefe

A ESTRADA DOURADA

de polícia estava chegando de charrete e imaginou que estivesse à procura dele, já que vivia endividado. Então, rapidamente, chamou o irmão Casey e pediu que o substituísse. Quando o irmão Casey fechou os olhos para rezar e todas as pessoas presentes baixaram a cabeça para segui-lo na oração, o senhor Clask pulou a janela e fugiu antes que o policial entrasse, porque sabia que ele respeitava a religião e só entraria quando as orações tivessem terminado. O tio Roger afirmou que o senhor Clask foi esperto, mas acho que ele não respeitou muito a religião.

Felix King

PEG BOWEN VAI À IGREJA

 Aqueles de nós que, eventualmente, ainda se encontram, em meio à vida atribulada de hoje em dia, e conversam sobre os acontecimentos daquela época tão feliz, reconhecem que algumas das aventuras que vivemos na estrada dourada de nossa vida, são mais vívidas e mais facilmente lembradas do que outras. Consequentemente, são essas aventuras as que mais são comentadas. A infância que tivemos foi muito feliz e o tempo que desfrutamos juntos no velho pomar dos King jamais será esquecido. Os momentos mais incríveis que vivemos? Os que sempre gostamos de lembrar e comentar? Vejamos: quando compramos de Jerry Cowan a gravura com a imagem de Deus; ou quando Dan comeu as frutinhas venenosas; quando ouvimos o sino fantasma tocar dentro de casa; quando achamos que Paddy tinha sido enfeitiçado; ou a visita da esposa do governador; e a noite em que nos perdemos, surpreendidos por uma tempestade de neve. Todos esses momentos continuam a despertar alegria e muitas risadas. No entanto, nenhum deles é páreo para o domingo em que Peg Bowen foi à igreja e se sentou no nosso banco, muito embora, naquela época, o episódio não nos tenha provocado a menor vontade de rir; muito ao contrário.

Aconteceu no entardecer de um domingo de julho. O tio Alec e a tia Janet tinham ido à cidade pela manhã e aproveitado para ir ao culto matutino, já que estavam lá. Assim, no culto da noite, nosso grupinho, sem os adultos, desceu a colina alegremente, usando as melhores roupas que tínhamos e tentando (embora nem sempre conseguindo) manter no rosto uma expressão despreocupada. Caminhar até a igreja ao anoitecer podia ser um passeio maravilhoso por uma paisagem deslumbrante e nunca nos apressávamos, a fim de desfrutar mais dela; por outro lado, estávamos sempre atentos à hora e um tanto tensos, com receio de voltar quando já tivesse anoitecido.

Aquele começo de noite foi particularmente bonito. O dia tinha sido quente, mas refrescara no fim da tarde. Ao longo da estrada, os campos de trigo amadureciam, prometendo uma colheita farta. O vento brando parecia conversar baixinho com a grama conforme passávamos; os botões-de-ouro que ele tocava dançavam, alegres, em seu lindo tom de amarelo. Sombras balançavam sobre os campos e abelhas zumbiam sem parar, ocupadas no trabalho constante que faziam nos jardins à margem da estrada.

– O mundo está encantador esta noite – a Menina das Histórias comentou. – Detesto pensar que vou ficar fechada dentro de uma igreja enquanto há tanta vida e cor aqui fora. Bem que podíamos ter cultos ao ar livre no verão!

– Acho que não seria muito... religioso – Felicity discordou.

– *Eu* me sentiria bem mais ligada à religião e à fé do lado de fora – ela insistiu.

Seguimos mais alguns minutos em silêncio até que Felix, observou, provavelmente depois de revirar a ideia na mente por alguns minutos:

– Se o culto fosse ao ar livre, teríamos de nos sentar no cemitério e isso não seria muito agradável.

– Além disso, a música iria se dispersar. O coral soa muito melhor em ambientes fechados – Felicity acrescentou.

– "A música tem o poder de acalmar até o mais feroz animal" – Peter citou. Nos últimos tempos, havia criado o hábito de "enfeitar" suas conversas com pérolas como essa. – Li isso em uma peça de Shakespeare. Estou lendo todas elas agora, já que terminei a Bíblia. São ótimas.

Felicity o olhou de esguelha e comentou:

– Não entendo como consegue ter tempo para ler.

– Leio aos domingos à tarde, quando estou em casa.

– Acho que as peças de Shakespeare não são adequadas para leitura aos domingos – ela teimou. – A mamãe disse que as histórias de Valeria Montague não são.

– Ah, eu pulo as palavras mais pesadas. E o senhor Marwood ensinou que a Bíblia e as peças de Shakespeare bastariam para se ter uma biblioteca completa. Como pode ver, ele citou os dois juntos, mas acho que jamais diria que a Bíblia e os livros de Valeria Montague bastariam em uma biblioteca.

– O que sei é que *nunca* vou ler Shakespeare aos domingos. – Felicity, realmente, não se dava por vencida em hipótese alguma.

– Que tipo de pastor será o senhor Davidson? – Cecily especulou, mudando o curso da conversa.

– Vamos saber quando o ouvirmos daqui a pouco – respondeu a Menina das Histórias, pragmática. – Deve ser bom porque o tio era um excelente pregador, embora fosse também bastante distraído. Mas o tio Roger observou que todas as vezes que o senhor Marwood sai em férias, seus substitutos nunca estão à altura. Sei uma história muito engraçada sobre o velho senhor Davidson, tio do atual. Ele era pastor em Baywater. Tinha uma família muito numerosa e os filhos eram crianças terríveis. Um dia, a senhora Davidson estava passando roupas a ferro e uma das peças era uma touca de dormir enorme com babados na borda. Uma das crianças a pegou, assim que foi passada, e, sem que a mãe visse, a escondeu dentro do chapéu do pai, que ele usava aos domingos. Quando o senhor Davidson estava saindo para a igreja no domingo seguinte, colocou o chapéu sem nem mesmo olhar o que tinha dentro dele. Caminhou até a igreja e, à porta, tirou o chapéu. A touca ficou em sua cabeça, como se a

A ESTRADA DOURADA

tivesse vestido, com o babado para a frente e as fitas de amarrar às costas. E o pior é que ele nem notou porque estava muito pensativo. Entrou, caminhou pelo corredor da igreja e subiu para o púlpito. Um dos anciãos teve que subir atrás dele, nas pontas dos pés, e avisá-lo sobre o que tinha na cabeça. O senhor Davidson puxou a touca rapidamente e olhou para ela. "Meu Deus! É a touca de dormir de Sally"!, estranhou. "Como veio parar na minha cabeça"!? E, sem perder a compostura, a enfiou em um dos bolsos do paletó e continuou com o culto, mas as tiras de amarrar ficaram o tempo todo penduradas para fora.

– Parece que as histórias engraçadas que se contam sobre os pastores ficam ainda mais engraçadas do que se fossem sobre os outros homens – Peter analisou, muito sério, enquanto ainda ríamos. – Por que será?

– Não acho muito certo contar histórias engraçadas sobre os pastores – Felicity, para variar, criticou. – Parece ser falta de respeito.

A Menina das Histórias não se deixou atingir:

– Uma boa história é uma boa história, seja ela sobre quem for.

Ainda não havia ninguém na igreja quando chegamos, então demos nossa volta costumeira pelo cemitério, para fazer tempo. A Menina das Histórias tinha trazido flores para o túmulo da mãe, como de hábito, e, enquanto as arranjava sobre a lápide, fomos ler pela centésima vez o epitáfio na sepultura do Bisavô King, composto pela esposa. Eram versos conhecidos na família, quase que uma tradição que unia as pessoas através da tristeza e da alegria, das lágrimas e dos sorrisos, e provocava uma fascinação constante em nós a ponto de o lermos todos os domingos. Gravado no arenito vermelho típico da Ilha do Príncipe Edward, o famoso epitáfio dizia:

Doce alma que partiu

Receba a homenagem desta viúva agradecida
Em dias e noites por vir, mais e mais entristecida
Teu corpo tão amado no sepulcro deve permanecer,
Mas em meu coração tua eterna presença há de viver

Na mansão da felicidade sem fim chegaste
Então lembre a cada instante daquela que aqui deixaste
Vele por mim com amor angelical
Conforte-me na vida e abrande meu final
Acompanhe-me nos perigos e nos momentos de tristeza,
Pois quando desta vida eu partir, livre da incerteza,
Terei para sempre o teu sorriso, a tua companhia e o teu amor.

– Não sei bem o que essa senhora estava desejando quando escreveu isso – observou Dan, com certo cinismo.

– *Essa senhora* era sua bisavó e não é certo falar dela assim – Felicity o repreendeu.

– E como o *Guia da Família* nos ensina a falar sobre os bisavós, doce criatura?

Ela preferiu não responder.

– Uma coisa me chama a atenção toda vez que leio esse epitáfio – comentou a Menina das Histórias, com ar intrigado. – Ela se diz uma viúva agradecida. Por que se sentiria assim?

– Porque, finalmente, estava livre dele – Dan forneceu de pronto.

– Não pode ser! – Cecily protestou. – Sempre ouvi dizer que eram muito unidos.

– Talvez ela estivesse agradecida pelo tempo que viveram juntos – sugeriu Peter.

– Deve ser porque o bisavô foi bom para ela a vida toda – opinou Felicity.

Felix, completamente alheio ao que analisavam, indagou:

– O que quer dizer "vela por mim?"

– Ah, detesto a palavra "vela" – a Menina das Histórias explicou. – Porque é exatamente igual a "vela" de acender. "Vela", aqui, significa "guarda, cuida". Ela está pedindo que ele cuide dela, lá do céu.

– A bisavó parece ter ficado sem muita inspiração nos últimos versos. As rimas estão meio forçadas – Dan criticou. – E o último, então, que nem rimou?

A ESTRADA DOURADA

– Encontrar rimas não é tão fácil quanto parece – Peter falou por experiência própria, já que sofrera ao escrever o poema para Felicity.

E ela também deu sua opinião:

– Acho que a bisavó quis que o último verso fosse branco.

Havia, ainda, muito poucas pessoas na igreja quando entramos e nos dirigimos ao banco quadrado, antiquado, que sempre fora da família King. Tínhamos acabado de nos acomodar quando Felicity voltou a falar, agora em um sussurro tenso, quase assustado:

– Peg Bowen está aqui!

Olhamos na direção que ela indicou. Peg estava entrando devagar pelo corredor central, com ar solene. A igreja era um local de respeito, onde não se deveria ter atitudes bruscas, mesmo que causadas pela curiosidade; a nossa, no entanto, foi perdoada porque não era todo domingo que uma figura como Peg Bowen invadia aquele ambiente sagrado. Ela vestia a mesma saia curta de sempre, gasta e até puída, e um colete de padrão xadrez branco e vermelho intenso. Estava sem chapéu e os cachos grisalhos caíam, desajeitados, sobre os ombros dela. Tinha os braços descobertos e os pés descalços e havia passado farinha neles, bem como no rosto. Todos que a viram naquela noite, com certeza jamais se esquecerão.

Os olhos de Peg, que geralmente possuíam uma expressão um tanto quanto selvagem e inquieta, estavam ainda mais intensos e passaram, inquisidores, por todo o interior da igreja até, finalmente, pararem em nossa direção.

Felicity, horrorizada, gemeu:

– Ela vai vir para cá! Vamos nos separar um pouco para que ache que o banco está lotado.

Nossa reação veio tarde demais. E o resultado foi que, ao se moverem, Felicity e a Menina das Histórias acabaram por deixar um espaço um pouco maior entre si e Peg rapidamente se acomodou nele.

– Bem, estou aqui! – anunciou, em voz alta. – Sei que tinha jurado nunca mais pôr os pés na igreja de Carlisle, mas o que aquele menino ali disse no inverno passado me fez pensar melhor. – Ela fez um movimento com o queixo em direção a Peter. – E achei que talvez fosse bom vir de vez em quando, só para me garantir.

Felicity e a Menina das Histórias estavam vivendo um momento de pura agonia. As pessoas continuavam a chegar e todo mundo olhava para o nosso banco e sorria. Era como se toda a desgraça do mundo tivesse se abatido sobre nós, mas não havia nada que pudéssemos fazer. Peg estava se divertindo muito, dava para ver. De onde se encontrava, podia ver a igreja inteira, inclusive o púlpito e a galeria, e seus olhos brilhavam de satisfação, se movendo para lá e para cá.

– Olhem só! Macacos me mordam se aquele não é Sam Kinnaird! – exclamou, sem se importar em manter a voz baixa. – Foi ele quem cobrou quatro centavos de Jacob Marr, nos degraus da igreja, em um domingo que já não me lembro qual foi! Ouvi o que falou: "Ei, Jacob, ainda me deve quatro centavos pela vaca que comprou no outono. O que foi, homem? Ficou sem troco"? – Peg soltou uma risada. – Ah, foi muito engraçado! Os Kinnaird sempre foram muito avarentos, sabiam? Por isso ficaram tão ricos.

Não faço a menor ideia do que Sam Kinnaird possa ter sentido ou pensado enquanto ela falava e todo mundo na igreja ouvia. Houve comentários de que ele até mudou de cor. Nós, ocupantes constrangidos do banco dos King, só nos preocupávamos com as emoções e pensamentos que nos invadiam, carregados de embaraço e angústia.

– Ah! E aquela ali é Melita Ross! – Peg prosseguiu, implacável em sua falta de bom senso. – E está usando a mesma touca que usava quando a vi na última vez que estive aqui seis anos atrás! Certas pessoas sabem, mesmo, como fazer para as coisas durarem! E olhem o luxo das roupas da senhora Elmer Brewer! Quem a vê assim, tão elegante, jamais imaginaria que a mãe morreu no abrigo para indigentes, não é?

Pobre senhora Brewer! Arrepiou-se da ponta das botas parisienses ao topo das penas de avestruz do chapéu. Mesmo estando tão bem vestida, imagino que, naquela noite, não se sentiu nada confortável e, muito menos, bem arrumada.

A ESTRADA DOURADA

Alguns dos presentes, incluindo Dan, seguravam a risada com extrema dificuldade; a maior parte deles, porém, parecia ter medo de rir e acabar também, de um modo ou de outro, expostos pela língua sem freios de Peg Bowen.

De repente, ela ergueu o braço enfarinhado na direção da porta da igreja.

– É o velho Stephen Grant que está entrando ali? – perguntou, maldosa, ciente de quem se tratava. – É claro que é! Parece caminhar acima dos vivos e dos mortos, aquele lá! Pode até ser velho, mas nem por isso ficou menos canalha! Pôs fogo na própria casa só para receber o dinheiro do seguro e depois colocou a culpa em mim! Mas já fui à desforra. Ah, se fui! Ele sabe muito bem do que estou falando, o malandro!

Peg soltou uma gargalhada sonora e Stephen Grant fez de conta que nada tinha acontecido.

– Oh, será que o pastor ainda vai demorar muito? – Felicity sussurrou, aflita, em meu ouvido. – Acho que ela só vai parar quando ele chegar.

O pastor, porém, não chegou e Peg não demonstrou a menor intenção de parar.

– Vejam! É Maria Dean! – retomou. – Não a via há anos! Não passo pela casa dela porque nunca há nada para se comer por lá. Nada a estranhar. Ela era uma Clayton antes de se casar e os Clayton nunca souberam cozinhar. Está tão magra! Parece até que encolheu depois de se lavar. – Peg riu alto da própria piada e foi em frente: – Ei! Olhem só lá perto dela! É Douglas Nicholson! Mas é claro que é! Sabiam que o irmão dele colocou veneno de rato nas panquecas que a mãe serviu à família? O danado!... Dizem que foi por engano. Espero que tenha sido mesmo. Ora, ora, a esposa dele está vestida em seda dos pés à cabeça! Se estivesse usando algodão, ninguém a notaria, de tão sem graça que é. Nem sei como conseguiu se casar, a coitada. E aquele logo atrás dela é Timothy Patterson, o homem mais mesquinho que existe na face da Terra. Mais ainda do que Sam Kinnaird. Sabem o que ele faz? Pois eu lhes digo: o sujeito paga cinco centavos a cada um dos filhos para que não jantem, é isso que ele faz! E, depois que adormecem, vai até o quarto deles e rouba o dinheiro de volta. E quando o pai morreu, não deixou que lhe vestissem a melhor camisa para ser enterrado com ela. Mandou que colocassem outra qualquer, já que seria para os vermes comerem. É isso também o que ele faz, o avarento!

– Não aguento mais! – se queixou Felicity, em um fio de voz.

Peter logo a socorreu, voltando-se para Peg e repreendendo-a, apesar do medo que ela causava a ele:

– Olhe, senhorita Bowen, não deveria falar assim das pessoas.

– Que nada, menino! – ela rebateu, bem-humorada. – A única diferença entre mim e as outras pessoas é que eu falo as coisas em voz alta e elas apenas pensam. Se eu contasse a vocês tudo que sei sobre esta congregação inteira, ficariam abismados! Ei, querem uma balinha de hortelã?

Para o nosso horror, Peg tirou um punhado de balas do bolso da saia e as ofereceu a cada um de nós. Não ousamos recusar, mas mantivemos a bala na mão discretamente.

– Não vão comer? – ela perguntou, com expressão mais severa.

– A mamãe não nos deixa comer doces na igreja – Felicity alegou, com voz trêmula.

– Ora, já vi muitas senhoras decentes como a sua mãe darem balas aos filhos na igreja. Suponho que fosse para mantê-los calados. – Ela enfiou uma na boca e passou a mascá-la com gosto. Ficamos aliviados por não tentar falar enquanto o fazia.

O alívio, no entanto, durou pouco. Um grupo de três jovens senhoras muito bem-vestidas passou por nós e chamou a atenção de Peg.

– Para quê tanta arrogância!? – indagou ela em voz bem alta. – Não nasceram ricas, sabiam!? – Passou os olhos ao redor, já que as senhoras não deram maior atenção, e encontrou mais uma vítima. – Olhem só! Henry Frewen continua vivo! Dei o nome dele ao meu papagaio porque os dois têm o nariz igualzinho! Ah, e ali vai Caroline Marr. Aquela, sim, é uma mulher que gostaria muito de se casar. E quem a está acompanhando, claro, é Alexander Marr, um verdadeiro cristão; exatamente como o cachorro que tem. Sempre sei o quanto um homem é religioso observando o tipo de cachorro que possui. E Alexander Marr é um bom homem.

A ESTRADA DOURADA

Foi uma surpresa, além de um alívio, ouvi-la falar bem de alguém; essa, porém, foi a única exceção que fez.

– É. Dave Fraser acabou de chegar, vejam. Está ali perto da porta, se exibindo todo. Esse sujeito já agradeceu tanto a Deus por não ser igual às outras pessoas, que acabou por ser de verdade. É um deslumbrado, mesmo. – Peg inclinou-se um pouco para a Menina das Histórias a fim de dizer: – Está vendo aquela ali? O nome dela é Susan Frewen. Mas acho que já sabe disso, não? O que talvez não saiba é que ela tem inveja de todo mundo, até do velho Rogers porque ele está enterrado no melhor ponto do cemitério.

Ela se calou por segundos, mas logo encontrou outro assunto:

– Seth Erskine... Hum! Não mudou nada! Continua com a mesma cara horrorosa que tinha quando nasceu. Dizem que Deus criou todas as pessoas, mas tenho certeza de que foi o diabo quem fez todos os Erskine.

– Meu Deus! Está ficando cada vez pior! – Felicity tornou a sussurrar para mim, em desespero. – O que mais ela vai dizer!?

O martírio, entretanto, acabou ali. O pastor apareceu no púlpito e Peg, por fim, se calou. Cruzou os braços enfarinhados sobre o peito e olhou diretamente para ele. Durante a meia hora que se seguiu, seu comportamento poderia ser descrito como nada menos do que impecável, a não ser quando o pastor nos aconselhou a sermos caridosos nos julgamentos que fazíamos sobre os outros.

– Amém! Amém! Amém! Amém! – gritou ela, deixando o jovem pregador, que não a conhecia, absolutamente confuso.

Ele arregalou os olhos na direção do banco que ocupávamos, perplexo, mas então se recompôs e continuou com o sermão.

Peg o ouviu calada e imóvel até quase a metade da pregação. Então, de repente, se levantou.

– Isto tudo está maçante demais para o meu gosto – anunciou. – Quero algo mais emocionante!

O Reverendo Davidson parou de falar e a observou. Peg foi para o corredor central e seguiu por ele em direção à porta, mas parou no meio do caminho, se voltou e encarou o pastor.

201

– Esta igreja está tão cheia de hipócritas que deixou de ser adequada para pessoas decentes – afirmou. E então se dirigiu a todos: – Em vez de agirem com tanta hipocrisia, a maioria de vocês deveria ir para o meio da floresta e cometer suicídio. Estariam fazendo um bem à comunidade. – Então, girou nos calcanhares nus e foi até a porta, onde parou para uma última fala: – Às vezes me preocupo com Deus. O pobre sujeito tem tantas coisas para cuidar! Agora, no entanto, vejo que me preocupei em vão porque há um monte de pastores que dizem a Ele o que deve fazer.

Com isso, Peg desistiu da igreja de Carlisle e se foi. O pobre senhor Davidson retomou seu sermão. O velho Elder Bayley, que não deixaria sua atenção ao pastor ser abalada nem por um terremoto, mais tarde elogiou a pregação, classificando-a de "excelente e muito edificante". Duvido que alguém ali presente, além dele, tenha de fato apreciado o que foi dito ou, de alguma forma, se beneficiado com seu conteúdo. Nós, da estância King, certamente não. Ao chegarmos em casa, nem mesmo lembrávamos qual tinha sido o teor do sermão. Felicity, em especial, estava inconsolável.

– O senhor Davidson deve ter achado que ela é da família, já que estava conosco – lamentou. – Acho que nunca vou superar a vergonha que passei. Olhe, Peter, por favor, nunca mais anime ninguém a ir à igreja. A culpa do que aconteceu hoje é sua. E somente sua!

– Deixe isso para lá, Felicity – a Menina das Histórias interferiu. – O que aconteceu hoje vai se transformar em uma ótima história, você vai ver.

A TEMPESTADE IANQUE

Éramos seis crianças e um adulto sentados em torno da Pedra do Púlpito naquela tarde de agosto. O adulto era a senhorita Reade, que viera para dar aula de música às meninas e acabara por aceitar o convite para o chá, o que as deixara maravilhadas. Todas tinham pela professora uma admiração e uma devoção romântica inabaláveis. A Menina das Histórias se aproximou de nós trazendo na mão uma única papoula enorme, que fazia lembrar uma taça cor de sangue, talvez cheia da magia encantadora do verão. Ofereceu a flor à senhorita Reade, que a aceitou com mãos incrivelmente delicadas, e, nesse momento, percebi que ela usava um anel de compromisso. Notei-o justamente porque tinha ouvido as meninas comentarem que a professora não gostava de usar anéis. E aquele não era novo; era muito bonito, mas antigo, com uma safira ao centro, rodeada de diamantes pequenos. Bem mais tarde, quando a senhorita Reade já tinha ido embora, perguntei à Menina das Histórias se também tinha visto o anel. Ela assentiu, mas não comentou nada. Desconfiado, indaguei:

– Sara, você sabe de alguma coisa e não quer me contar, não é?

– Acho que já falei que uma nova história estava em formação, mas que teria de esperar até estar pronta, não?

– A senhorita Reade vai se casar com alguém que conhecemos. É isso? – insisti.

– A curiosidade matou o gato, sabia? Ela não me contou nada sobre o assunto. E você vai descobrir sozinho tudo o que conseguir, no tempo certo.

Quando a Menina das Histórias tinha uma atitude supostamente adulta, eu não gostava tanto assim dela, então preferi não insistir mais e me recolhi a um silêncio magoado, mas digno, que pareceu diverti-la muito.

Ela havia se ausentado por uma semana enquanto visitava primos em Markdale e tinha voltado com histórias novas para contar, a maioria das quais ouvira dos marinheiros mais velhos no porto da cidade. E, pela manhã, havia prometido contar o que classificara como "o fato mais trágico já ocorrido na costa norte". Agora tínhamos cobrado a promessa.

E, assim, ela se sentou ao lado da senhorita Reade, toda feliz porque a professora aceitava sua proximidade passando-lhe um braço em torno da cintura. E começou a narrativa.

– Algumas pessoas chamam esta história de "A tempestade ianque" e outras, de "O vendaval americano". Tudo se passou há quase quarenta anos, em outubro de 1851. Foi o senhor Coles quem me contou. Ele é um marinheiro já idoso do porto de Markdale. Naquela época, era ainda bem jovem e afirmou que jamais vai se esquecer do que se passou. Naqueles tempos, centenas de escunas pesqueiras americanas vinham ao golfo no verão para a pesca da cavalinha. Em uma bela noite de sábado, mais de uma centena dessas embarcações se encontravam na região dos Cabos de Markdale. No entanto, quando a noite da segunda-feira seguinte chegou, mais de setenta delas haviam sido destruídas. As que escaparam foram principalmente as que tinham atracado no porto na noite do sábado, a fim de que a tripulação descansasse no domingo. O senhor Coles contou que o resto ficou no mar, pescando durante o domingo inteiro, como faziam nos

A ESTRADA DOURADA

dias de semana, e afirmou que a tempestade foi como um castigo por não terem respeitado o dia consagrado ao Senhor. Mas ele mesmo admitiu que algumas das escunas chegaram ao porto mais tarde e escaparam também, então é difícil saber o que realmente pensar. Uma coisa é certa: no domingo à noite, uma tempestade repentina e terrível se formou; de acordo com o senhor Coles, a pior que jamais se viu na costa norte. Ela durou dois dias inteiros e arremessou embarcações contra a costa, destruindo-as por completo. A tripulação da maior parte dos barcos lançada contra os bancos de areia se salvou, mas as que se estraçalharam contra os rochedos levaram os homens que as tripulavam para o fundo do mar. Muitas semanas após a tempestade, corpos de marinheiros ainda apareciam ao longo das praias. Imaginem só! Muitos deles nem puderam ser identificados porque estavam irreconhecíveis e foram enterrados no cemitério da cidade. O senhor Coles disse que o diretor da escola local até escreveu um poema sobre a tempestade e recitou as duas primeiras estrofes para mim:

Nesta colina jazem os pescadores
Junto à igreja e aos bosques, escondidos
Mais abaixo, ondas soltam gemidos sofredores
Pois nelas afogaram-se, desprevenidos

Uma tormenta sobre o mar se abateu
Lançando marujos ao mar encapelado
A maré à praia os devolveu
E o povo os acolheu, desconsolado!

O poema nos trouxe um nó à garganta ao imaginarmos o que descrevia.

– O senhor Coles não se lembrou do resto – ela prosseguiu –, mas a história mais triste de toda essa tragédia provocada pela tempestade ianque foi a da escuna chamada *Franklin Dexter*. Ela foi lançada à costa nos Cabos e todos a bordo morreram, inclusive o capitão e três dos seus irmãos. Esses quatro rapazes eram filhos de um senhor que morava em Portland, no

Maine. Quando soube do acontecido, ele imediatamente veio à Ilha para tentar encontrar os corpos dos filhos. Os quatro haviam chegado à praia com a maré e estavam enterrados no cemitério de Markdale. Ele, porém, estava determinado a levá-los de volta para casa e lá fazer os funerais. Tinha prometido à mãe deles que levaria "os meninos" para ela e não desistiria de fazê-lo. Assim, eles foram desenterrados e colocados em um navio de carga no porto para serem levados ao Maine enquanto o pai voltava como passageiro em uma outra embarcação. O nome do navio de carga era *Seth Hall*; tinha sido batizado com o nome do próprio capitão. O capitão Hall era conhecido por ser ateu e por viver soltando pragas a toda hora e por qualquer motivo. Na noite em que partiu com o navio rumo ao Maine, os marinheiros mais antigos o alertaram de que outra tempestade estava se formando e que seria melhor aguardar no porto até que passasse. Como já estava impaciente por causa de vários atrasos e contratempos, ele não deu ouvidos a eles. Falou meia dúzia de palavrões e declarou que partiria naquela noite a qualquer custo, pois nem mesmo Deus conseguiria o impedir de chegar ao Maine no dia previsto. E, assim, o *Seth Hall* zarpou naquela noite e foi de encontro à tempestade. Todos pereceram. Vivos e mortos que navegavam nele foram parar no fundo do mar. E a mãe sofrida que aguardava os corpos dos quatro filhos jamais os teve de volta. O senhor Coles afirmou que foi como se eles estivessem predestinados a não descansarem em paz em um túmulo em terra firme, mas sim nas profundezas do oceano.

– "E assim descansam, pelas marés cobertos, enquanto outros para sempre jazem sob a relva" – citou a senhorita Reade, com voz suave. – Agradeço a Deus por não ter perdido ninguém no mar. Parece-me que as pessoas que perderam entes queridos dessa forma extrapolaram a cota de sofrimento nesta vida.

– O tio Stephen era marinheiro e faleceu em um naufrágio – Felicity lembrou. – Dizem que a Vovó King ficou desesperada quando soube. Não sei por que certas pessoas não se satisfazem em viver em terra firme.

Cecily ouviu a história enquanto bordava seu quadrado para a colcha das missões; e o tecido estava marcado pelas lágrimas de compaixão que chorou. Havia coletado nomes para o bordado desde o outono e tinha muitos agora. Kitty Marr, no entanto, tinha um nome a mais e isso, com certeza, a incomodava.

– Além de ela ter mais do que eu, um dos meus não foi pago: o de Peg Bowen – se queixou, verificando, com orgulho, o belo trabalho já feito. – E imagino que nunca será porque não tenho coragem de cobrá-la.

– Não o borde, então – sugeriu Felicity. –Eu não bordaria.

– Não posso fazer isso. Ela acabaria por descobrir e ficaria muito zanga-da. Se eu conseguisse um nome a mais, ficaria satisfeita, mas não conheço ninguém que ainda não tenha contribuído.

– O senhor Campbell – Dan lembrou de imediato.

– Claro que ninguém pediu sua contribuição. Sabemos que não adian-taria. Ele não acredita no trabalho missionário. Afirmou até que detesta ouvir falar nas missões e nunca doou um centavo sequer em prol delas.

– Ainda acho que você deveria pedir a ele, para que não alegue depois que não contribuiu porque não pediram – Dan insistiu.

– Acha mesmo? – Cecily começava a gostar da ideia.

– É claro que sim!

Dan gostava de provocar e fazia isso com Cecily também, embora rara-mente. A semente estava plantada. Assim, com essa nova ideia na cabeça, ela ficou pensativa pelo resto do dia e, na manhã seguinte, me abordou:

– Bev, gostaria de dar uma caminhada comigo esta tarde?

– É claro! – concordei. – Vamos a algum lugar em especial?

– Vou à casa do senhor Campbell para pedir se posso colocar o nome dele na colcha. Acho que ele não vai aceitar. Não quis colaborar para a biblioteca da escola no ano passado, lembra? E só o fez quando a Menina das Histórias contou aquela sobre a avó dele. Mas ela não quer ir comigo desta vez, não sei por quê. Não sei contar histórias e estou morrendo de medo só em pensar que vou estar diante dele. Por outro lado, acho que é minha obrigação e, não vou negar, gostaria de ter tantos nomes no meu quadrado quanto Kitty Marr tem no dela. Então, se você for comigo, po-demos ir hoje à tarde porque simplesmente não vou conseguir ir sozinha.

A HEROÍNA DAS MISSÕES

Naquela tarde, então, fomos enfrentar o leão dentro da toca. Pegamos um caminho muito bonito, que cruzava várias propriedades e o passeio foi muito agradável, apesar de acharmos que a conversa com o senhor Campbell não o seria. Na verdade, ele até havia sido bem civilizado naquela outra visita, mas a Menina das Histórias estava conosco e tinha conseguido deixar ele de bom-humor e disposto a colaborar, utilizando a magia da sua voz e o encanto da sua personalidade. Agora não contávamos com uma aliada tão poderosa e todos sabiam o quanto o senhor Campbell se opunha ao trabalho realizado pelas missões, independentemente de como fosse apresentado a ele.

– Não sei se teria sido melhor ter usado minhas roupas mais bonitas – Cecily ponderou, olhando para o vestido xadrez, o qual, embora bonitinho e muito limpo, mostrava não ser novo, além de estar um tanto quanto apertado e curto. – A Menina das Histórias me aconselhou a usá-las e eu até quis pôr meu vestido de ir à igreja, mas a mamãe não permitiu; alegou que era bobagem e que o senhor Campbell nem iria notar o que estou vestindo.

Pensei um pouco e comentei, sem conseguir esconder o que pensava:

– Acho que o senhor Campbell nota bem mais do que supomos.

– Oh! Queria que a visita já tivesse terminado! Você não imagina o quanto estou nervosa!

– Olhe, priminha, vamos deixar para pensar nisso quando chegarmos lá, está bem? – aconselhei. – Não adianta se preocupar com isso agora. Só vai estragar o passeio. Vamos deixar o problema para depois e aproveitar a caminhada.

– Vou tentar, mas é sempre mais fácil falar do que fazer.

Passamos por uma colina forrada de varas-de-ouro, sobre a qual as sombras das nuvens pareciam dançar uma fugaz melodia cigana. Mais para baixo, no vale que se abria diante de nós, Carlisle aparecia tingida nas mais belas cores sob o forte sol de agosto, que irradiava uma luz saudável por toda a borda formada pelas colinas até o porto distante de Markdale, em uma sequência de terras férteis e belas.

Pouco adiante, atravessamos um vale bem pequeno, salpicado pelo suave tom arroxeado dos cardos e levemente perfumado por eles. Muitos afirmam que os cardos não têm perfume, mas, se você for, em um entardecer de verão, aos recônditos dos bosques cortados por um riacho em cuja margem eles cresçam, vai sentir no ar uma fragrância muito leve, meio adocicada, que é a marca sutil dessa planta tão peculiar.

Seguimos então por um caminho que passava ao largo de uma floresta de abetos, na qual o vento fazia murmurarem as folhas e outro curso d'água muito pequeno buscava caminho entre as sombras dos galhos. Era como se aquelas sombras móveis pertencessem aos elfos e a outros seres da natureza que brincavam sob a proteção das árvores. Ao longo do caminho, cresciam musgos verde escuros marcados aqui e ali pelo vermelho delicado de frutinhas silvestres intrometidas, conhecidas como bagas-de-pomba. Essas frutinhas não são comestíveis, não têm gosto de nada, mas são lindas de se ver quando estão bem maduras porque adquirem um tom escarlate maravilhoso. São as joias com as quais as florestas de coníferas gostam de enfeitar seu coração escuro. Cecily pegou algumas e fez um arranjo pequeno, que prendeu ao peito. Infelizmente, achei que não combinaram com ela. Imaginei a Menina das Histórias usando-as entrelaçadas aos cabelos castanhos e acredito que a visão que criei na mente ofuscou qualquer outra. Talvez a própria Cecily tenha pensado a mesma coisa porque indagou:

– Bev, acha que a Menina das Histórias está um pouco mudada?

– Às vezes, mas só às vezes, quando parece que ela fica melhor entre os adultos do que entre nós – admiti, com certa relutância. – E, em especial, quando está com o vestido que usou para ser dama de honra da tia Olivia.

– Bem, ela é a mais velha de todos nós. Já tem quinze anos e, pensando bem, já é praticamente adulta. – Cecily pensou por instantes, depois reagiu, com veemência: – Detesto pensar que vamos crescer! Felicity sempre diz que não vê a hora de ficar adulta, mas eu, não. Não, mesmo! Gostaria de ser menina para sempre e continuar a ter vocês todos por perto para brincarmos juntos. Não sei por que, mas, sempre que penso em ser adulta, parece que fico tão cansada!...

Havia algo nas palavras dela, ou talvez no brilho melancólico dos seus olhos, que me fez sentir vagamente desconfortável. Fiquei aliviado ao ver que o passeio, finalmente, havia chegado ao fim, já que a bela residência do senhor Campbell acabava de surgir à nossa frente.

Na varanda, o cachorro guardava a casa com ar severo.

– Ai, meu Deus! Eu esperava não ver esse bicho – exclamou Cecily, encolhendo-se junto de mim.

– Ele não morde – assegurei.

– Talvez não, mas tem cara de poucos amigos.

Entramos no jardim e seguimos até os degraus da varanda sem que ele movesse um músculo. Passamos ao lado dele e só então ele nos acompanhou com o olhar, mas logo voltou a vigiar a rua como antes.

Toquei a campainha. Cecily estava tremendo; talvez porque se encontrava entre o cachorro e a chegada iminente do senhor Campbell. Foi bom

A ESTRADA DOURADA

que o animal estivesse ali, avaliei, ou ela teria se virado e saído correndo, em especial quando ouvimos passos no hall de entrada.

Foi a governanta quem nos atendeu, porém; sorriu e nos convidou a entrar para então nos encaminhar à sala de estar, onde o senhor Campbell se encontrava, lendo. Ele deixou o livro e nos encarou. Tinha uma leve ruga de aborrecimento na testa e não respondeu ao nosso tímido boa-tarde. Mas depois de termos nos sentado e ficado por alguns minutos em completo silêncio, desejando estar a quilômetros de distância, ele riu e perguntou:

Se trata da biblioteca da escola novamente?

No caminho, Cecily havia me dito que introduzir o assunto era o que mais a assustava, mas o senhor Campbell acabava de dar a ela uma ótima oportunidade de se expressar e ela, embora ainda tensa, a aproveitou avidamente, com voz trêmula e bochechas coradas:

– Não. Se trata da colcha de quadrados de patchwork que estamos fazendo para as missões, senhor Campbell. O número de quadrados nela é igual ao número de membros do nosso grupo. Cada uma de nós é responsável por um quadrado e pelos nomes dos colaboradores que deve bordar nele. Se quiser ter seu nome bordado na colcha, a pessoa deve colaborar com cinco centavos. Se quiser que ele apareça bem no centro do quadrado, deve pagar dez. Quando tivermos obtido todos os nomes que conseguirmos, vamos bordá-los no local adequado. O dinheiro vai para a menininha que o nosso grupo apadrinhou na Coreia. Fiquei sabendo que ninguém pediu sua colaboração ainda, então achei que talvez o senhor me deixasse colocar o seu nome no quadrado pelo qual sou responsável.

O senhor Campbell juntou as sobrancelhas, em uma carranca.

– Tudo isso é bobagem! – exclamou. – Não acredito nessa história de *missões estrangeiras*. Não, mesmo! E nunca dei um centavo sequer para ajudar nessa tolice.

– Cinco centavos não é muito – Cecily insistiu, apesar da timidez e do medo.

A carranca se foi e uma risada tomou o seu lugar.

– Não, não seria suficiente para me levar à falência, mas trata-se de princípios, entende? E quanto a esse seu grupinho de colegas, aposto que, não fosse pela diversão do que organizaram, não estariam tão empenhadas assim. Nenhuma de vocês se importa com os pagãos mais do que eu.

– Nós nos importamos, sim! Pensamos muito nas crianças pobres da Coreia e gostamos de saber que, de alguma forma, estamos contribuindo para ajudar a elas, mesmo que não seja com muito dinheiro. Somos muito dedicadas, senhor Campbell. Pode acreditar.

– Não, não acredito – ele rebateu, rude. – Vocês gostam de fazer coisas agradáveis e interessantes, nada mais. Gostam de apresentações, de perseguir as pessoas para obter o nome delas, como agora, e de doar o dinheiro que seus pais lhes dão e que não precisaram trabalhar, nem se esforçar para conseguir. Não fariam coisa alguma que desagradasse vocês em prol das crianças pagãs. Não fariam sacrifício nenhum por elas.

– Faríamos, sim! – Cecily gritou, esquecendo por completo a timidez, o embaraço e os modos. – E eu gostaria de poder provar ao senhor que sim!

– É, mesmo? Muito bem, então. Vou propor um teste a você: amanhã é o domingo da comunhão, e a igreja vai estar lotada de gente vestida nos melhores trajes, não é assim? Pois bem. Se você for ao culto amanhã vestida exatamente como está agora, sem dizer a ninguém o motivo e ficar até o fim, prometo que vou lhe dar... vejamos... cinco dólares para que coloque meu nome na colcha.

Pobre Cecily! Teria de ir à igreja com um vestido meio desbotado, já pequeno para seu tamanho, um chapéu desgastado na aba e sapatos velhos. O senhor Campbell sabia ser cruel!

– Acho que... a mamãe não vai permitir – alegou, baixinho.

Ele sorriu seu sorriso de torturador e comentou, com sarcasmo:

– É... Não foi difícil encontrar uma desculpa, foi?

Ela se endireitou, muito corada, e o enfrentou:

– *Não é* uma desculpa! Se a mamãe me deixar ir deste jeito à igreja, eu irei! Mas vou ter que contar o motivo a ela, senhor Campbell, porque tenho certeza de que ela não permitirá se não souber o porquê.

– Muito bem, pode contar a toda sua família, mas se lembre: eles não podem contar a mais ninguém de fora até que o domingo termine. Se

A ESTRADA DOURADA

contarem, vou procurar saber e nosso trato estará desfeito. Se eu a vir na igreja amanhã, vestida como agora, vou dar a você permissão para bordar meu nome, mais cinco dólares. Este é o acordo. Mas, quer saber de uma coisa? Não vou ver, porque você vai recuar quando tiver tido tempo para pensar no assunto.

– Não vou, não – ela garantiu, decidida.

– Vamos aguardar. Agora, quero que venham aos estábulos comigo. Tenho dois novilhos que são as coisinhas mais encantadoras que poderão ver. Faço questão de mostrá-los a vocês.

Ele nos levou aos estábulos; parecia outro homem, todo afável e atencioso. Era dono de animais muito bonitos e bem cuidados: cavalos, vacas, bois, ovelhas. Gostei muito de vê-los, mas acho que Cecily não. Manteve-se muito quieta e não se animou nem mesmo com os dois novilhos malhados, que eram uma graça. Devia estar sofrendo pela antecipação do martírio que o dia seguinte reservava a ela.

No caminho de volta para casa, ela me perguntou, muito séria, se eu achava que o senhor Campbell iria para o céu quando morresse.

– É claro que vai – respondi, sem preocupações. – Ele é membro da igreja.

– É, mas não consigo imaginá-lo no céu. Sabe, ele não gosta de praticamente nada além dos animais que cria.

– Gosta de provocar as pessoas, eu acho. Vai, mesmo, à igreja amanhã vestida assim, priminha?

– Se a mamãe deixar, vou ter que ir. Não vou deixar que o senhor Campbell me vença. E quero *muito* que o meu quadrado tenha a mesma quantidade de nomes que o de Kitty Marr. Também quero muito ajudar as crianças pobres da Coreia. Mas sei que vai ser horrível. Nem sei se quero ou não que a mamãe permita...

Achei que não permitiria, mas, se tratando da tia Janet, qualquer decisão inesperada poderia acontecer. E, de fato, quando Cecily lhe contou o que ocorrera, ela riu e a aconselhou a fazer o que o coração mandasse. Felicity ficou indignada e declarou que ela própria não iria à igreja se a irmã fosse naqueles trajes. Dan, mordaz como de costume e defensor perpétuo de Cecily, indagou a Felicity se o único objetivo que tinha ao ir à igreja era o de mostrar as roupas novas e observar as das outras pessoas. Brigaram, claro, e ficaram sem se falar por dois dias, o que deixou Cecily ainda mais triste.

Acredito que minha doce priminha desejasse uma forte chuva para aquele domingo. Ele, no entanto, amanheceu maravilhoso e assim continuou com o passar das horas.

Estávamos todos no pomar, à espera da Menina das Histórias, a qual não havia começado a se arrumar até que Felicity e Cecily estivessem prontas. Felicity caprichou na aparência: chapéu ornamentado com flores, vestido leve de musseline, fitas nos cabelos e sandálias de verão. Cecily, coitadinha, estava praticamente sumida ao lado dela, pálida e calada; usava o vestido velho e as botas pesadas do dia a dia. Mesmo assim, mantinha no semblante um ar de determinação invejável. Podia ser frágil e doce, mas não era do tipo que volta atrás após ter tomado uma decisão.

– Você está horrível – Felicity criticou, sem piedade. – Quer saber? Não ligo. Vou me sentar no banco do tio James hoje. Com você é que não me sento. A igreja vai estar cheia de gente que não conhecemos, além das pessoas que virão de Markdale. O que vão pensar? Aliás, muitas dessas pessoas jamais saberão o motivo de você ir ao culto vestida assim.

Cecily preferiu não rebater; limitou-se a murmurar:

– Se, ao menos, a Menina das Histórias se apressasse... Vamos chegar atrasados. Não seria tão ruim se eu chegasse antes de todo mundo e me sentasse depressa.

– Lá está ela! – Dan anunciou. – Até que enfim! Mas... o que é aquilo?

Olhamos na direção que ele apontou. Dan soltou um assovio de admiração. O rostinho pálido de Cecily se iluminou e até ganhou um leve tom rosado, por entender o que estava acontecendo. Sentiu-se imensamente agradecida.

A Menina das Histórias se aproximou, com um sorriso enigmático nos lábios. Usava um vestido simples de ir à escola, chapéu comum, botas, como Cecily e estava sem luvas.

A ESTRADA DOURADA

– Não vai passar por isso sozinha, Cecily – declarou.

– Oh! Vai ser bem menos ruim agora! – Ela suspirou, aliviada.

Imagino que, ainda assim, tenha sido difícil. A Menina das Histórias não se importou nem um pouco, mas Cecily se encolheu diante dos olhares curiosos que recebeu ao chegarmos à igreja. Mais tarde, ela me confidenciou que não teria conseguido se tivesse que passar por aquela provação sozinha.

O senhor Campbell nos esperou, depois do culto, à sombra dos olmos no pátio externo da igreja. Seus olhos brilharam de um jeito estranho quando nos aproximamos.

– Conseguiu, mocinha – elogiou, mas logo fez uma ressalva: – No entanto, deveria ter enfrentado a situação sozinha. Esse foi o combinado. Deve achar que me enganou.

– Não, ela não acha isso – rebateu a Menina das Histórias. – Já tinha se arrumado para vir antes de saber que eu viria vestida da mesma forma. Sendo assim, cumpriu sua parte no trato, senhor Campbell. A propósito, acho que o senhor foi muito cruel ao obrigá-la a passar por isso.

– Acha, mesmo? Então espero que me perdoe. Achei que sua priminha não o faria; tinha certeza de que a vaidade feminina seria mais forte do que o zelo missionário. Entretanto, parece que me enganei, embora não saiba ao certo quanto do amor pelas missões e quanto da coragem dos King a tenham feito se manter fiel à palavra dada. Também manterei a minha. Aqui estão os cinco dólares que prometi. E não esqueça de colocar o meu nome no círculo central. Nada de me deixar nos cantos de cinco centavos, hem!

UMA REVELAÇÃO TENTADORA

– Tenho uma coisa para contar a vocês esta tarde, lá no pomar – anunciou a Menina das Histórias, um dia, à mesa do café da manhã. Tinha um brilho diferente, empolgado, nos olhos embora neles também transparecessem as muitas horas que havia levado para adormecer na noite anterior. Tinha passado o dia com a senhorita Reade e voltou quando já estávamos todos na cama.

As aulas de música daquele período estavam dadas, e a senhorita Reade ia voltar para casa dentro de alguns dias. Cecily e Felicity estavam desesperadas por causa disso e viviam se lamentando. A Menina das Histórias, que era ainda mais ligada à professora, não tinha, no entanto, expressado nenhum tipo de tristeza; pelo contrário, parecia estar bem animada.

– Por que não nos conta agora? – Felicity sugeriu, cheia de curiosidade.

– Porque a tarde, em especial o fim dela, é o melhor momento do dia para se contar qualquer coisa. Só avisei agora para que passem o dia ansiando por algo interessante.

A ESTRADA DOURADA

– É sobre a senhorita Read? – Cecily quis saber, ansiosa.

– Depois eu conto.

– Aposto que ela vai se casar! – exclamei, me lembrando do anel.

– Vai!? – Felicity e Cecily indagaram, em uníssono.

A Menina das Histórias me olhou com irritação; não gostava que interferissem em seus anúncios carregados de dramaticidade.

– Não vou dizer de que ou de quem se trata. Esperem para saber – determinou e deixou a cozinha.

– O que será? – Cecily especulou.

– Não deve ser nada importante – desdenhou Felicity enquanto tirava a mesa. – Ela adora transformar as coisas mais simples em um grande espetáculo. Não acredito que a senhorita Read vá se casar porque não tem nenhum pretendente na Ilha; e a senhora Armstrong afirmou ter certeza de que não se corresponde com ninguém. Ademais, se estivesse noiva, não iria contar à Menina das Histórias.

– Poderia contar, sim – Cecily avaliou. – São tão amigas!

– Não. A senhorita Read não é mais amiga dela do que de nós duas!

– Não, mas, às vezes, tenho a impressão de que a amizade entre elas é diferente da nossa. Não sei explicar direito, mas é o que sinto.

– Bobagem. É impressão sua apenas.

– Deve ser algum segredinho de menina – Dan interferiu. – Não estou interessado nesse tipo de coisa.

Ele podia até estar falando a verdade, mas estava conosco no passeio do tio Stephen naquele fim de tarde. As maçãs, já amadurecendo, pareciam pequenas joias entre os galhos frondosos que se sustentavam acima de nós.

– E então? Não vai contar o que prometeu? – perguntou Felicity, com impaciência.

– A senhorita Read vai se casar – a Menina das Histórias revelou. – Ela me contou ontem à noite. A cerimônia será daqui a duas semanas.

– Com quem? – Felicity e Cecily, mais uma vez, falaram ao mesmo tempo.

– Com... – Ela me lançou um olhar desafiador, como se dissesse: "Esta surpresa você não consegue estragar"! – Com o Homem Esquisito!

Por alguns segundos, surpresa e choque nos deixaram sem fala, até que Felicity indagou, com desalento no olhar e na voz:

– Isso é sério?

– Sim, é sério. Achei que ficariam admirados, mas eu não fiquei quando soube. Já suspeitava, desde o início do verão, por causa de certos detalhes que fui notando aqui e ali. Lembram-se daquela noite, na primavera, quando estive com a senhorita Reade e contei a vocês que uma história estava se formando? Logo imaginei ao ver como o Homem Esquisito olhou para ela enquanto estávamos conversando sobre as flores do jardim.

– Mas... o Homem Esquisito!?... – Felicity não se conformava. – Não pode ser... Foi ela mesma quem contou a você?

– Sim.

– Então, deve ser verdade. Mas... como!? Ele é tão tímido e... esquisito! Como conseguiu ter coragem para pedi-la em casamento?

– Talvez tenha sido ela quem o pediu – Dan observou.

A Menina das Histórias ergueu as sobrancelhas, como se dissesse ser bem possível que algo assim tivesse ocorrido.

– Talvez – apoiei, para ver se ela se abria.

– Não foi exatamente assim – contestou, sem muita ênfase. – Sei o que aconteceu, mas não posso contar. Entendi parte do que houve através das minhas próprias deduções, claro; a senhorita Reade me contou outro tanto e o Homem Esquisito me deu a sua própria versão dos fatos quando voltamos para casa na noite passada. Eu o encontrei assim que deixei a casa da senhora Armstrong e caminhamos juntos até a dele. Estava escuro e ele foi falando, como se conversasse consigo mesmo. Acho que esqueceu que eu estava ali. Comigo, o senhor Dale nunca foi tímido, muito menos esquisito, mas nunca falou tanto quanto ontem.

– Conte-nos o que ele revelou – Cecily pediu. – Não vamos contar a ninguém mais.

A Menina das Histórias fez que não com a cabeça.

– Não posso. Vocês não entenderiam. Além disso, eu não estaria contando da forma correta. Esse é o tipo de coisa que é muito difícil de contar e eu estragaria tudo se o fizesse agora. Talvez, um dia, eu consiga contar essa história como deve ser contada. Afinal, é muito linda, embora possa soar ridícula se for narrada de modo errado.

– Não sei o que quer dizer – Felicity comentou, contrariada. – Aliás, acho que nem você mesma sabe. O que sei é que a bela senhorita Reade vai se casar com Jasper Dale e essa ideia não me agrada em nada! Ela é tão linda, tão doce! Achei que se casaria com um jovem impetuoso, bonito. Jasper Dale deve ser quase vinte anos mais velho do que ela, além de ser estranho e acabrunhado, um verdadeiro ermitão!

– Ela está absolutamente feliz – a Menina das Histórias refutou. – E acha que o Homem Esquisito é adorável. Ele é, de fato. Vocês não o conhecem, mas eu, sim.

– Não precisa se fazer de superior por causa disso.

– Não estou me fazendo de superior! É a verdade. A senhorita Reade e eu somos as únicas pessoas em Carlisle que realmente conhecem o Homem Esquisito. Ninguém nunca quis saber o que há por trás da sua timidez e entender como ele é.

– E quando, mesmo, eles vão se casar? – Felicity perguntou, para desviar o foco do assunto.

– Daqui a duas semanas. E vão morar no Marco Dourado. Vai ser maravilhoso ter a senhorita Reade sempre por perto, não acham?

– E o que ela acha do mistério do Marco Dourado? – Felicity insistiu, ainda descontente com a novidade.

Marco Dourado era o nome que o Homem Esquisito dera à casa dele e havia um mistério lá, como devem se lembrar os leitores do primeiro volume destas crônicas.

– Ela sabe de tudo e acha a história encantadora, como eu.

– *Você* sabe o segredo do quarto trancado!? – Cecily se admirou.

– Sim. O senhor Dale me contou ontem à noite. Eu disse que descobriria tudo mais cedo ou mais tarde, não disse?

– E qual é o mistério?

– Também não posso contar.

– Oh, você é detestável! – Felicity se exasperou. – Se não tem nada a ver com a senhorita Reade, poderia muito bem nos contar!

– Mas tem a ver com ela! Aliás, tem *tudo* a ver!

– Não vejo como, já que o Homem Esquisito nunca a tinha visto, nem ouvido falar dela até a senhorita Reade vir para Carlisle na primavera. E aquele quarto está trancado há anos!

– Não posso comentar a respeito.

Felicity torceu os lábios e comentou:

– Acho isso tudo muito estranho.

– O nome escrito nos livros que estão naquele quarto é Alice, lembram? E o primeiro nome da senhorita Reade é Alice! – Cecily ponderou, maravilhada. – Ele a conhecia, então, antes de ela vir para cá?

Felicity se animou a analisar:

– A senhora Griggs garantiu que o quarto está trancado há dez anos. No entanto, dez anos atrás, a senhorita Reade não passava de uma menina, então, com certeza, não pode ser a Alice dos livros.

– Será que ela vai usar o vestido de seda azul? – Sara Ray divagou, com ar sonhador.

– E o que ela vai fazer com o retrato, se não é dela? – Cecily avaliou.

– O retrato não pode, mesmo, ser dela, ou a senhora Griggs a teria reconhecido quando veio para Carlisle – Felix se pronunciou.

– Ah, para mim, já chega de tanto analisar! – declarou Felicity, irritada ao extremo, ainda mais porque a Menina das Histórias mantinha um sorriso enigmático nos lábios diante das especulações. – Sara está sendo mesquinha em não nos revelar o que sabe.

– Não posso – ela repetiu, paciente.

Decidi, então, me intrometer:

– Você afirmou, uma vez, que fazia uma ideia de quem era Alice. Essa ideia tinha a ver com a verdade?

– Sim. Minha conclusão foi, praticamente, correta.

– Você acha que vão manter o quarto trancado depois de se casarem? – indagou Cecily.

A ESTRADA DOURADA

– Não, não. *Isso* eu posso contar a vocês. O quarto vai ser a sala particular da senhorita Reade.

Os olhinhos de Cecily brilharam.

– Então, poderemos vê-lo quando formos visitá-la! – entusiasmou-se.

– Eu teria medo de entrar lá – Sara Ray admitiu. – Detesto mistérios. Eles me deixam muito nervosa.

– Já eu, os adoro! – contrapôs a Menina das Histórias. – São tão emocionantes!

– Vai ser o segundo casamento de pessoas que conhecemos – Cecily constatou. – Não é interessante?

– Só espero que o próximo evento não seja um funeral – Sara Ray observou, com ar tristonho. – Ontem à noite, havia três lampiões acesos em nossa mesa e Judy Pineau garantiu que, quando isso acontece por acaso, é sinal de que vai haver um funeral em breve.

Dan respirou fundo, mal controlando a irritação com as constantes lamentações e bobagens que éramos obrigados a suportar por ter Sara Ray quase sempre presente.

– Há funerais praticamente todos os dias – salientou.

Sara Ray, porém, insistiu:

– Mas significa que será o funeral de alguém que conhecemos! Não acreditei... muito, mas Judy afirmou que já viu acontecer várias vezes! Espero que, caso aconteça, não seja a morte de alguém muito chegado a nós, mas de um conhecido distante, porque assim poderei ir ao funeral. Eu adoraria ir.

– Que coisa mais mórbida de se dizer! – Felicity reagiu. – Você acaba de afirmar que gostaria que alguém morresse só para ir ao funeral!?

– Não, não! Não foi o que eu quis dizer! Não quero que ninguém morra! Eu quis dizer que *se* alguém que eu conheço morrer, será uma oportunidade de ir ao funeral. Nunca fui a nenhum e acho que deve ser uma experiência interessante. Só isso.

– Então, não misture os dois assuntos: funerais e casamentos. Dá azar. Na minha opinião, a senhorita Reade está desperdiçando a si mesma, mas espero que seja feliz. Também espero que o Homem Esquisito se case sem fazer nenhuma trapalhada, embora ache que é pedir muito...

– A cerimônia será muito reservada – a Menina das Histórias informou.

Dan soltou uma risadinha e comentou:

– Eu gostaria de vê-los quando forem à igreja. Já imaginaram? O Homem Esquisito conduzindo a senhorita Reade ao banco e entrando antes, ou pisando na barra do vestido dela; ou tropeçando e caindo.

– Talvez ele não vá e a deixe ir sozinha – Peter aventou. – Aconteceu em Markdale, sabiam? Um sujeito de lá estava envergonhado demais para aparecer na igreja depois de se casar e a esposa teve de ir sozinha até ele se acostumar com a ideia.

– Esse tipo de coisa estupida pode acontecer em Markdale, mas, aqui em Carlisle, as pessoas se comportam de um jeito diferente – Felicity observou, com altivez.

A Menina das Histórias se afastou. Tinha uma expressão repreensiva no rosto e decidi segui-la.

– O que foi, Sara? – indaguei.

– Não gosto de ouvir vocês falarem dessa maneira sobre a senhorita Reade e o senhor Dale. É uma história de amor tão bonita a deles, e fazem parecer idiota e ridícula.

– Você poderia me contar tudo. Sabe que eu entenderia e não diria nada a ninguém.

– Eu sei. Mas não posso contar nem a você porque ainda não consigo contar *essa história* muito bem, como eu gostaria, como deve ser, entende? Um dia vou saber como fazer isso e então vou lhe contar, Bev. Prometo.

Muito, muito tempo depois, ela cumpriu a promessa. Quarenta anos depois, eu escrevi uma carta a ela, que viajou pelas centenas de quilômetros que nos separavam, levando a notícia da morte do Homem Esquisito; lembrei-a da promessa feita e pedi que a cumprisse. Como resposta, ela me enviou a narrativa da história de amor de Jasper Dale e Alice Reade. E agora que Alice descansa à sombra dos olmos murmurantes do velho cemitério de Carlisle, ao lado do marido, essa história pode ser revelada ao mundo, em toda a doçura presente nos velhos tempos.

A HISTÓRIA DE AMOR DO HOMEM ESQUISITO
(escrita pela Menina das Histórias)

Jasper Dale vivia sozinho na estância antiga à qual dera o nome de Marco Dourado. Na Carlisle daquele tempo, dar nome a uma propriedade era considerado sinal de afetação, de falta de modéstia. No entanto, se uma casa deveria receber um nome, por que não a batizar com um que fosse sensato, que tivesse um significado específico? Por que a chamar de Marco Dourado quando poderia ser, por exemplo, Encanto dos Pinheiros, ou Beldade da Colina, ou, se quisesse algo mais fantasioso, Recanto das Heras?

Ele vivia no Marco Dourado desde a morte da mãe, que ocorrera quando Jasper estava com vinte anos. Quando o conheci, já beirava os quarenta, embora não parecesse. Também não se poderia dizer que parecia jovem. Acho que nunca teve, de fato, a aparência de um jovem, como assim a entendemos; sempre houve algo nele que o diferenciava dos demais e que, além da timidez que o caracterizava, ergueu uma barreira invisível, imaterial entre ele e os seus iguais.

Jasper passou a vida toda em Carlisle e todos ali que o conheciam ou que, pelo menos, tinham ouvido falar dele, achavam saber tudo a seu respeito. O que era esse "tudo"? O fato de ser dolorosa e extraordinariamente tímido. Jasper só saía de casa para ir à igreja. Não participava da vida social de Carlisle, ainda que esta fosse bem simples. Era reservado e distante até com os homens. Quanto às mulheres, jamais olhava ou conversava com elas. Se uma delas dirigisse a palavra a ele, mesmo que fosse uma senhora idosa, ele parecia ficar agoniado e seu rosto se tingia de vermelho. Não tinha amigos com quem pudesse conversar, viajar, a quem pudesse visitar. Sua vida, aos olhos de todos na cidade, era solitária e sem qualquer interesse.

Não tinha governanta e nem criada, mas a casa em que vivia, mobiliada como a falecida mãe deixara, era limpa e bem cuidada. Os cômodos não tinham poeira nem desordem de qualquer espécie; pareciam sempre ter sido arrumados por uma mulher. Sabia-se disso porque, às vezes, ele pedia à esposa do ajudante geral que empregava, a senhora Griggs, para que viesse fazer uma faxina mais pesada. Na manhã do dia combinado para o serviço, ele saía para os bosques e campos e voltava apenas ao anoitecer. Durante sua ausência, a senhora Griggs tinha acesso à casa toda, do porão ao sótão, e o que dizia a respeito era sempre a mesma coisa: "Está tudo perfeitamente em ordem". Havia um cômodo, porém, no qual ela não podia entrar porque estava invariavelmente trancado. Ficava na ala oeste da casa e dava para o jardim e para a colina de pinheiros mais adiante. A única coisa que a senhora Griggs sabia sobre esse cômodo era que enquanto a mãe de Jasper fora viva, não era mobiliado; e supunha que continuasse assim. Embora sempre tentasse abrir a porta para poder limpá-lo, não tinha nenhuma curiosidade especial em relação a ele.

Jasper Dale tinha uma boa fazenda, muito bem cultivada; nela, havia um jardim no qual passava muitas horas no verão. Imaginava-se que lesse muito, pois a chefe dos correios dizia que vivia recebendo livros e

A ESTRADA DOURADA

revistas. Assim, ele parecia estar muito satisfeito com a vida que levava e as pessoas o deixavam levá-la em paz, o que era o que de mais generoso poderiam fazer para com ele. Era inimaginável que, um dia, viesse a se casar; ninguém jamais achou que isso fosse possível. Comentava-se em Carlisle que "Jasper Dale jamais pensou em uma mulher". Mas não se pode confiar nos linguarudos de plantão.

Certo dia, ao deixar a casa do senhor Dale, a senhora Griggs levou consigo uma história muito curiosa, que tratou de espalhar aos quatro cantos sem perda de tempo. Houve uma febre de comentários a respeito, mas, embora as pessoas ouvissem, ponderassem e indagassem, ainda assim não conseguiam acreditar. Achavam que a senhora Griggs havia exagerado, imaginado coisas; havia até os que diziam que tinha inventado a história toda, já que carregava a reputação de não se ater muito à veracidade dos fatos quando os passava adiante. Esta foi a história que contou praticamente à cidade toda: um dia, ao tentar abrir a porta do cômodo que estava sempre trancado, viu que, daquela vez, não estava. Entrou, esperando encontrar o lugar vazio ou com, no máximo, algumas coisas velhas e muito pó. No entanto, viu-se em um quarto muitíssimo bem decorado e mobiliado com peças elegantes. Havia cortinas de renda nas duas janelas pequenas de peitoril largo; as paredes estavam ornamentadas com quadros de muito bom gosto, embora a senhora Griggs nem os pudesse apreciar melhor por sua falta de cultura. Havia também uma estante entre as janelas, onde os livros se encontravam dispostos com cuidado. Logo ao lado, ficava uma mesinha sobre a qual havia uma graciosa cesta de costura; ao lado da cesta, havia uma tesoura e um dedal de prata. Próximo à mesinha, estava uma cadeira de balanço decorada com almofadas macias. Na parte de cima da estante, havia o retrato de uma mulher feito em aquarela, que a senhora Griggs, na época, nem soube explicar o que era; representava um rosto muito suave, com olhos grandes e escuros e expressão melancólica que os volumosos cabelos negros tornavam ainda mais intensa. Junto ao retrato, havia um vaso de flores; e outro ainda, na mesa, ao lado da cesta de costura.

A senhora Griggs ficou perplexa ao ver tudo isso. Entretanto, o que mais a intrigou foi o fato de haver um vestido de seda azul sobre o espaldar de uma cadeira, diante do espelho. E, logo ao lado, no chão, um par de sandálias de quarto forradas de cetim.

Ela não saiu dali sem explorar o quarto a fundo. Chegou, mesmo, a pegar o vestido nas mãos e depois definiu-o como "um vestido para a hora do chá". Não encontrou nada, porém, que solucionasse o mistério daquele cômodo tão estranho. E o fato de todos os livros terem o nome "Alice" escrito na página da frente só o fez crescer, já que não havia ninguém na família Dale com esse nome. Mesmo tão inquieta com a descoberta que fizera, a senhora Griggs teve que sair dali. E nunca mais encontrou aquela porta destrancada. Além disso, ao saber que as pessoas desconfiavam da veracidade da sua história e comentavam sobre o provável exagero contido nela, decidiu se calar para sempre sobre o assunto.

O fato é que ela não tinha exagerado, mas, simplesmente, dito a verdade. Jasper Dale, apesar de toda a timidez e suposta indiferença, era um homem de natureza romântica, apreciador de poesia; e, por não conseguir se expressar nos aspectos mais práticos da vida, encontrou voz no reino da fantasia e da imaginação.

Ao deixar a infância e entrar no mundo dos adultos, voltou-se para esse lugar idealizado por acreditar que o mundo real não poderia lhe dar o que a alma sensível desejava. O amor, visto como algo misterioso, fazia parte desse mundo particular que ele imaginara para si. Criou na mente a imagem de uma mulher carinhosa a quem pudesse amar incondicionalmente e a acalentou até que se tornou quase real em seu coração. Chegou, mesmo, a chamá-la pelo nome de mulher do qual mais gostava: Alice. Nas fantasias que sua mente projetava, caminhava e conversava com ela, dizia-lhe palavras de amor e as ouvia, também, em resposta. Ao voltar do trabalho no fim do dia, ela o estava esperando à porta, à luz do crepúsculo. Era como uma sombra querida, ainda que ilusória, como o reflexo de uma flor em um lago à luz da lua, mas sempre cheia de ternura ao recebê-lo, com olhos e lábios ardentes e ansiosos.

A ESTRADA DOURADA

Certo dia, em Charlottetown, aonde havia ido a negócios, Jasper ficou chocado ao ver uma aquarela na vitrine de uma loja. Era como se estivesse diante da representação da mulher dos seus sonhos, tão devotamente idealizada. Entrou, esquisito e tímido como de hábito, e a comprou. Ao chegar em casa, não soube onde colocá-la, pois destoava da atmosfera criada pelos outros quadros que ali havia e que representavam antepassados desconhecidos ou paisagens impessoais. Pensou tanto nisso, que acabou por se tornar uma obsessão. Onde colocar Alice? Então, ao caminhar pelo jardim à noite, veio-lhe uma inspiração. O sol que se punha lançava uma estranha luminosidade rosada nas janelas do lado oeste da casa. E Jasper imaginou que Alice poderia estar ali, por trás de uma delas, olhando em sua direção. A ideia surgiu, então, de repente: aquele seria o quarto dela. Colocaria a aquarela com o rosto de Alice naquele cômodo vazio e iria decorá-lo para agradar a ela.

Levou o verão inteiro colocando o plano em ação. Ninguém deveria saber, ou mesmo suspeitar, do que estava fazendo. Agiu devagar e em absoluto segredo. Os móveis e objetos foram comprados e trazidos, um a um, mas somente à noite. E ele os dispôs no quarto com as próprias mãos. Comprou os livros que achou que Alice gostaria de ler e escreveu seu nome neles. Escolheu a caixa de costura, a tesoura e o dedal. Por fim, viu em uma loja o vestido e as sandálias de cetim. Como sempre a imaginara vestindo azul, não hesitou em comprá-los e colocá-los no quarto, como se estivessem à espera do toque suave do corpo e dos pés de Alice. Dali em diante, o quarto passou a pertencer a ela. Jasper batia à porta antes de entrar, trocava as flores dos vasos com frequência para que estivessem sempre frescas e perfumassem o ambiente; sentava-se ao lado da estante, ao anoitecer, conversava com Alice ou lia seus livros favoritos para depois trocarem ideias sobre eles. Na fantasia que havia criado, ela o ouvia sentada na cadeira de balanço, vestida para o chá, a cabeça inclinada sobre a mão delicada, suave e linda como o brilho das estrelas.

Os habitantes de Carlisle nada sabiam sobre isso e o teriam considerado louco se soubessem. Para eles, Jasper era apenas o fazendeiro simples e tímido que conheciam superficialmente. Jamais poderiam imaginar como ele era de fato.

E então, em uma primavera, Alice Reade chegou a Carlisle para ser a nova professora de música. As alunas a veneravam, mas os adultos a consideravam distante e reservada demais, quase arrogante. Estavam acostumados às jovens alegres e despreocupadas que logo se engajavam na vida social da cidade. Alice Reade, porém, não era assim. Não que desdenhasse desse tipo de convívio, mas essas coisas, em sua opinião, eram de menor importância. Gostava de livros e de passeios solitários. Não era tímida, mas, sim, sensível como uma flor e, depois de um tempo, as pessoas passaram a deixá-la viver a própria vida como bem entendesse e não mais se importaram com a indiferença que parecia demonstrar.

Ela alugou um quarto na casa dos Armstrong, que viviam para além do Marco Dourado, perto da colina dos pinheiros. Naquela primavera, até que a neve desaparecesse por completo, costumava seguir até a estrada principal pela longa trilha que saía da propriedade dos Armstrong; mas quando o clima amenizou, passou a pegar um caminho mais curto pela colina, cruzando depois um riacho pela ponte estreita e passando diante do jardim de Jasper Dale e, mais adiante, por parte de um dos seus campos.

Um dia, Jasper estava no jardim, cuidando dos canteiros. Tinha se ajoelhado à ponta de um deles para plantar algumas raízes que só o tempo diria quais cores de flores iriam produzir. Era uma manhã muito tranquila de primavera; o mundo se enchia de tons de verde com as folhas novas que brotavam. Uma brisa leve soprava, vinda da colina dos pinheiros e se espalhava devagar pelo jardim em botão. No chão, pequeninas violetas azuis pareciam espiar o mundo com curiosidade por entre a grama macia. O céu azul-turquesa estava completamente sem nuvens e lá junto do horizonte adquiria tons mais suaves. Pássaros cantavam por toda a parte, misturando suas canções ao som do riacho que se aconchegava entre as árvores. Tordos de peito vermelho chamavam, com seus assovios, nos galhos mais altos dos pinheiros.

A ESTRADA DOURADA

Jasper sentia o coração se preencher de todo aquele encantamento, em total comunhão com a natureza esplêndida que o cercava. Seu contentamento era como uma prece agradecida a Deus por o ter presenteado com tanta beleza e tranquilidade.

Foi nesse momento que ergueu a cabeça e viu Alice Reade.

Ela estava do lado de fora da cerca, à sombra de um pinheiro enorme, alheia à sua presença, e observava as ameixeiras em flor ao longo do caminho com uma expressão de puro prazer.

Por um instante, Jasper imaginou que seu sonho de amor havia, inexplicavelmente, tomado forma. Ela era tão parecida, em atitude e graça, com a mulher que havia criado em sua mente, que mal podia acreditar. Começou a prestar atenção aos detalhes que tinha diante de si, e ficou a cada segundo mais admirado: a pele clara, os cabelos suaves, os olhos de um verde escuro encantador, a boca rosada formando um sorriso leve, o corpo elegante, delicado. E, mais do que tudo, havia algo naquela mulher que dava a ele a certeza de estar diante da perfeição com que tanto sonhara. Era como se ela exalasse a personalidade que tinha imaginado, como uma flor que espalha o perfume apenas pelo fato de existir. Tinha à sua frente a companheira que idealizara e sua alma, em um instante, encontrou a felicidade.

Mas então ela o viu e o encanto se quebrou. Jasper continuou ajoelhado, incapaz de articular uma palavra, tomado, mais uma vez, por um constrangimento tão grande, que o tornou uma criatura, no mínimo, digna de compaixão.

Um leve sorriso surgiu nos lábios de Alice e ali permaneceu por segundos. Então ela se voltou e continuou a caminhar, se afastando. Para Jasper, foi como se acabasse de sofrer uma perda severa, como se um vazio dolorido se abrisse no peito. Passara por uma agonia quase insuportável ao ser alvo, por segundos, dos olhos dela. Reconhecia, porém, que aquele havia sido um momento de estranha doçura. Doía, no entanto, ver ela afastar-se pela estrada.

Calculou que ela devia ser a nova professora de música, mas não sabia seu nome. E sorriu ao pensar que estava vestida de azul. Não poderia ser diferente, avaliou. Porque assim a imaginara. E talvez se chamasse Alice... Mais tarde, ao descobrir que estava certo quanto a isso também, não se sentiu surpreso, mas satisfeito.

Levou flores de maio ao quarto dela e as colocou no vaso próximo ao retrato. O encanto, entretanto, já não era o mesmo, pois, ao observar a aquarela com olhos mais atentos, agora que a vira, percebeu que não fazia justiça à beleza viva que acabara de encontrar. A jovem que vira embaixo do pinheiro era tão mais doce, tinha olhos tão mais suaves e cabelos tão mais sedosos! A mulher dos seus sonhos o tinha abandonado; já não habitava aquele quarto; não estava mais representada naquela aquarela. Quando tentou visualizar a sombra encantadora que havia criado para ser seu grande amor, o que veio à mente dele foi a imagem da jovem que tinha parado para descansar embaixo do pinheiro, bela como a luz da lua e das estrelas refletidas em um lago, delicada como as flores que crescem em locais de absoluta paz. Naquele momento, Jasper ainda não entendia o que essas impressões significavam. Se entendesse, teria sofrido muito. Sentia apenas um pequeno desconforto, uma estranha mistura de perda e ganho que estava além da compreensão.

Ele a viu de novo naquela mesma tarde, no caminho de volta para casa. Alice não parou dessa vez. Durante uma semana, duas vezes ao dia, ele se escondeu para vê-la passar. Houve um dia em que uma criança estava com ela, de mãos dadas. Nunca criança nenhuma fizera parte da vida de Jasper Dale. No entanto, naquele fim de tarde, a imagem veio a ele ao olhar para a cadeira de balanço foi a de Alice, com uma linda criança ao colo, a qual, com a voz doce dos pequeninos, a chamava de "mamãe".

No dia seguinte, pela primeira vez, ele deixou de trocar as flores do vaso. Preferiu fazer um buquê com narcisos do jardim e, olhando disfarçadamente por cima do ombro, como se estivesse cometendo um crime, o depositou na estrada, junto ao tronco do pinheiro. Sabia que ela passaria por ali e veria as flores. Então voltou depressa para o jardim, com o coração acelerado, em uma mistura de entusiasmo e arrependimento. Escondeu-se

A ESTRADA DOURADA

para esperar e, quando Alice passou, viu-a se deter e pegar as flores. Dali em diante, repetiu a oferta todos os dias.

Ao ver os narcisos, Alice soube de imediato quem os tinha deixado ali e adorou saber que eram para ela. Os acolheu ao peito com prazer e com uma ponta de surpresa também. Tinha ouvido falar sobre a timidez de Jasper Dale, mas bem antes disso já o tinha visto na igreja e gostado dele. Em sua opinião, ele tinha o rosto bem feito e olhos de um azul muito bonito. Gostou até dos cabelos levemente longos que as pessoas de Carlisle criticavam. Desde o primeiro instante, notou que ele era diferente, mas essa diferença só o favorecia. Talvez sua natureza sensível tivesse percebido e respondido à beleza que havia nele. Jasper Dale era, sim, um homem atraente e, de alguma forma, intrigante.

Alice ficou sabendo da história que a senhora Griggs tinha espalhado sobre o quarto trancado no Marco Dourado e na qual a maior parte das pessoas não acreditava. Ela, porém, acreditou, embora não a compreendesse. E se interessou ainda mais por aquele homem tímido e reservado. Gostaria de poder solucionar o mistério do quarto e acreditava que ali estava a chave para a verdadeira personalidade de Jasper Dale.

Todos os dias, ao passar e recolher as flores que ele deixava no caminho, queria agradecer a ele, sem saber que estava sendo observada através das folhagens do jardim. E, certa tarde, a oportunidade surgiu. Ao passar, um pouco mais cedo do que de costume, o viu encostado à cerca, absorto na leitura de um livro. Parou, então, embaixo do pinheiro, e chamou:

– Senhor Dale! Quero lhe agradecer pelas flores!

Pego de surpresa, Jasper sentiu vontade de se enfiar no chão. A aflição que o tomou foi tamanha, que Alice a percebeu; e, ao ver que ele não seria capaz de falar, sorriu e continuou, enquanto se aproximava da cerca:

– Foi muita gentileza sua. Gostaria que soubesse o quanto elas me deixam feliz.

– Não... não foi nada... – Jasper gaguejou.

O livro tinha caído e Alice se abaixou para pegá-lo. Leu a capa e comentou ao devolvê-lo:

– Gosta de Ruskin[14]? Eu também, mas ainda não li este.

– Se... quiser... pode levá-lo – ele conseguiu oferecer.

Alice levou o livro. E Jasper não mais se escondeu quando ela passou. No dia em que Alice trouxe o livro de volta, trocaram algumas ideias sobre ele por cima da cerca. Jasper emprestou-lhe outros e ela também emprestou alguns a ele. Assim, criaram o hábito de conversar sobre suas leituras. Já não era tão difícil para ele falar com Alice, pois parecia estar diante da mulher que imaginara e a conversa fluía com uma estranha naturalidade. Alice via profundidade em todas as ideias que ele expunha e elas permaneciam em sua memória com uma doce sensatez. Jasper continuou a deixar flores embaixo do pinheiro, e Alice fazia questão de usar algumas delas, fosse nos cabelos ou como enfeites nos vestidos, mas não tinha certeza se ele as notava.

Uma tarde, Jasper saiu do jardim e a acompanhou pela estrada que subia a colina. Depois passou a fazer isso todos os dias. Alice se deu conta de que, caso ele não o fizesse, o caminho já não pareceria o mesmo, pois sentiria falta da presença dele. Ainda não sabia, mas estava se apaixonando. Talvez, na época, se essa ideia ocorresse a ela, acharia improvável. Considerava-o inteligente, sensível, compreensivo. Apesar da timidez que o caracterizava, sentia-se muito melhor na companhia dele do que na de qualquer outro ser humano. Jasper Dale era dessas pessoas cuja amizade é, ao mesmo tempo, um prazer e uma bênção; um cristal puro que pode irradiar a luz recebida a todos que o cercam, mas que, na verdade, brilha com sua própria luz interior.

No entanto, Alice jamais pensou que o aquele sentimento fosse amor. Como tantas outras jovens, sonhava com um príncipe encantado jovem, belo e educado. Nunca imaginou que esse príncipe pudesse ser o solitário morador do Marco Dourado.

---

[14] John Ruskin (1819-1900) foi um importante crítico de arte, desenhista, escritor e aquarelista britânico. Seus ensaios sobre arte e arquitetura foram muito influentes na era vitoriana e repercutem até os dias de hoje. (N.T.)

A ESTRADA DOURADA

Agosto trouxe a eles um dia especial. Alice veio caminhando à sombra das árvores, com os cabelos tocados pelo vento leve sob a aba do chapéu azul. Sentiu uma fragrância deliciosa de resedás e logo viu o ramalhete embaixo do pinheiro. Pegou-o e aspirou o perfume com prazer. Esperava ver Jasper no jardim, já que desejava pedir-lhe um livro que há tempos queria ler. Ele, no entanto, estava sentado em um banco rústico, do outro lado da casa, de costas para ela e quase oculto por um arbusto de lilases. Intrigada, Alice abriu o portão e foi até lá. Nunca havia entrado no jardim e sentiu o coração pulsar mais forte.

Jasper não a ouviu se aproximar e apenas quando já estava a poucos passos de distância, Alice ouviu que ele falava consigo mesmo em voz baixa e sonhadora. O sentido das palavras a atingiu e a fez enrubescer. Parou, incapaz de seguir andando ou, mesmo, de falar. Continuou a ouvi-lo e não se sentiu envergonhada por fazer aquilo.

– Eu a amo tanto, Alice! Imagino o que diria se soubesse. Talvez risse de mim, mesmo sendo tão doce. Jamais poderei revelar a você o que sinto, mas posso sonhar. E, no sonho, você está aqui, meu amor, tão linda e graciosa! Mergulho meus olhos nos seus e me declaro. E... veja só que ousadia louca a minha! Você diz que me ama também! Tudo é possível nos sonhos, não é, minha querida? E sonhos são tudo que tenho. Então, neles, sou corajoso e chego a imaginar você como minha esposa. Sonho também em arrumar esta casa velha e sem graça só para agradá-la. Um dos quartos já está preparado há muito tempo e é só seu; eu o decorei para você muito antes de vê-la ali, embaixo do pinheiro. Tudo está lá: os livros, a cadeira de balanço, até um retrato seu! Mas, veja, é uma aquarela que não faz jus à sua beleza excepcional. Os outros cômodos, porém, precisam ser arrumados para que se sinta feliz neles. Sabe, é um prazer para mim pensar em tudo que faria para ver seus lindos olhos brilharem de alegria. E quando tudo estivesse ao seu gosto, eu tomaria sua mão e a levaria pelo jardim e depois para dentro de casa, e iríamos, de cômodo em cômodo, e eu diria ao meu Marco Dourado que você seria a senhora de tudo agora, como já é do meu coração. Eu a veria junto a mim no espelho do final do corredor, linda, vestida em tons de azul que só fazem realçar o rosado do seu rosto. Você se sentaria na cadeira de balanço e se sentiria em casa. E eu... eu não poderia ser mais feliz e nem desejar nada mais. Oh, Alice, teríamos uma vida maravilhosa juntos. É tão bom este meu faz de conta, sabe? Posso até ouvir sua voz suave cantando ao anoitecer, posso nos ver no jardim, cuidando das flores, colhendo-as para enfeitar nosso lar na primavera. Vejo-me chegando do trabalho ao fim do dia, cansado e sendo recebido em seus braços tão carinhosos! E a vejo recostando a cabeça em meu peito. Eu a acaricio em meus sonhos com tanto amor! Alice... Minha Alice... Dona dos meus delírios... Mas somente neles você é minha. Na realidade, jamais saberá o quanto a amo.

Alice não aguentou mais ouvir em silêncio. Respirou fundo, encantada, o que traiu sua presença. Jasper se levantou de um pulo e voltou-se para ela. Viu-a trêmula, emocionada, de olhos muito abertos. Por um instante, a timidez o deteve, mas logo desapareceu, vencida por uma onda de indignação que o dominou. Sentiu-se ultrajado, como se lhe tivessem tirado algo incalculavelmente valioso, como se o seu santuário de sonhos acabasse de ser violado.

– Como ousa? – murmurou, os lábios pálidos, as palavras duras. – Estava espionando... Entrou sorrateiramente e ouviu o que eu disse! Como pôde? Tem ideia do que fez? Destruiu tudo que fazia a vida valer a pena para mim. Matou meu sonho. Como ele poderia seguir vivo depois de ser atacado dessa forma? E era tudo que eu tinha... Pode rir de mim agora. Sei que sou esquisito, ridículo mesmo. Por quê?... Meu sonho jamais faria mal algum a você. Por que entrou aqui assim e me expôs à vergonha? Eu a amo. Agora posso dizer, mesmo que ria de mim. É assim tão estranho e engraçado o fato de eu ter um coração como os outros homens? Pode rir. Eu, que a amo mais do que a minha vida, mais do que qualquer outro poderia amá-la, serei uma piada, uma brincadeira pelo resto da sua vida. Mas eu a amo, embora pudesse odiá-la por ter destruído o meu sonho. Não sabe o mal que me fez, Alice. Não faz ideia...

A ESTRADA DOURADA

– Jasper! – ela exclamou, atingida por tal explosão de ressentimento. Não suportava vê-lo zangado por culpa dela. Foi nesse momento que percebeu o quanto o amava; as palavras que ele dissera, sem saber que o ouvia, foram a declaração de amor mais doce que jamais poderia receber. Nada mais importava a não ser o fato de que Jasper a amava, mas estava magoado e zangado com ela. – Como pode dizer algo tão terrível? Não tive intenção de bisbilhotar, mas... não pude evitar de ouvir o que disse. E saiba que eu jamais riria de você.

Alice o olhou com tamanha intensidade, havia nela uma sinceridade tão eloquente, que era como se alma dela fluísse através da pele e o alcançasse.

– Estou tão feliz por saber que você me ama! – continuou. – Foi bom ter ouvido porque sei que não teria coragem de se declarar. Estou feliz. Feliz, percebe?

Uma nova emoção surgiu em Jasper; no lugar do sofrimento que o consumia, brotou um brilho de esperança e alegria.

– Será possível? – sussurrou, enquanto o sentido das palavras de Alice se definia devagar na mente dele. – Sou... bem mais velho do que você. E.... me chamam de "Homem Esquisito" porque acham que sou diferente...

– Sim, você é. E é por isso que o amo. Agora entendo que devo ter amado você desde a primeira vez que o vi.

– E eu a amo desde muito, muito antes de a ter visto.

Jasper se aproximou e a tomou nos braços com um carinho e um respeito sem iguais. A felicidade que o preenchia naquele momento ofuscou por inteiro a timidez e o embaraço costumeiros e o tornou ousado o suficiente para beijá-la com paixão.

O TIO BLAIR VOLTA PARA CASA

A Menina das Histórias e eu nos levantamos muito cedo no dia do casamento do Homem Esquisito. Despertei com os sons que vinham da cozinha e logo me veio à mente o livro escolar que precisava comprar e que tinha esquecido de pedir para o tio Alec trazer, já que ele ia para Charlottetown. Pulei da cama e me vesti depressa para falar com ele antes que saísse. Encontrei a Menina das Histórias na escada. Ela alegou ter acordado cedo também e não ter conseguido mais dormir.

– Tive um sonho engraçado – explicou, enquanto descíamos. – Sonhei que uma voz me chamava lá no passeio do tio Stephen. Ficava repetindo meu nome, mas eu não sabia de quem era, embora tivesse a impressão de a ter ouvido antes. Acordei quando ainda estava me chamando e me soou tão real, que não parecia ser um sonho. Ainda era noite, mas o luar iluminava tudo e até pensei em ir ao pomar, sabe? Mas vi que seria tolice e, claro, não fui. Fiquei pensando no sonho e não consegui voltar a dormir. Estranho, não?

A ESTRADA DOURADA

Assim que o tio Alec partiu, sugeri a ela que fôssemos ao pomar para buscar um livro que eu tinha deixado lá no dia anterior. Ao entrarmos no passeio do tio Stephen, vimos uma senhora ainda jovem caminhando na colina com o bebê dela, sob um céu maravilhosamente limpo. Paddy seguia, alegre e livre, à nossa frente. À esquerda, os campos se abriam até o horizonte, onde o rosado do alvorecer persistia, suave, e uma estrela derradeira ainda podia ser vista, como se fosse uma pérola incrustrada em um mar prateado. Uma brisa muito leve nos trazia odores delicados da manhã.

– É ótimo se levantar cedo, não acha? – a Menina das Histórias comentou, cheia de vida. – O mundo parece ser tão diferente ao amanhecer! Sinto vontade de acordar assim tão cedo todos os dias pelo resto da vida, embora saiba que isso não vai acontecer. Amanhã mesmo tenho certeza de que vou dormir até bem tarde.

– O Homem Esquisito e a senhorita Reade vão se casar em um dia lindo – constatei, com os olhos no céu.

– É. Fico feliz por isso. A Bela Alice merece tudo de bom. Ei, Bev! Bev! Quem é aquele ali na rede?

Olhei. A rede ficava presa aos troncos das duas últimas árvores do passeio do tio Stephen. Havia um homem deitado nela, dormindo com a cabeça apoiada ao sobretudo que tinha dobrado para lhe servir de travesseiro. Tinha a barba aparada em ponta, e abundantes e ondulados cabelos castanhos. Como estava dormindo tranquilamente, pude notar que tinha cílios longos e espessos, como os das mulheres. Usava terno cinza e, na mão que pendia pela borda da rede, brilhava a pedra de um anel.

Tive a impressão de reconhecê-lo, embora soubesse com certeza que nunca o vira antes. E enquanto divagava em especulações, ouvi o breve, surpreso gritinho da Menina das Histórias. No instante seguinte, ela já estava ajoelhada junto à rede, passando os braços pelo pescoço do homem e chamando:

– Pai! Pai!!

Absolutamente surpreso, permaneci onde estava, como se tivesse criado raízes ali.

LUCY MAUD MONTGOMERY

Ele se espreguiçou e abriu os grandes olhos cor de avelã nos quais era impossível não notar uma centelha de vida fora do comum. Por uma fração de segundo, pareceu estranhar o que estava acontecendo, mas então um sorriso de puro prazer apareceu em seus lábios. Levantou-se e envolveu a Menina das Histórias em um abraço apertado, saudoso e demorado.

– Sara! Minha Sarinha querida! Mal a reconheci! Já é quase uma mulher! Tinha só oito anos na última vez que a vi. Oh, Sarinha! Sarinha!

Dei meia volta, consciente de que minha presença ali não era necessária. E a ouvi exclamar:

– Oh, pai, tantas vezes achei que não ia mais voltar!

Comecei a caminhar de volta, tendo vários pensamentos e especulações na cabeça. E me senti satisfeito por poder ser o portador de uma notícia tão boa. Apressei o passo e, ao chegar à porta da cozinha de casa, anunciei, um tanto quanto esbaforido:

– Tia Janet, o tio Blair voltou!

Ela estava sovando pão e se voltou, com as mãos cheias de farinha. Cecily e Felicity, que acabavam de entrar na cozinha, ainda sonolentas, pararam e me encararam.

– Quem!? – a tia Janet exclamou.

– O tio Blair, pai da Menina das Histórias. Ele está aqui.

– Onde? – Havia, no mínimo, contrariedade nessa pergunta.

– No pomar. Ele dormiu na rede e acabamos de o encontrar lá.

– Meu Deus... – ela se sentou, parecendo, por instantes, sem ação. Então criticou: – É bem típico de Blair. Claro que não viria como qualquer outra pessoa. – Baixou a voz e acrescentou, como se falasse consigo mesma, mas eu a ouvi: – Será que veio para levá-la?

Minha empolgação se foi como uma vela apagada bruscamente. Não havia pensado nisso. Se o tio Blair levasse a Menina das Histórias embora, a vida nas colinas dos King perderia por inteiro a graça. De cabeça baixa, segui Felicity e Cecily, que se dirigiram à varanda.

Vimos os dois saindo do pomar. Estavam abraçados. A Menina das Histórias estava visivelmente feliz. Ria e chorava ao mesmo tempo.

Somente uma vez antes eu a vira chorar: quando Peter se recuperou do sarampo que quase o matou. Era necessária uma emoção extremamente forte para levá-la às lágrimas. Eu sempre soubera o quanto ela amava o pai, embora pouco falasse a respeito dele porque sabia que os tios e tias não eram, de fato, amigos dele.

Mesmo assim, a tia Janet o recebeu bem, apesar de estar levemente agitada. As pessoas simples e trabalhadoras podiam ter uma opinião não muito favorável sobre o boêmio, despreocupado Blair Stanley quando ele se encontrava distante, mas, em sua presença, até gostavam do seu jeito de ser, pois era um homem extremamente agradável. E ele, de fato, possuía um dom especial de encantar, que se revelou no modo com que abraçou a tia Janet e a girou no ar como se fosse uma jovem, para depois cobrir o rosto dela de beijos.

– Cunhada querida, você não envelhece! Parece uma garota de dezesseis anos, embora tenha o quê, quarenta e cinco? E sem um fio branco nesses cabelos lindos!

– Oh, Blair, você é que está sempre jovem – ela riu, lisonjeada. – De que parte do mundo está vindo? E que história foi essa de dormir na rede do pomar!?

– Estive pintando no Condado dos Lagos durante todo o verão, como sabe. E, um dia, senti saudade de casa e quis rever minha garotinha. Então, mais que depressa, comprei uma passagem para Montreal. Cheguei aqui ontem às onze horas. O filho do chefe da estação me trouxe de carroça. É um rapaz muito simpático. Como a casa estava toda às escuras, achei melhor não tirar vocês da cama depois de um dia cansativo de trabalho. Seria incomodar demais. E resolvi passar a noite no pomar. Estamos na lua cheia e um pomar enluarado é uma das últimas coisas que nos restam da bela Era de Ouro da antiguidade.

– Bobagem sua – rebateu a prática tia Janet. – As noites em setembro são frias. Podia ter se resfriado ou pego uma friagem nos ossos, o que é bem pior.

– Sim, claro. Foi tolice minha – ele concordou, afável. – Deve ter sido culpa do luar. Sabe, cunhada, o luar tem um poder intoxicante, como se fosse um vinho etéreo que as fadas bebem em seus festejos sem serem, claro, afetadas por ele; no entanto, quando um simples mortal como eu o prova, sobe diretamente ao cérebro e lhe tira por completo o bom senso. Mas não me resfriei e meus ossos continuam ótimos, posso garantir, apesar de não ter agido com muita sensatez. A Providência divina envia anjos especiais para proteger os tolos. Passei uma noite muito agradável no pomar. Doces lembranças me fizeram companhia até que o sono me dominou. E foi delicioso adormecer com o murmúrio do vento passando pelas folhas daquelas árvores tão antigas. E, sabe de uma coisa? Tive um sonho lindo! Sonhei que o pomar floresceu como naquela primavera há dezoito anos, e que o sol que o banhava era suave e a beleza da vida estava por toda parte, bem como a doçura das palavras perdidas no tempo.

– Lembra-se do meu sonho, Bev? – a Menina das Histórias sussurrou, ao meu lado. – Estranho, não?

– Bem, é melhor você tomar seu desjejum – a tia Janet sugeriu, provavelmente sem muito interesse na visão poética que o cunhado descreveu. – Estas são as minhas meninas: Felicity e Cecily.

– Lembro que eram pouco mais do que bebês quando parti. – Ele sorriu e apertou as mãos das duas. – Têm o rostinho lindo, como a minha. Ela é quase uma mulher agora, Janet!

– Mas ainda é criança – ela se apressou a enfatizar.

– Já tenho quinze anos – a Menina das Histórias fez questão de frisar. – Usei um vestido longo no casamento da tia Olivia. Precisava me ver nele, pai.

Ele sorriu.

– Não vamos mais ficar separados, querida – assegurou.

Havia ternura no modo como se dirigiu a ela e torci para que a intenção dele fosse permanecer no Canadá e não levar a Menina das Histórias com ele.

A ESTRADA DOURADA

Passamos um dia alegre, apesar dessa leve preocupação continuar pairando no ar. O tio Blair evidentemente preferia a nossa companhia à dos adultos porque, no fundo, tinha coração de criança, alegre, um pouco irresponsável e sempre disposto a agir por impulso. Todos adoramos ficar com ele. Não houve aula porque o senhor Perkins tinha ido a um congresso de professores, então passamos a maior parte do dia com o tio Blair no pomar, ouvindo-o contar sobre as coisas maravilhosas que viu e fez em suas viagens pelo exterior. Ele também desenhou todos nós, o que foi especialmente agradável porque a fotografia ainda estava em seus primórdios e nenhum de nós fora sequer fotografado. A alegria de Sara Ray foi, como não podia deixar de ser, estragada pelo receio do que a mãe diria, já que, ao que parecia, a senhora Ray tinha certos preconceitos contra se tirar fotografias ou desenhar retratos; algo a ver com o segundo mandamento, que nem tentamos entender o que seria, para não perdermos tempo precioso. Dan sugeriu que Sara Ray não contasse nada à mãe, mas ela negou com a cabeça.

– Vou ter que contar – alegou. – Jurei contar tudo à mamãe desde o domingo do Juízo Final.

– Além disso, o *Guia da Família* diz que devemos sempre contar tudo às mães – Cecily acrescentou.

– Às vezes, é bem difícil fazer isso. A mamãe briga tanto comigo quando conto o que fiz! Fico até desanimada. Mas quando penso no medo que passei no dia do Juízo Final por ter escondido certas coisas dela, meus nervos ficam à flor da pele. Faria qualquer coisa para não me sentir assim de novo quando o Julgamento Final vier de verdade.

– Esperem um pouco – o tio Blair interferiu. – Que história é essa de Juízo Final?

A Menina das Histórias contou a ele sobre o terrível domingo no verão anterior e todos rimos de nós mesmos, junto com ele.

– Olhem, não quero passar por aquilo outra vez – Peter comentou. – Espero já ter morrido quando o próximo Julgamento Final acontecer.

– Mas vai ressuscitar para passar por ele – Felix o lembrou.

– Ah, mas tudo bem; não me incomoda ser ressuscitado porque não vou nem saber até que aconteça. A expectativa é que mata.

– Acho que não deveríamos falar sobre essas coisas – Felicity criticou.

Ao anoitecer, fomos todos para o Marco Dourado. Sabíamos que o Homem Esquisito e a noiva dele chegariam ao pôr do sol e estaríamos lá para lançar pétalas de flores diante dela no caminho para o novo lar. Foi ideia da Menina das Histórias, mas acho que a tia Janet não teria permitido se o tio Blair não tivesse intercedido por nós. Ele quis ir também e concordamos, desde que ficasse escondido quando os noivos chegassem.

– Sabe, pai, o Homem Esquisito não vai se importar com a nossa presença – a Menina das Histórias explicou –, mas o senhor é um estranho para ele e, se o vir, poderá ficar encabulado e estragar a recepção que queremos fazer, o que seria uma pena.

Assim, fomos para o Marco Dourado com todas as pétalas de flores que conseguimos reunir. Foi um anoitecer típico de outono, com tons dourados no céu límpido e, se elevando no horizonte, por trás do distante porto de Markdale, uma lua avermelhada enorme. O tio Blair se escondeu atrás dos troncos dos pinheiros enquanto esperávamos pelos noivos, mas ele e a Menina das Histórias ficaram trocando acenos e palavras engraçadas o tempo todo.

– Você realmente se sente à vontade com o seu pai? – Sara Ray perguntou a ela. – Afinal, não se viam há tantos anos...

– Eu poderia ficar cem anos sem o ver. Não faria a menor diferença – foi a resposta dada em um amplo sorriso.

– *Shhh*! Eles estão chegando! – Felicity avisou, empolgada.

A charrete parou diante do portão. A Bela Alice, mais bela do que nunca, estava radiante em um lindo vestido azul claro. E o Homem Esquisito, transbordando de felicidade, quase esqueceu a esquisitice; a ergueu nos braços, galante, para tirá-la da charrete e veio com ela em nossa direção, todo sorrisos. Passamos a jogar as pétalas adiante dos passos de ambos e, assim, Alice Dale caminhou até a porta da casa sobre um tapete feito de flores coloridas. À entrada, eles pararam e se voltaram. Com um leve

A ESTRADA DOURADA

constrangimento, nos reunimos para desejar toda a felicidade do mundo ao casal.

– Foi um gesto muito doce que tiveram – Alice observou, se referindo às pétalas. – Obrigada.

– Foi uma alegria podermos fazer isso por vocês. Fizemos de coração – respondeu a Menina das Histórias. – Ah, e, senhorita Reade, quero dizer, senhora Dale, esperamos que sejam muito, muito felizes. De verdade.

– Tenho certeza de que seremos. – Alice se voltou para o marido e ambos se olharam com tanto amor, que compreendemos que estava mais do que na hora de desaparecermos dali.

Eles entraram, fecharam a porta, e nós tomamos o caminho de volta para casa sob um luar espetacular. A Menina das Histórias perguntou ao pai o que tinha achado da noiva. E a resposta dele foi, no mínimo, peculiar:

– Quando ela morrer, violetas brancas nascerão da sua sepultura.

– O tio Blair fala coisas ainda mais estranhas do que ela – Felicity comentou, indicando vagamente a Menina das Histórias.

E dessa forma terminou aquele dia maravilhoso: nos escapando por entre os dedos, apesar de querermos que ficasse um pouco mais. Encheu-se de sombras, mas também da luz que vinha das estrelas e da enorme pérola brilhante que dominava o céu. Foi como um presente de Deus, com horas agradáveis e cheias de alegria. Da aurora ao cair da noite, nada conseguira estragá-lo. Poderia ser o dia perfeito, cheio de ecos de risadas e imagens de sorrisos. E para sempre permaneceria em nossa memória.

A ANTIGA ORDEM SE ALTERA

— Vou embora com o meu pai. Ele vai passar o inverno em Paris e vai me matricular em uma escola de lá – anunciou a Menina das Histórias em uma tarde, quando estávamos reunidos no pomar. Tinha certa animação na voz, mas também muita tristeza.

A notícia não foi uma surpresa; sentíamos "algo" no ar desde que o tio Blair chegara. A tia Janet ficou muito contrariada com a ideia, mas de nada adiantou. Ele explicou que já estava mais do que na hora de colocá-la em uma escola melhor do que a que tínhamos em Carlisle, a qual, na sua opinião, era limitada. Além do mais, não queria continuar afastado dela, pois logo se tornaria adulta e restava a eles pouco tempo para ficarem juntos como pai e filha, já que ela logo teria a própria vida. Assim, ficou decidido que a Menina das Histórias o acompanharia de volta à Europa.

— Europa! – Sara Ray sussurrou, absolutamente fascinada. – Imagine, Sara! Vai ser maravilhoso!

— É, acho que vou acabar gostando, mas sei que, no começo, vou morrer de saudade. É claro que vai ser ótimo estar com o meu pai, mas vou sentir tanta falta de vocês!

A ESTRADA DOURADA

– Imagine nós, então! – Cecily lamentou. – Vai ser tão solitário aqui no inverno, já que você e Peter não estarão mais conosco!... Ah, como eu queria que as coisas continuassem sempre iguais!

Felicity se manteve calada. Tinha os olhos fixos na grama, onde havia se sentado, e arrancava hastes uma a uma, pensativa. Logo vimos duas lágrimas descerem por seu rosto lindo.

– Está chorando por que vou embora? – a Menina das Histórias indagou, surpresa.

– É claro que sim – ela soluçou. – Acha que não tenho sentimentos?

– Não é isso, mas achei que não se importasse tanto. Você nunca demonstrou gostar muito de mim.

– Porque sou uma pessoa reservada! – Felicity continuou a chorar, mas procurou uma explicação digna: – Achei que, talvez, ficasse, que convencesse seu pai a deixar você aqui.

– Bem, eu teria que ir mais cedo ou mais tarde. E quanto mais adiássemos, pior seria. Mas também estou sofrendo. Não vou poder levar Paddy, coitadinho. Terei de me separar dele e quero que vocês me prometam que vão tratá-lo com muito carinho.

Todos nós prometemos. Felicity foi a última, ainda com a voz entrecortada por soluços:

– Vou dar leite fresco para ele todos os dias, de manhã e à noite, mas não vou conseguir olhar para Paddy sem chorar porque vou me lembrar de você.

– Ainda vai demorar um pouco para eu ir – a Menina das Histórias tentou consolar ela, com um sorriso. – Iremos apenas no fim de outubro, então ainda temos mais de um mês para nos divertirmos. Vamos fazer desse tempo algo memorável, sem pensar na minha partida até que chegue a hora e sem brigar entre nós também. Vamos aproveitar cada minuto! Então, não chore mais. Estou muito feliz por saber que gosta de mim e sinto ter de ir embora, mas, por enquanto, vamos tentar esquecer disso, está bem?

Felicity guardou o lencinho molhado.

– Não costumo esquecer as coisas com facilidade, mas vou tentar – prometeu. – E, se quiser aprender mais algumas receitas antes de partir, terei prazer em ensinar o que sei.

Esse era o maior dos sacrifícios para ela. A Menina das Histórias, porém, recusou o oferecimento:

– Não. Não vou me preocupar com esse tipo de coisa no último mês que teremos juntos. Seria aborrecido demais.

– Lembra-se de quando fez o pudim com... – Peter começou, mas logo se interrompeu.

– Pó de serragem? – ela completou, divertida. – Não precisa ter receio de mencionar aquele fiasco. Não me importa mais. Agora, me parece até engraçado. Como quando não sovei o pão pela segunda vez e a fornada toda ficou dura e foi para as galinhas.

– Muita gente já fez coisas piores – Felicity observou, gentil.

– É verdade! Como usar pó dental para... – Desta vez, foi Dan a se interromper, se lembrando do que a Menina das Histórias havia dito sobre passarmos o último mês juntos em harmonia.

Felicity enrubesceu, mas não se pronunciou; seu semblante também não mudou.

– Sempre nos divertimos muito, não? – Cecily comentou, com ar pensativo.

– Sim. Demos boas risadas nestes quase dois anos juntos – a Menina das Histórias retomou. – Vivemos bons momentos. Mas, sabem, acho que temos muitas coisas boas a viver ainda!

– O Jardim do Éden é parte do passado. O paraíso está no futuro – sentenciou o tio Blair, que chegou a tempo de ouvir as últimas palavras. Havia um sentimento mais profundo no tom da voz dele, que logo se desanuviou quando abriu um dos sorrisos encantadores que sabia dar.

– Gosto muito mais dele do que achei que ia gostar – Felicity segredou para mim. – A mamãe reclamou que ele é inquieto demais, que não cria raízes em lugar nenhum, mas, com certeza, há algo de especial no tio Blair,

A ESTRADA DOURADA

embora diga muitas coisas que não entendo. Imagino que a Menina das Histórias vá se divertir muito com ele em Paris.

– Sim, mas vai para uma escola onde terá de estudar muito – salientei.

– Ela me contou que vai estudar artes dramáticas. O tio Roger apoiou e afirmou que vai ser muito famosa um dia, mas a mamãe achou a ideia péssima. E eu também.

– A tia Julia é cantora – lembrei.

– Ah, mas é diferente. Ela canta na ópera. De qualquer modo, espero que Sara seja feliz, coitadinha. Nunca se sabe o que pode acontecer a uma pessoa nesses países tão distantes. E dizem que Paris é um lugar de pecado. Precisamos pensar sempre no melhor para ela.

Naquele fim de tarde, a Menina das Histórias e eu conduzimos as vacas ao pasto após a ordenha e, quando voltamos, procuramos pelo tio Blair no pomar.

Ele estava caminhando pelo passeio do tio Stephen, as mãos unidas às costas e o rosto bonito, jovial, erguido para o céu no qual os tons de rosa, roxo e amarelo prenunciavam a chegada da noite.

– Estão vendo aquela estrela? – apontou para sudoeste quando passamos a caminhar ao lado dele. – Aquela, diretamente acima do pinheiro. Uma estrela que brilha acima de um pinheiro é a coisa mais límpida que existe porque a brancura dela é viva! É a brancura que prende a alma. Como este pomar é incrível! Como se enche com as cores e o frescor do crepúsculo! Sabem de uma coisa? Andei me encontrando com fantasmas aqui.

– Viu o Fantasma da Família!? – perguntei ingenuamente.

– Não. Não esse. Ainda não tive o prazer de ver a bela e triste Emily. – Ele se voltou para a filha. – Sua mãe a viu uma vez, Sara. – E acrescentou, como para si mesmo: – Que coisa estranha...

A Menina das Histórias se interessou, em um sussurro ansioso:

– A mamãe a viu de verdade?

– Bem, ela sempre acreditou que sim. Mas como podemos saber ao certo, não é?

– Acha que fantasmas existem, tio Blair? – indaguei.

Ele deu de ombros.

– Nunca vi nenhum, Beverley.

– Mas o senhor disse que andou se encontrando com eles aqui...

– Sim, sim – admitiu, sorrindo. E esclareceu: – Fantasmas dos velhos tempos. Gosto deste pomar por causa dos fantasmas que guarda. Somos bons amigos, eles e eu. Caminhamos, conversamos, rimos juntos às vezes. São risadas um tanto quanto tristes, mas é uma tristeza doce. E sempre um desses fantasmas, tão querido, vem até mim e caminha de mãos dadas comigo: uma jovem do passado, que perdi.

– Minha mãe – a Menina das Histórias murmurou.

– Sim. Aqui, onde ela tanto gostava de ficar, é impossível para mim acreditar que esteja morta, que a risada dela nunca mais seja ouvida. Era tão alegre, tão doce! E tão jovem! Apenas três anos mais velha do que você é hoje, Sara. Foi a alegria da casa durante dezoito anos. E então nos conhecemos.

– Gostaria de me lembrar dela... Não tenho nem mesmo um retrato. Por que não a pintou, pai?

– Porque ela nunca deixou. Tinha uma superstição engraçada, meio mórbida, a respeito. Mas eu o teria feito com prazer se permitisse. Ela e o irmão gêmeo, Felix, morreram no mesmo dia, sabiam? Isso também foi tão estranho!... Ela estava muito doente e, naquele dia, eu a tinha nos braços. Seus olhos estavam fixos em mim, mas ela os desviou, como se enxergasse algo atrás dos meus ombros, e levou um pequeno susto. Disse o nome dele, estremeceu, sorriu... Voltou os olhos novamente para mim... Estavam tão tristes, suplicantes... Então murmurou: "Felix veio me buscar, querido. Estávamos sempre juntos antes de você aparecer na minha vida. Não fique bravo. Fique feliz porque não terei de partir sozinha".

O tio Blair respirou fundo e tentou sorrir. Pensou por alguns segundos e então completou:

– É... Quem pode saber? Ela me deixou, Sara me deixou.

Ficamos em silêncio por um bom tempo, até que a Menina das Histórias perguntou, ainda com voz muito suave:

A ESTRADA DOURADA

– Como a mamãe era, pai? Não me pareço com ela, não é? Em nada...

– Não. Eu bem que gostaria, meu amor, mas não. Sua mãe tinha a pele muito clara, como um lírio do campo, e um tom rosado muito, muito leve nas maçãs do rosto. Os olhos... bem, eram os olhos de quem traz música no coração. Tão azuis!... A boca era miúda, com lábios vermelhos que tremiam quando estava triste ou então muito feliz, como uma rosa escarlate balançada por um vento rude. Era esbelta, quase magra, como são as bétulas jovens e ainda frágeis. Eu a amava tanto! Fomos tão felizes juntos! Mas quem aceita o amor em si deve ligá-lo à alma através da dor e, para mim, ela não se foi. Afinal, nada realmente deixa de existir enquanto vive em forma de lembrança.

Mais uma vez ele ergueu o olhar para o céu; para a estrela lá em cima, diretamente acima do pinheiro. Percebemos que tinha se esquecido da nossa presença e, de mãos dadas, nos afastamos para deixá-lo a sós com as sombras formadas na memória dele no velho e tão querido pomar dos King.

O CAMINHO PARA ARCÁDIA

    Naquele ano, o mês de outubro pareceu reunir em si todos os raios de sol existentes. A Menina das Histórias havia pedido que tentássemos transformar aqueles últimos dias juntos em algo memorável, que levaríamos conosco pelo resto da vida, e a natureza pareceu apoiar essa ideia e os esforços que fizemos para conseguir tal intento, nos dando de presente o mais belo outono que já tínhamos vivido. Foram trinta e um dias que amanheceram com o esplendor do sol espalhando beleza, calor e vida por toda parte e anoiteceram com o encantamento produzido pelo brilho das estrelas e a magia do luar; dias de alegria e tranquilidade, de temperatura agradável, ar limpo e perfumado, brisa suave e cores, tantas cores deslumbrantes, para onde quer que se olhasse. Os bordos pareciam estar mais felizes do que nunca; são árvores que dão a impressão de possuírem um fogo primitivo na alma, e ele brilha, um tanto tímido, quando são jovens, antes de as folhas se abrirem, na vermelhidão da florada; quando vem o verão, esse fogo fica escondido sob uma camada de verde

A ESTRADA DOURADA

pontuada de prata, e então, quando o outono chega, os bordos deixam de lado a sobriedade da verdadeira essência deles e transformam as colinas em um esplendor variado de tons intensos que parecem ter sido tirados dos maravilhosos contos das *Mil e uma Noites*.

Uma pessoa qualquer talvez nunca tenha visto todos os tons de vermelho e escarlate que existem até os observar, à perfeição, em uma colina coberta de bordos no outono, com o azul intenso do céu formando um contraste espetacular. É como se a Terra deixasse escapar ali todo o brilho e alegria com os quais gostaria de se expressar antes que o frio do inverno se aproxime para silenciá-la. É o carnaval da natureza se manifestando antes da chegada dos dias de quaresma em que os vales choram sem folhas e as névoas vêm cumprir penitência.

A época de colher as maçãs voltou e trabalhamos com alegria. O tio Blair ajudou na colheita, sempre animado. Entre ele e a Menina das Histórias se formou um vínculo que tornaria aquele mês de outubro inesquecível.

– Que tal um passeio bem distante hoje? – ele convidou a ela e a mim, em uma tarde amena de céu muito azul, campos tranquilos e colinas cobertas de névoa.

Era sábado e Peter havia voltado para casa; Felix e Dan estavam ajudando o tio Alec a cobrir os canteiros de nabos; Cecily e Felicity estavam fazendo biscoitos para o domingo; a Menina das Histórias e eu estávamos livres, caminhando pelo passeio do tio Stephen.

Tínhamos nos aproximado ainda mais nesse último mês antes da partida dela e conversávamos muito sobre o futuro. Desde o verão, havíamos ficado cada vez mais próximos e surgira entre nós um laço de simpatia e afinidade que não tínhamos com os outros. Éramos mais velhos do que eles; ela já completara quinze anos e eu ia completar em breve. E, de repente, parecíamos muito mais maduros e tínhamos uma visão de mundo, sonhos e esperanças que eles não conseguiam entender. Às vezes, éramos ainda pouco infantis e, portanto, interessados em coisas típicas da infância. Mas havia momentos em que nos considerávamos praticamente adultos e trocávamos impressões sobre a vida, sobre as aspirações que tínhamos e o que esperávamos conseguir no futuro. E os laços que nos ligavam se tornaram mais fortes, capazes de durar a vida inteira, em uma amizade rara de se encontrar. Afinal, não há laços mais fortes, nem mais duradouros, do que os criados quando se trocam confidências na incrível, maravilhosa passagem entre infância e juventude, quando é possível imaginar o que a vida adulta reserva, e quando a doce estrada dourada da infância é deixada para trás em toda sua glória e inocência.

– Aonde vamos? – ela quis saber.

– Aos "bosques que serpenteiam pelas encostas das colinas e se desdobram para além dos vales, mergulhados na paz insondável, imemorável de tempos passados" – o tio Blair declamou. Então sorriu e explicou: – Quero muito perambular pelos bosques da Ilha do Príncipe Edward antes de deixar o Canadá novamente, mas não gostaria de ir sozinho. Então venham, lindas e jovens criaturas, diante das quais a vida ainda é uma promessa de beleza e alegria! Vamos buscar o caminho para Arcádia[15]! Vamos encontrar muitas coisinhas interessantes em nosso passeio e elas nos farão imensamente felizes: sons animados trazidos pelo vento, açafrão em abundância, que vamos colher para formar lindos ramalhetes; o encanto poderoso e sombrio de um bosque de abetos e a graça das sorveiras[16] que enfeitam as bordas dos campos. Vamos conversar com nossos irmãozinhos cobertos de pelos e de penas e nos deleitarmos com a melodia que somente as árvores mais altas sabem tocar. Venham comigo e terão uma tarde que viverá para sempre na memória de vocês.

O tio Blair não poderia estar mais certo. Aquela tarde nunca mais se apagou das nossas lembranças. O passeio que fiz com eles vive em mim até hoje; é como um marcador no livro da minha vida, enfatizando uma página especial, inesquecível. Foram horas de um prazer simples, doce.

---

[15] Arcádia era uma província da Grécia antiga. Com o tempo, se tornou o nome de um país imaginário, criado e cantado por poetas e artistas, em especial do Renascimento e do Romantismo. (N.T.)
[16] Sorveira é uma árvore pequena, de até trinta centímetros de altura, com folhas alongadas, flores rosadas e frutos comestíveis miúdos, vermelhos e muito saborosos. (N.T.)

A ESTRADA DOURADA

Fomos andando sem seguir caminho algum, apenas desfrutando a beleza e a calma que nos rodeavam. O tio Blair vinha atrás de nós, assoviando; às vezes, falava consigo mesmo e sorríamos por vê-lo tão absorto nos próprios pensamentos a ponto de colocá-los em palavras. Algo que me ocorre agora é a definição que, um dia, criei para ele: Blair Stanley foi o único homem que conheci que conseguia, quando queria, "falar como um livro" e fazê-lo sem parecer ridículo. Talvez fosse pelo fato de escolher bem sua audiência (apropriada e pouco numerosa) e, claro, o melhor momento para se dirigir a ela com o dom natural dele de encantar.

Seguimos pelos campos com a intenção de completar o perímetro dos bosques aos fundos da fazenda do tio Alec e, assim, encontrar a estrada que cortava a propriedade do tio Roger por entre os outros bosques que lá existiam. Antes de chegarmos até ela, porém, sem querer, encontramos outra, bem menor, que era apenas uma trilha. Sem querer... Talvez tenha me expressado mal, pois, nos bosques, é possível que não exista um "sem querer". Sinto-me tentado a acreditar que o povo da floresta é quem nos guia por seus próprios caminhos porque tem um propósito para nós.

– Vamos explorar por aqui – ele logo se interessou. – Sempre que passo por um bosque fico esperando uma desculpa qualquer para poder atravessá-lo e parece-me que esta trilha é a desculpa perfeita para cruzarmos este. São os pequenos caminhos que levam ao coração da mata e devemos sempre seguir por eles se quisermos conhecê-la melhor, e deixar que nos conheça também. Somente ao sentir seu coração selvagem batendo junto com o nosso podemos deixar que a vida dentro dela pulse em nós para que sejamos um único ser para sempre, de forma que, mesmo estando longe, em cidades barulhentas ou no silêncio dos mares, ainda a tenhamos fluindo nas veias, formando conosco uma espécie de parentesco definitivo.

– Sinto-me tão bem junto às árvores! – exclamou a Menina das Histórias quando já nos aventurávamos pela trilha, sob os galhos mais baixos dos abetos. – Elas sempre me pareceram seres tão amistosos!

– São os seres mais afáveis que Deus colocou na face da Terra. E é tão fácil viver entre elas! É maravilhoso conversar com os pinheiros, trocar segredos com os álamos, ouvir as histórias de amor que as bétulas têm para contar, ou mesmo caminhar em absoluto silêncio com os abetos mais reservados; tudo isso faz parte de um aprendizado sobre o que é, de fato, o companheirismo. Além do mais, as árvores são iguais no mundo todo. Uma bétula que cresce nas montanhas dos Pirineus é como outra, dos bosques de Carlisle. E por aqui havia um pinheiro enorme, cujo irmão gêmeo se tornou muito meu amigo em um pequeno vale da região dos Apeninos. Estão ouvindo os esquilos? Devem estar em algum galho logo acima de nós. Já ouviram tamanho barulho por nada? Os esquilos são os fofoqueiros e os leva-e-traz da floresta. Não têm o comedimento dos vizinhos. Mas, apesar disso, são os camaradinhas mais simpáticos que conheço.

Olhamos para cima e vimos o grupo de bichinhos atarantados que nos observavam com curiosidade e pareciam falar, trocando impressões a nosso respeito.

– Devem estar nos dando uma bronca – observei, rindo.

– Ah, mas não são tão bravos quanto parecem – o tio Blair explicou, alegre. – Se falassem um pouco menos e fossem um pouquinho menos esquivos, seriam as criaturas mais adoráveis do bosque.

A Menina das Histórias observou os bichinhos com atenção por alguns segundos e então comentou:

– Se eu tivesse que ser um animal, acho que gostaria de ser um esquilo. Deve ser quase tão bom quanto poder voar.

– Vejam o salto que aquele ali deu! – riu o tio Blair. – E ouçam como grita de alegria! Imagino que, para ele, o espaço que conseguiu saltar seja tão largo e profundo quanto seria para nós saltarmos o vão das Cataratas do Niágara, se isso fosse possível. As criaturas da floresta são muito felizes e vivem satisfeitas com a vida que têm.

As pessoas que já tiveram a oportunidade de se embrenhar em uma floresta e encontrar uma fonte cristalina no lugar mais recôndito da mata, foram, com certeza, presenteadas com o segredo mais raro que ela poderia revelar. Naquele dia, também tivemos essa sorte. Ao final da trilha,

A ESTRADA DOURADA

encontramos uma nascente abrigada sob os pinheiros, límpida e suave, atingida apenas e muito levemente por um raio de sol curioso.

– É fácil imaginar que esta seja uma daquelas fontes encantadas tantas vezes mencionadas em antigos contos – fantasiou o tio Blair. – Tenho certeza de que este local é todo encantado, portanto vamos falar baixo para não perturbar as náiades[17] adormecidas ou quebrar um encanto qualquer que vem sendo elaborado há anos.

– A imaginação voa quando se está em um bosque – observou a Menina das Histórias, com um brilho de encantamento no olhar. – Fica sempre mais fácil sonhar aqui. – Ela enrolou um pedaço de casca de bétula e formou uma espécie de copo, que encheu com água da fonte.

– Faça um brinde e beba – ele sugeriu. – Essa água, com certeza, é mágica e, se fizer um pedido ao beber, ele vai se realizar.

Ela levou a imitação de copo aos lábios. Por cima da borda, seus olhos pareciam sorrir para nós.

– Ao futuro! – brindou. – Desejo que todos os dias de nossa vida sejam melhores do que o dia anterior!

– Ora, que desejo extravagante! Mas, apesar disso, Sarinha, vai se realizar. Todos os dias por vir serão melhores do que os anteriores se vocês forem fiéis a si mesmos. Se o fizerem, cada dia será uma renovação sem precedentes, embora, meus queridos, possa haver momentos em que duvidem disso.

Não entendemos, mas sabíamos que ele nunca explicava o significado do que falava. Costumava apenas sorrir e dizer: "Um dia entenderão. Esperem e verão".

Avançamos pelo caminho sinuoso e cheio de surpresas ao longo do riacho que aos poucos ia se formando depois da fonte. Após algum tempo, o tio Blair voltou a devanear:

– Um riacho é a coisa mais instável, encantadora e interessante que existe. Vive mudando de ideia e de humor; em um momento, segue

---

[17] Náiade, de acordo com a mitologia grega, é o nome dado à ninfa que vive junto às fontes e aos rios. (N.T.)

murmurante e lento como se tivesse o coração partido e, no instante seguinte, parece estar rindo como se achasse engraçada alguma história que ele mesmo contou.

E aquele era, realmente, um riacho instável. Em um ponto, formava uma poça de águas escuras, paradas, sobre a qual nos inclinamos para ver nosso reflexo; em outro local, seguia apressado, falante, sobre pedriscos arredondados que se podiam ver nitidamente, pois a água era pura e translúcida, atingida por raios de sol que a faziam cintilar. Peixe nenhum ousaria nadar ali, pois estaria se expondo demais. Às vezes, as margens eram altas e até íngremes, cheias de vegetação; outras vezes eram baixas e planas, forradas de musgo, e formavam suaves degraus mata adentro. Em um determinado local, o terreno se inclinou abruptamente e o riacho, sem receio algum, formou uma pequena cascata; a água, ao cair, furiosa, lá embaixo, levantava uma nuvem de gotículas coloridas pela luz solar. O riacho, porém, continuou a seguir, serpenteando aqui e ali, brigando com troncos mortos que se acumulavam por onde passava, e empurrando raízes que ousavam interferir em sua marcha para os baixios.

Já estávamos cansados de toda essa inconstância e até aventamos a possibilidade de deixar de acompanhá-lo, mas então ele logo suavizou o ritmo da correnteza, fez uma curva no terreno e... chegamos à terra das fadas!

Tratava-se de um vale pequenino bem no coração do bosque. Uma fileira de bétulas marcava o curso do riacho e cada uma delas parecia mais graciosa do que as irmãs. Ali, o bosque havia respeitado o espaço central, plano e banhado de sol, evitando avançar com as árvores sobre ele. As bétulas amareladas refletiam-se na água e, de vez em quando, uma folha delas caía e seguia levada pela correnteza, talvez, como o tio Blair sugeriu, sonhando, aventureira, em viajar até onde todos os rios se encontram: o mar.

– Que lindo é este lugar! – exclamei, passando os olhos maravilhados ao redor.

– Realmente! É como se um encantamento perene tivesse se formado sobre o coração da mata – ele concordou. – Talvez, aqui, o inverno nunca

A ESTRADA DOURADA

chegue, ou a primavera se perpetue. Seria bom se ficasse como está para sempre.

– Vamos prometer nunca mais voltar a este lugar – propôs a Menina das Histórias. – Nunca mais. Não importa quantas vezes voltemos a Carlisle. Assim, toda esta beleza permanecerá em nossa mente exatamente como está. Poderemos sempre nos lembrar de como é hoje, neste momento, e assim se perpetuará em nós.

– Vou desenhar – anunciou o tio Blair e logo tirou lápis e papel do bolso.

Enquanto rabiscava, atento, a Menina das Histórias e eu fomos nos sentar à margem do riacho e ela me contou a história do junco suspirante. Era uma historiazinha simples, sobre um junco que cresceu à beira de uma lagoa e que estava sempre triste e suspirando porque não conseguia produzir música, como faziam o riacho, os pássaros e o vento. Todas as coisas belas que o rodeavam zombavam e riam dele por ser tão tolo. Afinal, quem poderia imaginar que um junco sem graça fosse capaz de produzir qualquer coisa que se assemelhasse a uma nota musical? Mas, um dia, um belo rapaz surgiu e o cortou, dando-lhe um novo formato. Levou-o, então, aos lábios e soprou em seu interior, produzindo, assim, a mais suave e encantadora melodia, que ecoou por toda a floresta. Era uma música tão linda, que tudo parou para ouvi-la: pássaros, riacho, vento... Nunca tinham ouvido nada igual. Era a melodia que ficara por tanto tempo aprisionada na alma do junco suspirante e que, por fim, estava livre, mesmo que à custa de sua dor e desaparecimento.

Eu já tinha ouvido outras histórias muito mais dramáticas contadas por ela, mas essa se sobressai em minha lembrança até hoje, em parte, talvez, por causa do ao lugar onde a contou, em parte porque foi a última que eu a ouviria contar durante muitos anos; a última, de fato, que me contou quando ainda estávamos seguindo pela estrada dourada.

Quando o tio Blair terminou o desenho, o sol já estava baixo, lançando tons de vermelho pelo céu conforme desaparecia no horizonte.

O crepúsculo precoce de outono caiu sobre o bosque. Saímos do pequeno, lindo vale e nos despedimos dele para sempre, como a Menina das Histórias havia sugerido. Retomamos o caminho para casa em meio aos abetos, envolvidos pelo perfume indescritível do anoitecer.

– Sentem esse aroma? São os abetos que já morreram. Eles têm esse perfume mágico – explicou o tio Blair, rompendo o silêncio em que caminhávamos. E continuou, como se tivesse esquecido que não estava sozinho: – Ele entra no nosso fluxo sanguíneo como um bom vinho e nos amolece com uma doce fadiga; e nos devolve imagens de uma vida mais bela, passada em uma estrela feliz. Comparados a ele, os outros aromas parecem pesados, vindos diretamente da terra, remetendo aos vales profundos e não às alturas. O perfume dos abetos, ao contrário, nos faz pensar em avançar, em subir para um lugar distante, divino, no qual se pode ver, em espirais nítidas, uma cidade etérea localizada acima das nuvens. É um lugar de beleza excepcional e cheio de promessas.

Ele se calou por alguns instantes e depois acrescentou, em tom mais baixo:

– Felicity, você adorava o perfume dos abetos caídos. Se estivesse aqui comigo esta noite... Felicity... Felicity...

Havia algo em sua voz que me encheu de uma tristeza repentina. Só me senti melhor quando a Menina das Histórias buscou minha mão para seguirmos o resto do caminho de mãos dadas.

Saímos do bosque e, diante de nós, o espetáculo do pôr do sol se repetia uma vez mais. Estávamos em um vale não muito grande. Na colina do lado oposto, uma fogueira ardia em um grupo de bordos. Havia algo estranhamente atraente naquele fogo tão vermelho contra o fundo escuro da floresta ao anoitecer.

– Vamos para lá! – o tio Blair instigou. Já tinha deixado a tristeza de lado e agarrou nossas mãos com força. – Uma fogueira assim, à noite, tem um fascínio irresistível para nós, mortais. Vamos! Não podemos perder tempo!

– Vai demorar para queimar – argumentei, porque ele nos puxava colina acima sem piedade.

A ESTRADA DOURADA

– Nunca se sabe! Pode ter sido acesa por um fazendeiro bem-intencionado que só queria ver-se livre de galhos velhos, mas também pode ter sido obra de algum lenhador que não pertence a este mundo, como forma de homenagear os seres da floresta; e, assim, pode se apagar a qualquer momento.

O fogo não se apagou e chegamos a tempo de vê-lo arder. Era um espetáculo estranho, mas bonito. A madeira estalava e as árvores se iluminavam de tons amarelos e rosados enquanto o céu era manchado de cinza conforme a fumaça subia.

Tudo ali parecia estar estranhamente parado e ser fantasmagoricamente remoto. Como em um sonho.

– Parece impossível que logo ali adiante, depois da colina, haja uma aldeia, com casas onde o fogo foi domesticado – o tio Blair observou.

E a Menina das Histórias acrescentou:

– É como se estivéssemos a centenas de quilômetros de tudo que conhecemos.

– E estão! – ele apoiou. – Estão na juventude do mundo, da raça humana! Com a beleza dos mitos clássicos, o encanto primitivo do silêncio e da vastidão da Terra, a magia do mistério! Em um tempo e espaço em que tudo poderia tornar-se realidade, quando os seres das florestas podiam sair delas e darem-se as mãos para dançar em torno do fogo e as dríades[18] podiam deixar as árvores e aquecer os braços e pernas tão brancos, gelados pelo frio de outubro. Eu não me surpreenderia se víssemos alguns desses seres agora. – Ele apontou para um ponto qualquer em meio às labaredas. – Ali! Não foi um lampejo fugaz de um ombro muito claro na luz das chamas? – Tornou a apontar, desta vez para um local à nossa frente, junto ao chão. – E naquele tronco caído? Não viram o rosto curioso de um elfo nos observando, meio desconfiado? É... nunca se sabe... A visão dos mortais é lenta e fraca demais para enxergar as coisas fantásticas que circundam uma fogueira acesa pelas mãos das fadas, ou para saudá-las.

---

[18] Na mitologia grega, as dríades eram ninfas associadas aos carvalhos. Viviam junto às árvores e morriam se elas fossem cortadas. (N.T.)

De mãos dadas, vagamos por ali em busca dessas criaturas iluminadas. Era como se pudéssemos ouvir a voz baixinha delas chamando, cantando, rindo. Saímos de lá somente quando o fogo se extinguiu. A lua cheia brilhava em toda a glória, magnífica. Entre nós e ela, um pinheiro imenso e quase sem galhos se erguia, como se quisesse alcançá-la. Além do vale, nas colinas à nossa frente, as fazendas delineavam-se, suaves e tranquilas, recortadas pela luminosidade mágica do luar.

– Não parece que se passou uma eternidade desde que saímos de casa esta tarde? – a Menina das Histórias avaliou. – E, na verdade, foram apenas algumas horas.

Sim, tinham se passado apenas algumas horas, mas foram horas que valeram por anos, eternizadas em momentos de glória e sonho.

PERDEMOS UM AMIGO

O maravilhoso mês de outubro daquele ano, apesar de nos presentear com dias impecáveis, marcou nossa vida com a tristeza de uma tragédia que cobriu um deles com as densas nuvens do sofrimento: a morte de Paddy.

Ele se foi de repente, após sete anos de uma vida feliz, e a suspeita geral foi de que tivesse ingerido algum tipo de veneno. Nunca soubemos por onde teria andado nem em que momento teria encontrado o que provocou a morte dele; o fato é que, ao alvorecer, arrastou-se de volta à casa para morrer. Nós o encontramos à soleira da porta ao nos levantarmos naquela manhã e não foi necessário ouvirmos as palavras breves e um tanto quanto indiferentes da tia Janet, nem vermos o tio Roger negar com a cabeça, entristecido, para sabermos que não havia mais como nosso bichano querido se recuperar. Sentimos, meio que por instinto, que não havia mais esperança. De nada adiantaria besuntar as patinhas negras e os flancos macios com banha misturada a enxofre, nem correr em busca do auxílio de Peg Bowen. Ficamos ali, parados em volta dele, em um silêncio dolorido. A Menina das Histórias se sentou em um dos degraus da varanda e pegou-o com cuidado, aninhando-o no colo.

– Acho que não adianta nem rezar – Cecily murmurou, com a voz embargada.

– Não faria mal tentarmos – Felicity soluçou.

Dan, embora triste, continuou sendo prático:

– Não desperdicem orações. Paddy já não pode ser ajudado. Vejam os olhos dele. Além do mais, não acredito que, da outra vez, ele tenha se curado por causa das preces que fizemos.

– Não, mesmo – Peter comentou. – Foi Peg Bowen. Mas não foi ela que o enfeitiçou agora porque não a vemos há meses e ninguém sabe onde está.

– Se, ao menos, ele pudesse falar para nos dizer o que está sentindo!... – Cecily lastimou. – É horrível vê-lo sofrer e não poder fazer nada para ajudar.

– Acho que já não está sofrendo muito – opinei, para confortar a todos.

A Menina das Histórias não se manifestou. Ficou ali, acariciando o gatinho querido em silêncio. Paddy levantou a cabeça e fez menção de encostá-la em sua dona. Ela o estreitou com carinho, em resposta. Ouvimos um miadinho suave e então ele estremeceu e partiu para onde as almas dos gatos vão.

– Acabou – declarou Dan, dando-nos as costas.

– Não pode ser verdade! – Cecily chorou. – Ontem de manhã ele estava tão cheio de vida!

– Bebeu dois pires de leite – Felicity lembrou, entre lágrimas. – E o vi caçando um ratinho ao anoitecer. Acho que foi o último que pegou...

– Era um grande caçador – Peter declarou, querendo prestar um tributo ao recém partido.

– Era um bom gatinho, não há dúvida – acrescentou o tio Roger.

Felicity, Cecily e Sara Ray choraram tanto, que a tia Janet acabou por perder a paciência.

A ESTRADA DOURADA

– Um dia, vocês terão motivos para chorar de verdade! – ralhou, embora tais palavras só servissem para deixar as meninas ainda mais tristes.

A Menina das Histórias não derramou uma lágrima, embora demonstrasse nos olhos uma tristeza profunda, insondável.

– Talvez tenha sido melhor assim – comentou. – Eu estava me sentindo tão mal por ter de ir embora e deixar Paddy aqui! Sei que teriam cuidado dele com carinho, mas, ainda assim, ele sentiria muito a minha falta. Paddy não era como a maioria dos gatos, que não se importam muito com as pessoas desde que tenham o que comer. Ele não seria feliz sem mim.

Sara Ray chorou ainda mais, gemendo como se lhe estivessem arrancando os cabelos. Felix olhou para ela, irritado.

– Não sei por que está fazendo todo esse escarcéu – criticou. – Paddy nem era seu!

– Mas eu gostava dele! E, se meus amigos ficam tristes, eu também fico!

– Eu gostaria que os gatos, depois de mortos, fossem para o céu como as pessoas – Cecily suspirou. – Será que é possível?

O tio Blair negou com a cabeça.

– Acho que não, querida. Eu até gostaria de pensar que sim, mas não vejo como, apesar de serem criaturinhas tão lindas e, claro, abençoadas por Deus.

– Blair, isso é coisa que se diga às crianças!? – a tia Janet protestou.

– Prefere que eu lhes diga que sim, que os gatos vão para o céu?

– O que acho é que não é certo ficarem se lamentando desse jeito por um animal, e você não deveria encorajá-los, dizendo que os bichos são abençoados por Deus, em especial os gatos! – Ela se voltou para nós. – Crianças, já chega dessa choradeira! Enterrem o gato e vão colher maçãs!

Tínhamos que fazer nosso trabalho, mas Paddy jamais seria relegado a um tratamento desumano como o que a tia Janet havia sugerido. Acertamos de enterrá-lo no pomar, ao pôr do sol; Sara Ray, que precisava voltar para casa, prometeu estar de volta para o funeral e chegou a implorar que esperássemos por ela, caso se atrasasse um pouco.

- Talvez eu só consiga vir depois da ordenha - explicou -, mas não quero perder o enterro de Paddy. Até mesmo o funeral de um gato é melhor do que nenhum.

- Criatura horrorosa! - Felicity deixou escapar assim que Sara Ray se afastou e não pôde mais ouvi-la.

A colheita das maçãs foi feita com muita tristeza naquele dia. As meninas choraram em vários momentos e nós, meninos, nos mantivemos firmes, até assoviando às vezes, para disfarçar o sofrimento. Quando a tarde começou a cair, foi impossível não pensarmos no funeral, porém. Como Dan havia dito, tínhamos que fazer uma cerimônia especial porque Paddy não era um gato qualquer.

A Menina das Histórias escolheu o local do sepultamento, em um cantinho atrás das cerejeiras onde sempre havia muitas violetas, e ali cavamos. Sara Ray conseguiu vir a tempo e ficou junto a Felicity, vendo-nos preparar a terra para receber o corpinho do nosso amigo. Cecily e a Menina das Histórias ficaram a uma boa distância.

- Como poderíamos imaginar, ontem, a esta hora, que hoje estaríamos aqui, preparando a sepultura de Paddy? - comentou Felicity, com olhos vermelhos.

- Nunca sabemos o que o futuro nos traz - Sara Ray soluçou, com a constante obviedade que lhe era peculiar. - Ouvi o pastor dizer algo assim um dia desses e é verdade.

Felicity, que já não tinha mais paciência alguma para com ela, torceu os lábios e concordou, de má vontade:

- É claro que é. Está na Bíblia, mas não deve citá-la quando se referir a um animal.

Assim que a cova ficou pronta, a Menina das Histórias veio devagar pelo pomar, com o gatinho que tanto amava nos braços. Não pude deixar de avaliar que ele ficaria para sempre ali, por onde tantas vezes tinha perambulado e se divertido.

O esquife que abrigava seu corpo era uma caixa de papelão bem bonitinha que a Menina das Histórias havia providenciado.

A ESTRADA DOURADA

– Será que devemos dizer "do pó vieste e ao pó retornarás"? – indagou Peter.

– Não – Felicity respondeu, seca. – Seria errado.

– Podemos cantar um hino – Sara Ray sugeriu.

– Só se não for religioso – ela impôs.

– Que tal *Força, marujo, rumo à costa*? Essa canção nunca me pareceu muito religiosa.

Felicity sequer a olhou para determinar:

– Mas é. Não acho que seja apropriada para um funeral.

Nossa amiguinha chorona pensou um pouco e deu uma nova sugestão:

– Acho que *Guia-me, doce luz* é perfeita! É tão melancólica, mas, ao mesmo tempo, calma e relaxante.

– Não vamos cantar coisa nenhuma – a Menina das Histórias decidiu. – Quer transformar o sepultamento de Paddy em um espetáculo ridículo? Vamos apenas cobrir a cova com terra em silêncio e colocar uma pedra plana por cima.

– Achei que funerais fossem diferentes – Sara Ray reclamou, mas ninguém, além de Cecily, lhe deu ouvidos.

– Vamos fazer um belo obituário para Paddy no *Nosso Periódico* – ela prometeu, como para consolar a amiga.

– E Peter vai gravar o nome de Paddy na pedra – Felicity acrescentou –, mas não vamos contar para os adultos até que esteja pronto porque poderiam dizer que não é correto.

Deixamos o pomar, entristecidos, sentindo no rosto a brisa suave do anoitecer. O tio Roger passou por nós junto ao portão e indagou, em um leve sorriso:

– As despedidas finais terminaram, então?

Não gostamos do tom que usou e sentimos certa raiva, por isso não nos dignamos a responder. No entanto, sentimos uma grande empatia quando o tio Blair comentou, na varanda:

– Enterraram seu amiguinho, não é?

A mesma coisa pode ser dita por duas pessoas e, ainda assim, pode haver um abismo de diferenças na maneira como é pronunciada. Mas nem mesmo a compaixão e a solidariedade do tio Blair conseguiram diminuir em nós a dor profunda de saber que Paddy não viria mais tomar seu leitinho fresco naquele início de noite. Hoje posso afirmar com certeza que muitos humanos foram levados ao túmulo sem o carinho, a saudade e o amor que acompanharam nosso querido gatinho cinza de patas pretas ao local onde iria descansar eternamente.

PROFECIAS

– Uma carta do papai para você – Felix anunciou, jogando-a para mim ao cruzar o portão do pomar. Tínhamos colhido maçãs desde a manhã e agora fazíamos um breve intervalo para descanso junto ao poço, cuja água cristalina saboreávamos à sombra das árvores.

Abri a carta com certa indiferença porque o papai podia ter muitas qualidades boas, mas, como correspondente, era, no mínimo, sem graça. Costumava escrever pouco e sobre assuntos sem muito interesse. Dessa vez, porém, apesar de curta, a carta trazia notícias relevantes. Fiquei ali, sentado, mudo, olhando para as palavras depois de as ler, até que Felix exclamou:

– Ei, Bev! O que foi? O que diz a carta?

– Papai vai voltar para casa – informei, ainda atônito. – Vai deixar a América do Sul dentro de quinze dias e estará aqui em novembro para nos levar de volta a Toronto.

Todos prendemos a respiração, surpresos. Sara Ray, logicamente, se pôs a chorar, o que deu nos meus nervos mais do que de hábito.

– Bem... vai ser bom vê-lo de novo – Felix comentou, em tom de consolo, após se recuperar da surpresa –, mas, para ser sincero, não gosto nada da ideia de ir embora daqui.

Eu senti a mesma coisa, mas jamais admitiria por estar diante da insuportavelmente chorosa Sara Ray. Preferi manter silêncio enquanto os outros comentavam a novidade.

– Eu me sentiria péssima se não estivesse indo embora também – observou a Menina das Histórias. – Na verdade, já estou triste. Gostaria de imaginar vocês todos juntos aqui quando eu já não estivesse mais, e saber que estavam se divertindo e que me escreveriam contando tudo.

– Vai ser *muito* monótono depois que vocês forem embora – Dan lamentou.

– O que vamos fazer no inverno? Nada... – constatou Felicity, em total desalento.

– Graças a Deus não vamos ter mais nenhum pai voltando para casa! – exclamou Cecily, com uma franqueza irritada que nos fez rir, apesar da tristeza do momento.

Continuamos o trabalho na colheita das maçãs, mas já sem o mesmo entusiasmo de antes e foi apenas ao anoitecer, quando fizemos a reunião costumeira no pomar, que nosso ânimo voltou a se aproximar do nível habitual. O tempo estava claro, límpido e um tanto quanto frio. O sol desaparecia por trás de uma bétula em uma colina distante e a impressão que tínhamos era de que a árvore possuía um coração em chamas. O imenso salgueiro junto ao portão balançava os galhos ao sabor do vento que encerrava o dia.

Apesar de todas as mudanças que estavam sacudindo o mundo que tínhamos criado, não nos deixamos abater, com exceção de Sara Ray, que já nascera abatida, e Peter, o que raramente acontecia. Mas ele se mostrava assim fazia alguns dias. Estava chegando a hora de produzirmos o número de outubro do *Nosso Periódico* e ele não tinha ainda escrito a história de sua própria autoria, como prometera fazer. Tinha se ressentido tanto com a crítica de Felicity de que as histórias que publicava eram todas

A ESTRADA DOURADA

verdadeiras, que se determinara a criar uma "verdadeiramente falsa" para a próxima edição. O problema era redigi-la. Havia pedido ajuda à Menina das Histórias, mas ela recusara; então apelou a mim e eu me esquivei. Por fim, decidiu escrever sozinho.

– Não deve ser mais difícil do que fazer uma poesia e isso eu já consegui – analisou.

E passou a trabalhar no projeto todas as noites, na parte de cima da tulha. Evitamos perguntar-lhe sobre seus escritos porque, evidentemente, detestava falar sobre o assunto. Mas, naquela noite, no pomar, eu me vi obrigado a cobrá-lo porque precisava montar o jornal e depois fazer a leitura para os demais, como de costume.

– Já está pronto – ele revelou, com ar de triunfo. – Não é muito, mas tudo que escrevi saiu da minha própria cabeça. Nada ali foi publicado ou contado antes.

– Ótimo. Estou com todo o material então. Vou montar o jornal e, amanhã à noite, o *Nosso Periódico* edição de outubro poderá ser lido – prometi.

– Vai ser o último, não? – indagou Cecily, com tristeza. – Não vamos fazer mais nenhum depois que vocês forem embora. E tem sido tão divertido...

– Bev vai ser um editor de verdade um dia – profetizou a Menina das Histórias.

Naquele dia, o dom de prever o futuro pareceu aflorar nela. Estava se balançando no galho de uma macieira. Tinha um xale escarlate passado pela cabeça e ombros e os olhos pareciam estar mais incendiados do que o normal.

– Como sabe disso? – Felicity perguntou, incrédula.

– Porque posso ver o futuro – ela respondeu, cheia de mistério. – Sei o que vai acontecer com cada um de vocês. Querem que eu diga?

– Sim! Vai ser divertido – aceitei. – E, um dia, vamos saber o quanto acertou ou o quanto se enganou. Vamos, continue! O que mais vê para mim?

– Vai escrever livros também e viajar pelo mundo inteiro. E Felix vai continuar a ser gordinho a vida toda; vai ser avô antes de fazer cinquenta anos e vai usar uma barba bem longa e escura.

– Não vou, não! – ele reagiu de imediato. – Detesto pelos no rosto! A parte de ser avô talvez aconteça, mas não vou usar barba!

– Pode espernear o quanto quiser. Vai usar barba sim. Está escrito nas estrelas.

– Bobagem. As estrelas não podem me impedir de fazer a barba.

– "Vovô Felix". Até que soa bonitinho – refletiu Felicity.

– Peter vai se tornar pastor – a Menina das Histórias continuou com os prenúncios.

– Bem... podia ser pior – ele avaliou, não de todo descontente.

– Dan vai ser fazendeiro e vai se casar com uma jovem cujo nome começa com "K" e os dois vão ter onze filhos. Ah, e vai sempre votar no Partido Liberal.

Dan arregalou os olhos.

– O quê!? É claro que não vou! Você não sabe de nada! Eu, votando a favor dos liberais? Impossível! Quanto ao resto... não me importo. Ser fazendeiro... está bem, embora preferisse ser marinheiro.

– Não diga isso! – Felicity o repreendeu. – Quer ser marinheiro para quê? Para morrer afogado?

– Nem todo marinheiro morre afogado – ele rebateu, devagar, como se dissesse a coisa mais óbvia do mundo.

– A maioria morre! Veja só o tio Stephen!

– Ninguém tem certeza se ele se afogou ou não.

– Mas desapareceu, o que é ainda pior!

– Como pode saber? Desaparecer é fácil.

– Não é fácil para a família!

– Parem! – Cecily interferiu. – Vamos ouvir o resto das previsões. Vocês, quando começam a discutir, se esquecem do mundo! Meu Deus!

– Felicity vai se casar com um pastor – a Menina das Histórias retomou, muito séria.

Sara Ray riu baixinho e Felicity enrubesceu. Peter, por sua vez, tentou disfarçar a satisfação que tal previsão lhe causou.

A Menina das Histórias prosseguiu, apesar das reações:

A ESTRADA DOURADA

– Vai ser uma dona de casa perfeita, vai dar aulas na Escola Dominical e ser muito feliz.

– E o marido? Vai ser feliz também? – Dan alfinetou.

– Vai ser tão feliz quanto a esposa! – Felicity respondeu de pronto.

E Peter logo acrescentou:

– Vai ser o homem mais feliz do mundo.

– E eu? – indagou Sara Ray, ansiosa.

A Menina das Histórias pareceu, por um instante, um tanto quanto confusa. Devia ser muito difícil imaginar o futuro daquela criatura, fosse ele qual fosse. Mas ela não podia ficar sem uma resposta.

– Você vai se casar. – Foi uma previsão que não necessitou de muita reflexão. – E vai viver até quase os cem anos. Também vai estar presente a inúmeros funerais e ter muitos problemas no estômago. E vai aprender a não chorar à toa, mas só quando tiver passado dos 70. Ah! E seu marido jamais irá à igreja.

– Que bom que avisou! – Sara Ray declarou, em tom solene. – Porque, assim, antes de nos casarmos, vou obrigá-lo a prometer que irá.

A Menina das Histórias negou com a cabeça.

– Não vai adiantar. Ele não vai manter a promessa. Bem, mas está esfriando muito e Cecily está tossindo. Vamos para casa.

– Você não previu nada para mim – Cecily constatou.

A Menina das Histórias voltou os olhos cheios de ternura para ela. Observou bem o rostinho miúdo, pálido, os olhos muito brilhantes, as maçãs do rosto que se tingiam de vermelho ao menor esforço, as mãos pequeninas sempre prontas a ajudar e a fazer qualquer tipo de trabalho que revertesse em benefício alheio. Uma expressão estranha tomou-lhe as feições e colocou-lhe um brilho triste no olhar, como se, com ele, pudesse enxergar uma verdade dolorida.

– Não consigo ver nada de muito intenso para você, querida – murmurou enquanto passava um braço pelos ombros de Cecily. – Você merece ter tudo que há de bom e lindo, mas, sabe, eu só estava brincando. Não consigo enxergar de verdade o que o futuro reserva para nós.

– Talvez saiba mais do que imagina – observou Sara Ray, que parecia estar bem satisfeita com o destino e ansiosa por acreditar que ele seria, de fato, como a Menina das Histórias previra, apesar do marido teimoso e afastado de Deus que teria.

– Mas eu gostaria de saber sobre o meu futuro, mesmo de brincadeira – Cecily insistiu.

– Está bem, então. Vejamos... Todos que a conhecerem vão amar você a vida inteira. É uma previsão bem bonita, não? A melhor que posso fazer. E vai acontecer, mesmo que a dos outros não aconteça. Agora, acho melhor entrarmos.

Assim fizemos, embora Cecily ainda estivesse um pouco desapontada. Nos anos que se seguiram, sempre me perguntei por que a Menina das Histórias havia se recusado a prever o destino de Cecily naquela noite. Teria tido algum pressentimento ruim demais para ser revelado? Teria percebido, em um lampejo de presciência, que não haveria futuro para Cecily aqui na terra? Não havia sinais da vida adulta, nem visões de véu e grinalda, de filhos, marido, profissão? Não havia nada além do arco-íris dos anos alegres da infância? Nas previsões feitas naquele início de noite para todos os demais, havia muitos anos à frente, mas os pezinhos delicados de Cecily jamais deixariam a estrada dourada.

O ÚLTIMO NÚMERO DO *NOSSO PERIÓDICO*

Pela última vez nos reunimos para a leitura do nosso jornalzinho. E, como sempre acontecera, desde o primeiro número, fui eu o encarregado de fazê-la.

Editorial

É com o coração pesado que pegamos na caneta para escrever o anúncio de que este será o último número do Nosso Periódico. Fizemos um total de dez edições, cujo sucesso foi além das expectativas. O encerramento das atividades desta publicação não ocorre, de maneira alguma, por falta de interesse, mas por causa a circunstâncias que escapam ao nosso controle. Todos contribuíram para o Nosso Periódico *dando o melhor de si*. A Ilha do Príncipe Edward esperava que cada um cumprisse o seu dever e todos o fizeram.

O senhor Dan King conduziu a coluna de etiquette de maneira exemplar, digna dos melhores números do Guia da Família. E está recebendo esta menção especial uma vez que trabalhou tendo de criar a maior parte das perguntas e respostas. A senhorita Felicity King editou a coluna de assuntos domésticos com extrema habilidade e a senhorita Cecily King nos presenteou com observações sobre moda sempre muito atualizadas. A coluna de anúncios pessoais foi muito bem conduzida pela senhorita Sara Stanley e a página de ficção, sob os cuidados do senhor Peter Craig, não poderia ter sido melhor; temos, inclusive, neste número, uma história original de sua autoria, chamada "A batalha dos ovos de perdiz", para a qual pedimos especial atenção. A série de Aventuras Especiais também merece ser citada em consequência do enorme sucesso atingido.

Assim, ao encerrarmos nossas atividades, despedimo-nos da equipe, agradecendo a cooperação durante todo este ano. Apreciamos muito o nosso trabalho e acreditamos que este sentimento de satisfação esteja presente no coração de todos. Desejamos sucesso e felicidade aos nossos editores e esperamos que a lembrança do Nosso Periódico permaneça como uma das melhores que venham a ter da infância.

– Sim, sim... – murmuraram as meninas, com lágrimas nos olhos.

Obituário

No dia 18 de outubro, Patrick Pelo-Cinzento, nosso amado Paddy, partiu para a terra de onde nenhum viajante retorna. Era apenas um gatinho, mas foi nosso amigo fiel por muito tempo e não nos envergonhamos de sentir tanto a sua morte. Há muitas pessoas no mundo que não demonstram a amizade e o cavalheirismo que Paddy possuía. Além disso, era um caçador de camundongos sem igual! Enterramos sua parte mortal no pomar e jamais o esqueceremos. Decidimos que, todos os anos, na data do seu passamento, vamos baixar a cabeça e pronunciar seu nome no exato momento em que

A ESTRADA DOURADA

faleceu, em uma justa homenagem ao que representou em nossa vida. E o faremos onde quer que nos encontremos. Se não pudermos cumprir tal promessa em voz alta, o faremos em um sussurro, mas não deixaremos de homenageá-lo.

"Adeus, Paddy querido! Sua memória será guardada
em nosso coração por todos os anos ainda por vir."

(Obs.: Este obituário foi elaborado pelo senhor Felix King, mas os dois versos finais foram compostos pela senhorita Sara Ray.)

Minha aventura mais emocionante

Minha aventura mais emocionante aconteceu há dois anos, quando caí da parte de cima da tulha do tio Roger. Eu estava procurando ovos junto com a Menina das Histórias. A tulha estava cheia de maços de feno quase até o teto e estávamos em uma altura considerável. O feno, como sabem, fica bem escorregadio quando está seco. Dei um pulo para passar por cima de um maço, escorreguei e caí de cabeça. Para mim, a queda pareceu durar muito tempo, mas a Menina das Histórias disse que não passou de alguns segundos. No entanto, tive tempo até para pensar enquanto caía. E foram cinco os pensamentos que tive. Primeiro, pensei: "O que aconteceu"? porque foi tão repentino, que nem me dei conta. Então pensei a resposta: "Estou caindo da parte de cima da tulha"! E aí pensei: "O que vai acontecer quando eu chegar ao chão"? E depois veio a conclusão: "Vou morrer"! Em seguida, pensei: "Tudo bem". Não tive medo. Foi como se não me importasse em morrer. E, se não houvesse um monte de feno espalhado no chão da tulha, eu nem estaria escrevendo estas palavras, mas havia, e caí em cima dele. Não me machuquei muito, mas fiquei toda cheia de palha; nos cabelos, na boca, nas orelhas. O que achei mais interessante foi que não tive medo da morte, mas, quando tudo

LUCY MAUD MONTGOMERY

acabou, aí, sim, comecei a tremer de medo e a Menina das Histórias teve que me ajudar a voltar para casa.

Felicity King

A batalha dos ovos de perdiz

por Peter Craig

Era uma vez, um fazendeiro que vivia com a esposa, filhos, filhas e uma netinha a mais ou menos um quilômetro de distância de uma floresta. Ele e a esposa amavam muito a menininha, mas ela vivia arrumando confusão porque fugia para o mato e eles tinham que passar horas procurando por ela. Um dia, ela fugiu mais para dentro da floresta e começou a ficar com fome. A noite chegou. Ela perguntou para uma raposa onde poderia encontrar comida. A raposa disse que conhecia um ninho de perdizes e outro de gaios azuis e que os dois ninhos estavam cheios de ovos. Então levou a menininha até eles e ela pegou cinco ovos de cada. Quando voltaram e deram por falta dos ovos, as aves ficaram muito bravas. O gaio azul arrepiou-se todo e saiu para falar com a perdiz, em busca de justiça, mas encontrou-a vindo em sua direção, também toda eriçada. Os dois acenderam uma fogueira e começaram a conversar sobre o que fazer. De repente, ouviram um uivo terrível bem às suas costas. Eles deram um pulo e apagaram a fogueira antes de serem imediatamente atacados por cinco lobos grandes. No dia seguinte, a menininha estava vagando pela floresta e eles a pegaram e a fizeram prisioneira. Quando ela confessou que tinha roubado os ovos, eles a mandaram formar um exército porque teriam de brigar pelos ninhos para ver quem ficaria com o resto dos ovos. Então a perdiz formou um exército com todos os tipos de aves, menos os tordos. A menininha formou o exército dela com os tordos, as raposas, as abelhas e as vespas. Além disso, ela tinha uma arma e muita munição. O comandante do seu exército era um lobo. O resultado da batalha foi que todas as aves foram mortas, menos a perdiz e o gaio azul, que foram feitos prisioneiros e morreram de fome.

A menininha também foi presa por uma bruxa e jogada em um calabouço cheio de serpentes, onde ela morreu de tantas picadas que levou. E as pessoas que passavam pela floresta depois disso foram presas pelo fantasma dela e levadas para o mesmo calabouço e ali morreram. Mais ou menos 1 ano depois, a floresta virou um castelo de ouro e, em uma manhã, tudo desapareceu, menos um pedaço de uma árvore.

Fim

Quando acabei de ler a história, houve um silêncio momentâneo, até que Dan soltou um assovio e comentou:

– Bem, depois disso, ninguém pode dizer que Peter não sabe escrever ficção.

– É uma história muito interessante – elogiou Sara Ray, secando as lágrimas –, mas tem um final *tão* triste!...

O pragmatismo de Felix novamente falou mais alto:

– Por que chamou a história de "A batalha dos ovos de perdiz" se o gaio azul teve tanto a ver com ela quanto a perdiz?

– Porque achei que soava melhor – Peter explicou, sem muitos detalhes.

– E a menina comeu os ovos crus? – Felicity quis saber, com expressão de nojo.

– Coitada! – Sara Ray exclamou, de olhos arregalados, como se só agora tivesse percebido esse pormenor. – Mas acho que, tratando-se de morrer de fome, não se pode escolher muito, não é?

Cecily, sempre atenta aos sentimentos e ao bem-estar alheios, sugeriu:

– Deveria ter feito a pobrezinha voltar para casa, Peter, e não fazer com que passasse por tanto sofrimento.

Nesse momento, achei por bem expor uma dúvida que me ocorrera durante a leitura:

– Só não entendi uma coisa: onde a menininha arranjou a arma e a munição?

Peter passou os olhos por todos nós, provavelmente suspeitando que estava sendo alvo de zombaria, até voltar a fixá-los em mim.

– Se sabe contar uma história melhor do que essa, por que não escreveu? – defendeu-se. – Eu não me importaria nem um pouco.

A Menina das Histórias, esforçando-se por manter a seriedade, advogou:

– Não deveriam criticar a história de Peter desse jeito. É um conto de fadas e tudo pode acontecer em um conto de fadas.

– Mas ele não mencionou fada nenhuma! – Felicity contrapôs.

– Além disso, os contos de fadas sempre têm um final feliz. E esse não tem – Cecily apoiou.

– Eu quis castigar a menininha por ter fugido de casa – Peter alegou, já de mau humor.

Dan ergueu as sobrancelhas.

– E conseguiu! – comentou.

– De qualquer maneira, foi interessante e isso é o necessário em uma história.

Depois do alvoroço causado pela "criação" de Peter, continuei a ler.

Anúncios pessoais

O senhor Blair Stanley está em visita a amigos e familiares em Carlisle. Pretende retornar à Europa em breve e sua filha, a senhorita Sara Stanley, o acompanhará.

O senhor Alan King estará de volta da América do Sul no mês que vem. Os filhos retornarão com ele a Toronto. Beverley e Felix fizeram muitos amigos durante o tempo que passaram em Carlisle e sua ausência será sentida com pesar e saudade nos círculos sociais que frequentaram.

O Grupo Missionário da Igreja Presbiteriana de Carlisle completou, semana passada, a colcha de patchwork *destinada às missões.*

A senhorita Cecily King foi quem arrecadou mais fundos através dos nomes bordados em seu quadrado da referida colcha. Parabéns, Cecily!

Após o mês de outubro, o senhor Peter Craig passará a residir em Markdale e frequentará a escola de lá no inverno. Peter é um bom sujeito e lhe desejamos sucesso e prosperidade.

A colheita das maçãs está praticamente acabada e, neste ano, mostrou-se extraordinariamente farta. Já a das batatas não se apresentou tão boa.

Assuntos domésticos

As maçãs são o assunto do dia.

O preço dos ovos está bem acessível no momento. O tio Roger declarou que é um abuso pagar o mesmo preço por uma dúzia de ovos grandes e uma de pequenos, mas eles estão custando o mesmo valor.

Felicity King

Etiquette

F-l-c-t-y: Considera-se falta de educação comer balas de menta na igreja?

Resposta: Não, desde que tenham sido dadas por uma bruxa.

F-l-x: Não, "A ilha do tesouro" e "O progresso do peregrino" não são romances baratos.

P-t-r: Sim, quando você visita uma jovem e a mãe dela lhe oferece uma fatia de pão com geleia, o mais educado a fazer é aceitá-la.

Dan King

Coluna de moda

Colares de moranguinhos estão na última moda.

Considera-se que usar o chapéu da escola ligeiramente inclinado sobre o olho esquerdo seja um belo toque de estilo.

As franjas estão na moda novamente. Em Frewen foi fazer uma visita a parentes em Summerside e voltou de lá com a franja cortada. Todas as meninas da escola vão fazer o mesmo assim que as mães permitirem, mas não pretendo cortar a minha.

Cecily King

– Eu sei que a mamãe jamais vai deixar que eu corte a minha! – Sara Ray quase gritou, desesperada, fazendo-nos pular de susto.

Segundos depois, já recuperado, prossegui com a leitura.

Humor

Dan: O que são "detalhes"?
Cecily: Não sei ao certo, mas acho que são coisas que sobram.

– Não sei por que isso foi parar na coluna de piadas de Felix – Cecily avaliou. – Não deveria estar na coluna de Informações Gerais?

Ninguém respondeu, então fui adiante.

O filho do senhor McIntyre, residente na estrada de Markdale, ficou muito doente por vários anos. Um conhecido, solidário, disse-lhe palavras de conforto, já que o rapaz estava à beira da morte, ao que o senhor McIntyre respondeu: "Ah, ele sempre foi lerdo, mesmo, mas vai acabar chegando lá!"

Felix King

Informações Gerais

P-t-r: Que tipo de pessoas vive em lugares inabitados?
Resposta deste escritório: Canibais, talvez?

Felix King

NOSSA ÚLTIMA NOITE JUNTOS

Foi a noite anterior ao dia em que o tio Blair e a Menina das Histórias iam nos deixar e nos reunimos no pomar, onde havíamos passado tantos bons momentos juntos. Tínhamos caminhado por muitos dos lugares que nos eram importantes: o campo da colina, o bosque de abetos, a leiteria, o salgueiro do Vovô King, a Pedra do Púlpito, a sepultura de Paddy e o passeio do tio Stephen. Estávamos agora reunidos na grama que circundava o poço, comendo os torcidinhos de geleia que Felicity havia preparado especialmente para a ocasião.

– Fico pensando se, um dia, vamos estar assim reunidos novamente – Cecily ponderou.

– E eu fico pensando quando terei outra oportunidade de comer torcidinhos como estes de novo – a Menina das Histórias suspirou, tentando parecer alegre, mas fracassando por completo.

LUCY MAUD MONTGOMERY

– Se Paris não fosse tão longe, eu poderia mandar coisinhas gostosas para você de vez em quando – Felicity observou –, mas nem adianta pensar nisso. Só Deus sabe o que vão lhe dar para comer por lá...

– Bem, os franceses têm a reputação de serem os melhores cozinheiros do mundo, mas tenho certeza de que não conseguem fazer torcidinhos e pudins melhores do que os seus. Sei que vou sentir muita saudade deles.

– Se nos reencontrarmos, um dia, você já será adulta... – Havia tristeza na voz de Felicity.

– Vocês também vão ter crescido. Ninguém para no tempo.

– Exatamente. E isso é o pior de tudo. Estaremos diferentes e as coisas já não serão as mesmas.

– Pensem? – Cecily interferiu –: na véspera do Ano-Novo, nós nos perguntamos o que poderia acontecer neste ano. E quantas coisas aconteceram! Fatos que jamais poderíamos imaginar. Meu Deus!

– Se as coisas não acontecessem inesperadamente, a vida seria muito monótona – filosofou a Menina das Histórias. – Vamos! Não quero que fiquem tão desanimados.

– Mas é difícil ficar alegre quando todos vão embora.

– Podemos fingir que estamos alegres, então. Não vamos pensar na separação, mas, sim, no quanto nos divertimos nestes quase dois anos. Tenho certeza de que nunca vou me esquecer deste lugar maravilhoso. Passamos horas incríveis aqui!

– E algumas bem ruins também – Felix ressalvou. – Lembram de quando Dan comeu as frutinhas venenosas?

– E quando morremos de medo do sino tocando dentro de casa – Peter riu.

– E do dia do Juízo Final – Dan acrescentou.

– E quando Paddy foi enfeitiçado – lembrou Sara Ray.

– E quando Peter quase morreu de sarampo – Felicity comentou, com expressão ainda entristecida.

Dan tornou a falar:

A ESTRADA DOURADA

– E da visita das primas Patterson, quando o bebê sumiu. Nossa! Fiquei apavorado naquele dia!

– Lembram quando comemos as sementes mágicas? – Peter riu ainda mais.

– Como fomos tolos! – Felicity começou a se animar. – Não consigo nem olhar para a cara de Billy Robinson, sabiam? Tenho sempre a impressão de que ainda está rindo de mim por dentro.

– Ele é que deveria se envergonhar, ora! – Cecily observou, com uma severidade incomum. – Deveria baixar a cabeça todas as vezes que encontra qualquer um de nós. De minha parte, prefiro ser enganada a enganar as pessoas.

– E quando compramos a gravura com a imagem de Deus? Mal dá para acreditar que fizemos isso – avaliou Peter.

– Será que continua lá, onde a enterramos? – Felix especulou.

– Coloquei uma pedra em cima, como fizemos na sepultura de Paddy – Cecily revelou.

– Eu gostaria de esquecer aquela gravura – lamentou Sara Ray –, mas não consigo. Também não consigo esquecer de como é o "mau lugar" desde aquele sermão que Peter fez...

Dan voltou-se para Peter.

– Quando se tornar pastor de verdade, precisa fazer aquele sermão de novo! – sugeriu, animado.

– Minha tia Jane costumava dizer que as pessoas precisam ouvir como é o "mau lugar" de vez em quando – ele comentou, sério.

– Lembram de quando comi pepino e bebi leite para poder ter muitos sonhos? – Dessa vez, foi Cecily a rir.

Foi então que saímos em busca dos livros dos sonhos para os lermos uma vez mais e, esquecidos das despedidas iminentes, rimos muito, espalhando o eco da nossa alegria pelo velho pomar dos King. Ao terminarmos, voltamos a nos sentar em círculo junto ao poço e fizemos um juramento de amizade eterna, brindando depois a ela com um copo da deliciosa água que a terra nos oferecia. E então nos demos as mãos e cantamos *Bons e Velhos Tempos*. Sara Ray chorou até não mais poder em vez de cantar.

E, quando já nos voltávamos para deixar o pomar, a Menina das Histórias nos chamou:

– Ei! Quero pedir um favor a vocês. Não me digam adeus amanhã de manhã.

– Por que não? – Felicity perguntou, atônita.

– Porque "adeus" é uma palavra sem esperança. Não vamos pronunciá--la! Quero apenas que acenem para mim quando eu estiver partindo. Assim não vai parecer tão ruim. E, se conseguirem, não chorem. Quero me lembrar de vocês com um sorriso nos lábios.

Saímos do pomar, onde o vento noturno do outono começava a entoar sua canção estranha por entre os galhos escuros das árvores. Fechamos o portãozinho branco atrás de nós e deixamos ali a alegria da infância.

A MENINA DAS HISTÓRIAS VAI EMBORA

Fazia frio naquele alvorecer. O céu estava muito claro, com manchas rosadas aqui e ali. Todos se levantaram cedo porque o tio Blair e a Menina das Histórias precisavam partir a tempo de pegar o trem das nove horas. A charrete foi preparada e o cavalo, atrelado a ela. O tio Alec ficou à porta, aguardando. A tia Janet chorou, mas todos os demais esforçaram-se por manter-se firmes. O Homem Esquisito e a senhora Dale vieram para despedirem-se de sua querida e jovem amiga. A senhora Dale trouxe-lhe um lindo ramalhete de crisântemos e o Homem Esquisito presenteou-a com mais um dos velhos livrinhos da sua biblioteca.

– Leia-o quando estiver triste, ou feliz, ou quando se sentir solitária, ou desanimada, ou, ainda, esperançosa – sugeriu.

– Nossa! Ele melhorou muito depois de se casar! – Felicity cochichou no meu ouvido.

Sara Stanley estava usando um elegante traje de viagem e um chapéu de feltro com uma peninha branca. Pareceu-nos tão crescida, que sentimos já a termos perdido.

Sara Ray havia jurado, na noite anterior, que estaria de pé bem cedo para as despedidas, mas Judy Pineau apareceu para informar que ela, com a costumeira falta de sorte, estava com a garganta inflamada e, por isso, a mãe não permitira que viesse; mesmo assim, Sara a fizera portadora de uma cartinha, que dizia, no estilo inconfundível e dramático de sempre:

Minha muito querida amiga,

Não consigo expressar em palavras o quanto sinto por não poder estar aí com vocês esta manhã e dizer adeus a alguém que simplesmente adoro. Quando penso que não a verei de novo, meu coração parece que vai explodir. Mas a mamãe não me deixou sair e devo obedecer a ela. Estarei, no entanto, presente em espírito. Estou de coração partido porque você vai para um lugar tão distante. Você sempre foi tão gentil comigo, nunca feriu meus sentimentos como algumas pessoas fazem e vou sentir muito a sua falta, mas espero e rezo para que seja feliz e tenha muito sucesso na vida seja onde for que o destino a leve. Espero que não fique enjoada no grande oceano que vai cruzar. Também espero que encontre tempo entre as muitas atividades que vai ter para me escrever de vez em quando. Sempre me lembrarei de você. Por favor, lembre-se de mim também. Tenho esperança de nos revermos um dia, mas, se não for possível, espero que nos encontremos em um mundo melhor onde não haja despedidas tristes.

Sua eterna e verdadeira amiga,
Sara Ray

– Coitadinha da Sara – murmurou a Menina das Histórias, com a voz um pouco embargada, e guardou no bolso a carta manchada das lágrimas abundantes de Sara Ray. – Ela não é má e sinto não poder vê-la de novo, mas talvez tenha sido melhor assim porque ela iria chorar muito e acabaríamos chorando todos também. Eu *não vou* chorar! Felicity, nem ouse fazê-lo! Meus queridos! Queridos! Amo vocês agora e para sempre!

– Não se esqueça de escrever todas as semanas! – Felicity exigiu, lutando contra as lágrimas.

– Blair, cuide bem dessa menina, ouviu!? – pediu a tia Janet. – Lembre-se: ela não tem mãe.

A Menina das Histórias correu para a charrete e subiu nela sem olhar para trás. O tio Blair a seguiu. Ela levava nos braços as flores que a senhora Dale havia lhe dado e lançou um último olhar em nossa direção quando a charrete começou a se mover. A palavra "adeus" não foi mencionada, como tinha pedido. Sorrimos, valentes e acenamos enquanto a charrete seguia até o portão e depois pela estrada de terra vermelha até desaparecer nas sombras do bosque de abetos do vale.

Permanecemos ali porque sabíamos que ainda a veríamos. Após o bosque, havia uma curva aberta da estrada e ela prometera acenar de lá uma última vez.

Ficamos observando, em silêncio; nosso pequeno grupinho de carinhas tristes estava emudecido sob o sol daquela manhã de outono. Os prazeres do mundo tinham estado aos nossos pés ao longo da estrada dourada. Ela nos encantara com margaridas e nos presenteara com rosas. Os desejos que habitavam nosso coração haviam se preenchido de lirismo e flor, e os pensamentos, de doçura e despreocupação. Tivéramos boas risadas por companheiras e a esperança destemida como guia. Mas tudo isso agora estava encoberto pelo véu da mudança.

– Lá está ela! – gritou Felicity.

A Menina das Histórias se levantou na charrete e acenou com os crisântemos em nossa direção. Respondemos de imediato, agitados, até a charrete desaparecer novamente, além da curva. Então voltamos devagar para dentro de casa. O silêncio persistiu. A Menina das Histórias tinha ido embora.

FIM